VORWORT

Die Idee zu diesem Roman entstand nicht anders als manchmal auch die Ideen zu neuen TV-Formaten: durch ein launiges Gespräch – allerdings nicht mit Kollegen, sondern mit Freunden, die NICHT aus der Branche kommen. Ein denkwürdiges Gespräch war es, das schließlich in der Aufforderung mündete: »Schreib doch einmal, wie es hinter den Kulissen bei der Entwicklung eines quotenträchtigen Showformats zugeht!« Der Gedanke war reizvoll. Warum nicht?

Das vorliegende Buch bietet einen Einblick ins hektische Treiben des Fernsehens, ist aber keine 1:1-Abbildung der Wirklichkeit – nicht jener des privaten Fernsehens und schon gar nicht jener des öffentlich-rechtlichen. Vielmehr ist diese Geschichte um eine verschwundene Million eine Überspitzung der Realität, bietet doch der Medienalltag samt seinen Akteuren genügend Stoff für eine Realsatire.

Ähnlichkeiten mit lebenden Persönlichkeiten sind nicht beabsichtigt; wohl aber habe ich die handelnden Personen einer Typologie von Menschen nachempfunden, die sich ihrem Traumberuf verschrieben haben: in dieser bunten und faszinierenden, »Seelen verschlingenden« Fernsehwelt ...

Also dann – viel Spaß beim Lesen!
Vera Russwurm

INDEX DER CHARAKTERE

Cutter & Co

Jonas Gambacher: 24, Cutter bei »MasterTV-Österreich«
Emma Gambacher: 5, Jonas' Tochter
Tamara: 23, Jonas' Exfreundin, Emmas Mutter
Ilse Gambacher: 49, Jonas' Mutter
Timon Wiederklas: 31, Cutterkollege von Jonas
Florian Schmid: 22, Cutterlehrling
Cutter mit dem Pferdeschwanz: 38, Cutterkollege von Jonas
Lisa Fassler: 26, Cutterkollegin von Jonas

Produktion & Co

Sami Gün: 55, Aufnahmeleiter
Astrid Merlin: 55, Herstellungsleiterin
Patrick Gün: 20, Samis Sohn aus erster Ehe
Gregor Gün: 17, Samis Sohn aus zweiter Ehe, Schüler
Mahir Gün: 78, Vater von Sami, Lokalbesitzer, Witwer
Walli Gün: 50, erste Exfrau von Sami, Mutter von Patrick
Maxi Gün: 50, zweite Exfrau von Sami, Mutter von Gregor
Jan und Domschi: Die neuen Partner von Walli und Maxi
Fabo: 18, Set-Praktikant bei »MasterTV-Österreich«
Marlies: 17, Set-Praktikantin bei »Ameisenhaufen«,
Tochter des Personalchefs

Redaktion & Co

Josepha Nowak: 33, Redakteurin bei »MasterTV-Österreich«
Noemi Nowak: 13, Josephas Tochter
Maria Weber: 39, Redaktionsleiterin, Chefin von Maria
Marcello: 20, Fahrradbote
Kevin: 39, Redakteur, Josephas Kollege

Moderatoren & Co

Will Wilson: 59, Moderator, momentan bei »MasterTV-Österreich«
Janina Talina: 23, neu gecastete Moderatorin
Franziska Naschhold: 51, Moderatorin von »Spiegel mit Ei«

Weitere Mitarbeiter & Mitarbeiterinnen

CEO Hans Erschler: Geschäftsführer von »MasterTV-Österreich«
Annmadleine: 17, Kostümpraktikantin
Nigel Maschte: 27, Junior Autor bei »MasterTV-Österreich«
Linda: 34, Maskenbildnerin bei »MasterTV-Österreich«
Putzmann: Herr Brandl

TEIL 1

DER BAU

1. Kapitel

GELÄNDE »MasterTV-ÖSTERREICH« AUSSEN/MORGEN

Müde schleppt sich der junge Cutter Jonas auch an diesem Freitagmorgen in Richtung der drei großen, erdfarbenen Gebäude von »MasterTV-Österreich«. Der Weihnachtsurlaub ist gerade vorbei, ergo steht ihm nun eine lange, urlaubslose Zeit bevor. Der Jänner ist regnerisch und föhnig. Die Tage sind kurz, die Herzen schwer, Jonas muss arbeiten …

»Hey Cobain, alles klar?« – die morgendliche Begrüßung von Kevin, einem glatzköpfigen, vollbärtigen Redakteur mit modischer Brille, der Jonas jovial auf die Schulter klopft. Cobain – diesen Spitznamen hat Jonas wegen seines blonden Haares, seiner notorischen Converse-Schuhe, wegen der Eintrittsbänder von zurückliegenden Rockfestivals am Handgelenk und des in verschnörkelten Lettern tätowierten Frauennamens auf seinem Unterarm geerntet.

Jonas murmelt: »Guten Morgen.« Normalerweise ist diese morgendliche Begrüßungsfloskel der einzige sprachliche Austausch zwischen den beiden, doch heute scheint Kevin größeren Redebedarf zu haben.

»Hast du das Video schon gesehen?«, fragt Kevin aufgeregt. Er hat wie gewöhnlich eine Fahne. Alle in der Firma wissen von Kevins Alkoholproblem – nur er weiß nicht, dass es alle wissen.

»Irgendjemand hat den Koffer mit der Million aus dem Büro vom Herrschler gestohlen!«

Ing. Hans Erschler, von seinen Mitarbeitern heimlich Herrschler genannt, ist der CEO von »MasterTV-Österreich«.

»Warum hat der Herrschler eine Million Euro in seinem Büro?«, fragt Jonas verschlafen, denn er hat noch keinen Tropfen Kaffee intus.

»Na das Preisgeld für »Ameisenhaufen«!«, sagt Kevin. Um Bilder für sich sprechen zu lassen, zückt er sein riesiges Smartphone: »Das Video ist doch heute an alle Mitarbeiter verschickt worden.« Jonas lächelt gequält und sagt nichts. Er hat zwar auch ein Smartphone, empfängt darauf aber keine Firmenmails. Das hält er für übertriebenen Ehrgeiz.

»Ha, da hab' ich's!«, ruft Kevin. Zu laute Stimmen nerven Jonas, vor allem, wenn sie völlig umsonst Überambition vorgaukeln. Kevin hält ihm das riesige Display seines Handys unter die Nase.

›Noch zwei Zentimeter größer und es ist ein Kinoerlebnis‹, denkt Jonas und schaut höflichkeitshalber auf den Bildschirm. Er steht jetzt so nahe an Kevin, dass er seine leichte Alkoholfahne, die sich mit dem Geruch von frischem Mundwasser vermischt hat, besonders gut riechen kann. Es handelt sich um die Aufzeichnung einer Überwachungskamera. Jonas wundert sich, dass er ausgerechnet dieses Video nicht kennt. Üblicherweise hat er einen guten Überblick über die halbseidenen Vorgänge in der Firma, denn er hackt zum Zeitvertreib die Überwachungsvideos und beobachtet seine Kollegen heimlich. Doch diese Aufnahme hat er noch nie gesehen.

Der Timecode im Bild verrät, dass das Überwachungsvideo gestern Nacht knapp vor Mitternacht aufgezeichnet worden ist.

In schlechter Bildqualität erkennt man eine dunkel gekleidete Gestalt, die sich mit einem schwarzen Etui in der Hand rasch auf das Büro des CEOs Hans Erschler zubewegt. Der Unbekannte ist durch Handschuhe, Sonnenbrille, Schal und Kappe so stark vermummt, dass nicht einmal zu erkennen ist, ob es sich um eine Frau oder einen Mann handelt. Vor der Bürotür des CEOs öffnet der Maskierte das Etui und entnimmt diesem feines Werkzeug. Damit macht er sich am Schloss von Erschlers Büro zu schaffen.

Der Einbrecher wirkt ungeübt. Wegen seiner Handschuhe hat er Schwierigkeiten, mit dem feinen Werkzeug umzugehen. Als er versucht, mit einer Zange auf einen Schraubenzieher zu schlagen, den er ins Schloss geschoben hat, trifft er immer wieder daneben. Kurz hält der Dieb inne und lauscht. Dann werkt er weiter. Nach einer Weile hat er das Schloss geknackt, die Tür springt auf und er verschwindet im Büro des CEOs. Einige Augenblicke lang ist er so aus dem Sichtfeld der Überwachungskamera verschwunden. Jonas schaut zu Kevin. »Ein Aprilscherz im Jänner?«

Kevin schüttelt dramatisch den Kopf, bevor er mit leidgeprüfter Miene sagt: »Die Maria hat geschrieben, dass sie schon die ersten Polizisten gesehen hat.«

»Werden wir jetzt alle befragt, oder was?«

»Schau, es geht weiter«, ereifert sich Kevin und stiert auf den Bildschirm. Doch man sieht nur mehr, wie der Einbrecher mit dem Etui in der einen und einem Koffer in der anderen Hand aus dem Büro kommt. Am Gang bleibt der Dieb dann etwa eine halbe Minute lang stehen, blickt den Gang entlang und geht erst dann schnellen Schrittes weiter.

»Wer, glaubst du, war's?«, fragt Kevin sensationsgeil.

»Was meinst du jetzt?«

»Alle fragen sich, wer's gewesen sein könnte. Es gibt sogar eine Verdächtigen-WhatsApp-Gruppe.«

»Ja, ein Einbrecher halt«, sagt Jonas genervt, denn die feuchte Kälte lässt seine Nase rinnen.

»Ja, aber es ist doch glasklar, dass es einer aus der Firma gewesen sein muss. Nur wir wussten, dass sich dieses Geld in der

Firma befindet. Und so gut wie alle haben gestern »witzige« Kommentare darüber geschoben, dass sie sich diesen Geldkoffer schnappen wollen.«

Jonas hebt die rechte Augenbraue, die linke ist seit seinem missglückten Augenbrauen-Piercing taub: »Also ich habe gedacht, das Preisgeld würde erst kurz vorm Finale angeliefert werden. Ich meine, wozu sollte es schon jetzt hier sein, wo wir noch nicht einmal die erste Folge gedreht haben?«

»Na wegen des Fotoshootings. Hast du das nicht mitbekommen?«

Jonas schüttelt langsam den Kopf, also fährt Kevin fort:

»Gestern war ja dieses zweistündige Fotoshooting mit der neuen, scharfen Moderatorin.«

»Die findest du scharf?«

»Sie ist zumindest ein neues Gesicht, aber angeblich ist sie eine ziemliche Zicke. Der Praktikant hat sie offenbar falsch am Telefon gebrieft und sie ist dann bei der Probe richtig ausgezuckt.«

»Sorry, aber man kann auch nicht die Moderatorin vom Praktikanten briefen lassen. Das geht gar nicht.«

»Stimmt«, pflichtet ihm Kevin bei und sagt schnell: »Ja, also das Fotoshooting war jedenfalls mit ihr, ein paar von den gecasteten Kindern und dem Koffer mit der Million Euro. Süße Kinder, sexy Frau und fettes Geld, du weißt ja, wie die Vorberichterstattung läuft.«

»Der Geldkoffer ist dann einfach in der Firma geblieben?«

»Der hätte eigentlich heute Früh wieder mit einem Spezialtransport zurück in die Bank gebracht werden sollen«, erklärt Kevin, während Jonas der Geruch von frisch gemahlenem Kaffee in die Nase steigt. Die Quelle ist ein Pappkaffeebecher, den eine Praktikantin gerade an ihm vorbeiträgt. Um möglichst schnell weg von dem Gespräch und zu seinem eigenen Kaffeegenuss zu kommen, sagt Jonas bloß: »Ich hab' echt nichts davon mitbekommen.«

»Wieder ein bisschen viel gekifft, hä?«, grinst der Redakteur, aber sein Witz kommt bei Jonas nicht besonders gut an. Als Antwort hebt er nur die rechte Augenbraue.

Dabei versucht Kevin mit einer betont lässigen Geste sein Handy wegzustecken. Das überdimensionale Handy passt nur leider nicht in seine vordere Hosentasche.

»Vielleicht warst es ja du«, scherzt Jonas.

»So ein Scheiß«, lächelt Kevin, wirkt dabei aber gereizt, »ich glaub', ich weiß, wer's war.«

»Und?«

»Also, ich will niemanden ohne einen Beweis beschuldigen«, erklärt Kevin bedeutsam, indem er das Kinn leicht in die Höhe streckt wie ein Mann, der Gerechtigkeit zu kennen glaubt, »daher behalte ich meinen Verdacht lieber für mich.«

»Auch gut«, sagt Jonas, »ich muss dann eh mal rein. Ich bin schon ein bissl spät dran. Bis dann.«

Kevins Enttäuschung bleibt dem jungen Cutter nicht verborgen.

2. Kapitel
KLEINES STUDIO »SPIEGEL MIT EI« INNEN/TAG

Sami bemerkt, dass die Moderatorin Franziska Naschhold panisch in seine Richtung stiert. Es ist offensichtlich, dass sie sich nicht mehr auf das Gespräch mit ihrem zweiten Gast der Morgenshow konzentrieren kann, einem Unternehmer, zur einen Hälfte Italiener und zur anderen Wiener, der mit einer brandneuen Technologie Pizza-Automaten herstellt. Sami schleicht sich so nahe wie möglich an die Moderationscouch heran. Offenbar stimmt etwas mit dem Ton nicht, denn der Tonmann gestikuliert heftig. Im Regiekammerl wird rasch reagiert: Schnell wird eine voraufgezeichnete Zuspielung abgespielt. Jetzt wird die Ursache des Problems klar: Franziskas enges Kleid ist gerissen und die Batterie vom Mikrofon ist von ihrer Unterhose, an der es festgemacht war, in ihre Strumpfhose gerutscht.

»Kostüm ans Set, schnell!«, gibt Sami durch sein Funkgerät an das Team weiter. Die Moderatorin, Franziska Naschhold, wirkt indes den Tränen nahe. Sie ist ein erfahrener alter Hase im Geschäft und moderiert seit über zehn Jahren unterschiedlich erfolgreiche Sendungen. Vor Kurzem hat sie wegen einer Gewichtszunahme aber ihren jahrelangen Werbeauftrag mit einer Bio-Joghurt-Firma verloren und ist seither verunsichert.

Eine Kostümlady hastet zusammen mit dem Tonmann auf die Moderatorin zu. Während sie versucht, mit Sicherheitsnadeln das Kleid von Franziska provisorisch am Rücken zusammenzuflicken, sodass man im Sitzen die Nadeln nicht sehen kann, verkabelt der Tonmann die Moderatorin neu. Dafür muss Franziska in ihre Strumpfhose greifen und die Batterie herausfischen. Für die erfahrene Franziska ist das zwar nicht unangenehm – das Wort »peinlich« ist schon seit Jahren aus ihrem Wortschatz gestrichen –, für den jungen Setpraktikanten Fabo, der der Kostümlady die Sicherheitsnadeln halten soll, hingegen schon.

Der Ton schimpft über das Kostüm, sie könnten nicht einmal Kleider richtig auswählen, das Kostüm schimpft über den Ton, sie könnten nicht richtig verkabeln, und Sami gibt die Zeitangaben: »Noch zehn Sekunden Leute, noch fünf Sekunden, noch vier, drei, zwei, eins.« Und wieder sind sie auf Sendung: Noch rechtzeitig springen Ton und Kostüm von der Moderationscouch weg.

Das Schlimmste scheint überstanden, aber Sami schaut auf die Uhr und sieht schon das nächste Problem auf sich zukommen: Der letzte Gast des Tages ist noch immer nicht erschienen und reagiert auch nicht auf seine Anrufe. Es ist nicht erst einmal vorgekommen, dass ein Gast aufgrund der frühen Stunde seinen Auftritt völlig verschlafen hat. Also hat Sami vorsorglich einen anderen Setpraktikanten mit dem Produktionswagen losgeschickt, um den Gast persönlich abzuholen. Aber auch der Praktikant ist seit über einer Stunde verschwunden und hebt ebenfalls nicht mehr ab. Wenn der Gast nicht allerspätestens in zwanzig Minuten in der Maske ist, wird Sami die Moderatorin darüber informieren müssen. Während einer weiteren Zuspielung wird er sie bitten, das aktuelle Gespräch in die Länge zu ziehen, um den Ausfall des nächsten Gastes zu kaschieren. Für Sami Gün, den Aufnahmeleiter der Frühstückssendung »Spiegel mit Ei«, sind das ganz alltägliche Probleme und nichts, was ihn weiter aus der Ruhe bringen könnte. Er ist fünfundfünfzig, beleibt, hat mittellanges, grau meliertes Haar und dunkelbraune Augen. Er trägt wie jeden Tag eine schwarze Hose, die – wie jede andere seiner breiten Hosen auch – mindestens zehn Taschen hat. Er gähnt, beißt in einen Mohnstrudel vom Frühstückstisch und denkt an die Warnung seines Hausarztes vor einem drohenden Diabetes. Stark Zuckerhaltiges soll er vermeiden, kann es aber nicht. Vor allem nicht am Set, wo immer ein ganzer Tisch voll mit salzigen und süßen Frühstücksleckereien steht, die er im Übrigen in aller Früh immer selbst vom Bäcker abholt.

»Sami, hast du das schon gesehen?«, flüstert Linda, die Maskenbildnerin, ihm zu. Dabei wirbelt sie mit ihrem Smartphone hin und her: »Schau dir das Video da an!«

»Wir können jetzt doch keine Filme schauen«, flüstert Sami zurück.

»Keine Sorge, ist eh stumm.«

Sami runzelt die Stirn und Linda spielt das Überwachungsvideo von dem Kofferdieb ab.

»Das gibt's doch nicht!«

Leises Kichern von Linda, dann ihre Vertrauensfrage: »Wer, glaubst du, war's?«

Sami zuckt mit den Schultern.

Linda: »Sicher einer aus der Buchhaltung.«

»Vielleicht war's auch jemand aus der Herstellungsleitung«, sagt Sami und denkt dabei an seine Exfrau Astrid. Immerhin befindet sich ihr Büro im selben Gang wie das des CEOs Herrschler. Jetzt bemerkt Sami, dass ihn Linda eingehend und auf einmal ganz ernst ansieht. Sie berührt seine Schulter:

»Ich hab' auch über ein Jahr gebraucht, um über meinen Exfreund hinwegzukommen.«

Sami würde jetzt gerne länger reden, aber der Setpraktikant taucht neben den beiden auf und hat den letzten Gast der Morgenshow im Schlepptau. Mit einem Handzeichen bedeutet Sami seinem jungen Helfer, den verschlafenen Studiogast in die Garderobe zu führen.

»Das wird schon wieder«, flüstert Linda und erhebt sich, um für heute Früh zum letzten Mal dicke Make-up-Schichten über Blässe und Augenringe zu schminken. In diesem Moment erhält Sami ein E-Mail auf seinem Smartphone, gesendet aus dem Eckbüro der obersten Riege der Firma, vom CEO Ing. Hans Erschler persönlich. Nach Drehschluss solle Sami das Team darüber informieren, dass alle länger bleiben müssen, denn um fünfzehn Uhr seien sie alle zu einem Krisenmeeting geordert. Es handle sich um den gestohlenen Geldkoffer. Sami seufzt, er hat sich schon auf seinen Mittagsschlaf gefreut. Da er, so wie fast das gesamte Team, für die neue Sendung »Ameisenhaufen« arbeitet, ist dieses Meeting höchst wichtig. Sami schickt Fabo los, um Zigaretten, abgepackte Salate, Sandwiches und Energydrinks zu kaufen. Wenn ein Fernsehteam von weiteren, unbezahlten Überstunden erfährt, muss etwas für seinen Schlund bereitstehen, vorausgesetzt der Aufnahmeleiter will weiterleben.

»Bitte, gib dem Team heute wegen des Nachmittagsmeetings Bescheid«, sagt Astrid flüsternd dicht hinter ihm. Sami dreht sich um. Sie ist offenbar unbemerkt und leise, um die Dreharbeiten nicht zu stören, dicht hinter Sami getreten und hat ihm ins Ohr geflüstert. Er inhaliert ihren vertrauten Geruch. Am liebsten würde er sie in den Arm nehmen, stattdessen nickt er nur.

»Sonst irgendwas Schreckliches passiert?«, fragt Astrid.

»Alles gut – bis auf die Sendung«, flüstert Sami. Astrid lächelt.

»Ich muss wieder nach oben. Mein Büro ist ja im selben Gang wie das vom Herrschler, deshalb durchsucht die Polizei gerade jeden Winkel darin ab.«

»Ich hoffe, du hast ein Alibi«, witzelt Sami. »Und hoffentlich kostet mich diese Polizeiaktion nicht noch mehr Zeit. Sie haben mich eh schon eine halbe Stunde lang verhört.«

»Werde ich auch verhört?«

»Ja, ich glaube, alle werden verhört.«

»Vielleicht war's ja ich.«

»Sami, du würdest nicht einmal einen Karabiner vom Lichtdepartment mitgehen lassen.«

»Wenn du wüsstest, was für eine kriminelle Energie in mir steckt«, säuselt Sami scherzhaft, er will das Gespräch mit Astrid um alles in der Welt am Laufen halten. Doch sie muss – wie immer – weiter.

Einmal mehr spürt Sami diesen Stich. Diesen Stich, wenn Astrid von ihm weggeht. Dabei wünscht er sie während eines Gesprächs meistens weit fort. Irgendwohin, wo er dieses Lächeln nicht mehr sehen muss. Kaum ist sie dann weg, wünscht er sie sich wieder zurück. Er will sie dann an der Hand nehmen, mit ihr in alle Bars und Lokale gehen, in denen sie gemeinsam unglücklich gewesen sind, in denen Astrid wegen ihres Konkurses und Sami wegen Astrid verzweifelt waren. Doch sie würden wohl nie wieder dort sein.

Ein Glück, dass es jetzt Zeit ist, in der Garderobe Dampf zu machen. In zehn Minuten muss der letzte Gast am Set stehen.

3. Kapitel
VORPLATZ AUSSEN/MORGEN

Ein typischer Freitagmorgen: Aus allen Gängen und Tunnel krabbelt es hervor. Mitarbeiter strömen heraus, als hätte jemand versucht, den Bau auszuräuchern, laufen wieder hinein, als gelte es, sich vor einem tobenden Sturm zu schützen. Vor allem jüngere, aber durchaus auch ältere Menschen laufen schreiend, lachend, schimpfend und Kisten schleppend durch Haupt-, Neben- und Notausgänge. Wüsste Jonas nicht, dass jede einzelne ihrer Handlungen einem größeren Ganzen diente und einen Handgriff in einem mächtigen, doch nicht immer greifbaren Universum darstellte, hätte es den Anschein, als hätten ihre unterschiedlichen Beschäftigungen rein gar nichts miteinander zu tun. Dieses größere Ganze ist »MasterTV-Österreich«, eine große Fernsehproduktionsfirma mit festen und freien Mitarbeitern. Die meisten von ihnen müssen häufig an zwei Projekten gleichzeitig arbeiten.

Zwei uniformierte Polizisten und zwei Männer in weißen Schutzanzügen, die wohl zur Spurensicherung gehören, verlassen das Gebäude zwei.

›Bestimmt haben sie sich das Büro vom Herrschler genau angesehen‹, denkt Jonas und schaut zum Fenster des dritten Stocks vom Gebäude zwei zum Fenster des Eckbüros des CEOs. Auch wenn Jonas keine Gestalt am Fenster ausmachen kann, hat er das Gefühl, dass der Master von »MasterTV-Österreich« dort steht und auf seine Mitarbeiter herabblickt.

Der CEO ist ein extremer Mensch. Gerüchte besagen, er sei in grauer Vorzeit mit einer wesentlich älteren, reichen Frau verheiratet gewesen, die er beerbt hätte. Ihr Tod sei ungeklärt geblieben. Mit ihrem Geld hätte er seine eigene Produktionsfirma aufbauen können. Danach sei er von »MasterTV-US« für ihre österreichische Dependance »MasterTV-Österreich« als CEO eingesetzt worden.

Ob das stimmte? Keiner vermag es zu sagen. Auch das Internet schweigt zu Herrschlers Curriculum. Sicher ist nur, dass Herrschler tatsächlich eine kleine, eher erfolglose Produktionsfirma besessen hat. Die wahren Gründe für seinen plötzlichen Aufstieg durch den US-amerikanischen Fernsehkonzern liegen also im Dunklen. Man erzählt sich vieles über Herrschler, dabei hat kaum jemand direkt mit ihm zu tun. Er arbeitet ohne Unterlass und verlässt nur selten sein Büro. Nicht einmal zu Neujahr kommt er später als sieben Uhr Früh in die Firma. Jonas hat noch nie auch nur ein einziges Wort persönlich mit Herrschler gewechselt. Vorstellungs- oder gar Personalgespräche führt er grundsätzlich nicht selbst. Manche vertreten sogar die Theorie, dass er Gerüchte und Legenden über sich absichtlich verbreiten lässt, um weiterhin unangreifbar, unbesiegt und unangefochten seine Funktion als CEO bestreiten zu können.

4. Kapitel
VORPLATZ INNEN/MORGEN

Es ist kurz nach neun Uhr vormittags. Auch die notorischen Zuspätkommer sind bereits in ihren Büros verschwunden. Nur Maria Weber, die hagere Redaktionsleiterin – von Josepha heimlich »Weberknecht« getauft –, schleicht am Gang vor den Redaktionsbüros umher. Sie stiehlt wie jeden Vormittag aus der nunmehr verlassenen Kaffeeecke die teuren Espresso-Kapseln. Aber genau deshalb, weil Marias Taschen pünktlich um neun Uhr voller Espresso-Kapseln sind, wird sie sich hüten, in Josephas Büro zu kommen – wie sie es sonst immer ungefragt tut. Das ist gut, denn seit dem Kofferdiebstahl fürchtet Josepha ihre Chefin besonders. Sie hat lange genug in der Branche gearbeitet, um heftige Intrigen so gut zu kennen wie ein Sträfling seine Zelle. Jedoch die Kühnheit dieser neuen Gerüchte lassen sogar die Redakteurin noch staunen. Ein Staunen, das mit der großen Furcht einhergeht, selbst in der einen oder anderen Gesprächsrunde als Täterin genannt zu werden. Anschuldigungen und Verdächtigungen gegen jeden nur erdenklichen Mitarbeiter kursieren bereits. Die Hälfte davon ist natürlich vom Weberknecht höchstpersönlich erfunden worden. Die Auswirkungen solcher Gerüchte kennt Josepha wie keine andere, denn sie ist nicht erst einmal Opfer mittelgroßer Mobbingaktionen gewesen. Dass Maria weiß, dass Josepha als Minderjährige zweimal in Jugendhaft war, trägt zu ihrer prinzipiellen Nervosität bei. Für sie war es ein Segen, dass die Polizei heute Früh jeden einzeln vernommen hat. So hat Josepha nicht vor ihren Kollegen preisgeben müssen, dass ihr Strafregister nicht unbedingt ein unbeschriebenes Blatt ist. Als die Beamten beim Verhör von ihrer Vorgeschichte erfahren haben, wurden sie aufmerksam und haben sich genauer in Josephas Büro umgesehen. Sie musste sogar ihre Fingerabdrücke abgeben. Angeblich mussten Josephas Kollegen das nicht tun, doch zumindest wurde sie nicht auf das Kommissariat eingeladen. Dass Josepha als Eigenbrötlerin gilt, macht die Situation auch nicht besser. Dabei weiß Josepha um ihre Schwerfälligkeit beim Smalltalk, um ihre völlige Unfähigkeit, bei harmlosen Späßen im richtigen Moment zu lachen und um ihre fehlende Schlagfertigkeit.

Eigentlich ist die Fernsehredaktion der völlig falsche Ort für sie. Viel lieber wäre sie Journalistin geworden: Ständig unterwegs zu sein, interessante Menschen zu treffen, tiefgründige Gespräche zu führen und sich zwischendurch sogar in Lebensgefahr zu begeben – das wäre es gewesen! Das Schicksal hat Josepha aber nicht zu einer Zeitung, sondern zu »MasterTV-Österreich« gespült. Sie ist zufällig, fast ungewollt und doch geradewegs in das offene Maul »der Branche« hineingestolpert.

Wie so häufig stehlen Nervosität und Müdigkeit Josepha die

Konzentrationsfähigkeit. Ihre seit Wochen andauernden Schlafprobleme machen ihr zu schaffen. Also stellt sie auf ihrem Computer ein beschwingtes Abba-Lied an, das sie auf dem Weg zur Arbeit im Radio gehört hat und das nach einer Strophe von ihrer Tochter Noemi weggeschaltet worden ist. Ihre Laune passt zu dem fröhlichen Lied wie Senf auf einen Gugelhupf.

Verstohlen schleicht Josepha zum Fenster und lässt die Jalousien herunter. Jetzt huscht die Redakteurin im Schutz der Dunkelheit zur Tür und versperrt sie. Josepha schließt die Augen und löst ihr Haarband. Statt des Dutts wallen nun dunkle Locken an ihren Schultern herab. Wie von selbst bewegen sich ihre mageren Arme zum Rhythmus der Musik, ihre schlanken Beine über den Boden, rauscht ihr langes, lockiges Haar durch die Luft. Sie springt, dreht eine Pirouette, noch eine, stößt sich den Fuß an und schreit auf. Nicht einmal der Schmerz holt sie länger als fünf Sekunden aus ihrer Trance. Der ganze Stress liegt vor ihr, ihr schwieriges Privatleben, ihr Unmut im Job – alles ist auf einmal greifbar, doch in diesem Moment ist sie ganz Herrin ihrer verzwickten Lage. Das Lied endet und schon hört sie ein verdächtiges Geräusch am Gang! Die Tür wieder entsperren und das obligatorische »MasterTV-Österreich-Lächeln« aufsetzen! Paranoid läuft Josepha zu ihrem Schreibtisch und würgt das zweite Lied ab, das automatisch folgt. Auffälliges Verhalten wäre angesichts der Geldkofferaffäre fatal.

5. Kapitel
GEBÄUDE ZWEI INNEN/MORGEN

Jonas ist mittlerweile bei der Kaffeeecke angelangt und der erste doppelte Espresso des Tages fließt endlich in seine gelbe Smiley-Tasse. Über der Kaffeemaschine hängt ein Plakat für die neue Sendung »Ameisenhaufen« – das neue Format von »MasterTV-Österreich«, das sich zum jetzigen Zeitpunkt noch in der Vorbereitungsphase befindet. Es ist ein österreichisches Original, wohingegen alle anderen Formate – sogar »Spiegel mit Ei« – Ableger der U.S.-amerikanischen Mutterfirma »MasterTV-US« sind. Jeder weiß, dass sich Herrschler damit ein Denkmal setzen will. Es ist gemeinhin bekannt, dass er den Ehrgeiz hat, endlich internationale Preise einzuheimsen. »Ameisenhaufen« ist daher auch die einzige Sendung, die dank ihres speziellen Stellenwerts dem CEO direkt unterstellt ist, und zwar ohne einen Show-Producer dazwischen. Es gibt zwar eine Redaktionsleitung, aber auf einen klassischen Producer hat Herrschler verzichtet. Vor vier Monaten wurde folgendes Konzept an Jonas und alle anderen Mitarbeiter verschickt:

AMEISENHAUFEN

Format: Weekly; Family-Game-Show

Zeit: Hauptabend

Länge: 45 Minuten

Logline: »Kinder an die Macht!«

Cast:

Moderatorin: Kokett, neues Gesicht, blond, fesch.

5 Kandidaten: Sympathisch, eher männlich und jung, möglichst hip und modern, am besten solche, die vorher noch nie etwas mit Kindern zu tun hatten.

5 Kindergartengruppen: Je 50 Kinder zwischen 5 und 6 Jahren, bitte auf ethnische Vielfalt achten sowie mindestens auf ein blondes Mädchen. In jeder Folge sollen es neue Kinder sein, außer im Finale, dort sollen nur diejenigen auftreten, die sich als besonders schlimm/lustig/liebenswert/unterhaltsam herauskristallisiert haben. Insgesamt werden also 250 Kinder benötigt. So gibt es beim Finale für die Zuschauer ein Wiedersehen mit ihren Lieblingsrackern.

Folgen: 6 Folgen, wobei die 6. Show die Entscheidungssendung ist, in der zwei Finalisten gegeneinander antreten.

Ablauf: Jeweils einer der fünf Kandidaten muss mit einer immer gleichbleibenden Gruppe von fünfzig Kindern, die von fünf städtischen Kindergärten zur Verfügung gestellt werden, jeweils drei Aufgaben erfüllen. Eine mögliche Aufgabe wäre es beispielsweise, in fünf Minuten mit allen Kindern einen Fruchtsalat zuzubereiten.

Die drei Aufgaben des Kandidaten werden jeweils am Anfang der Folge von ihm selbst gezogen. Am Ende der Folge stimmen die Kinder per Handzeichen ab, ob sie ihren heutigen Kandidaten als Kindergärtner haben wollen oder nicht. Es kommt aber überhaupt erst zur Abstimmung, wenn der Kandidat es schafft, zumindest zwei der drei Aufgaben mit den Kindern erfolgreich zu meistern. Jene zwei Kandidaten, die von den Kindern ins Finale gevotet werden, treten bei der 6. Show gegeneinander an. Schaffen es mehr als zwei Kandidaten ins Finale, entscheiden die Kinder per Schreien via Phonometer, welche zwei es werden sollen. Der Sieger gewinnt eine Million Euro Preisgeld.

Unique Selling Proposition: Kinder sind gnadenlos und genau diese Gnadenlosigkeit wollen wir erstmals erfrischend unterhaltsam auf die Bildfläche bringen. Dieses Mal sind es die Erwachsenen, die die Gunst der Kinder erwerben müssen, um nicht von eben dieser Kindermeute vor laufender Kamera bloßgestellt zu werden.

Dieses Konzept ist von einem österreichischen Privatsender angenommen worden und so in Vorbereitung gegangen. Herrschler hat daraufhin eine Rede vor seinen Mitarbeitern gehalten, fast so, als stünde der Emmy schon auf seinem Trophäenregal. Endlich konnte er vor dem US-amerikanischen Mutterkonzern einen Erfolg verbuchen. Obwohl Jonas Neuigkeiten in der Firma, die ihn nicht direkt betreffen, kaum interessieren, kommt er nicht umhin, von den neuen Entwicklungen der entstehenden Sendung Notiz zu nehmen. Auch er weiß, dass die Kandidaten mittlerweile gecastet sind, dass die Studiodeko bereits gebaut wird und dass endlich genügend Kindergartengruppen zur Verfügung stehen – auch wenn das angeblich eine Ochsentour mit dem Jugendamt gewesen sein soll. Jemand ruf seinen Namen. Jonas dreht sich um und sieht sich zwei Polizisten gegenüber: einem jungen, Solariumgebräunten Beamten sowie einer etwas älteren und wohlgenährten Beamtin.

»Sie sind Herr Gambacher?«, fragt die rundliche Polizistin.

Jonas nickt unsicher.

»Wir haben ein paar Fragen an Sie und würden uns gerne in Ihrem Büro umsehen.«

Jonas fällt das Herz in die Hose. Auch wenn er in Rechtsdingen nicht bewandert ist, weiß er dennoch, dass es nicht legal sein kann,

Überwachungskameras zu hacken, um zum persönlichen Zeitvertreib seine Kollegen zu beobachten.

»Wo befindet sich denn Ihr Büro?«

Wie auf einer Hochschaubahn im Prater schlägt sein Magen vor Nervosität einen Salto. Sachte deutet Jonas mit dem Kopf in eine Richtung. Die Polizisten gehen voraus, er ihnen nach. Dabei schwappt der Espresso aus Jonas' Smiley-Tasse.

»Warum sind die denn alle so nervös?«, kann Jonas den jungen Polizisten seine ältere Kollegin leise fragen hören. Halblaut antwortet sie:

»Wenn du einmal länger im Job bist, verstehst du das sicher.«

6. KAPITEL
BÜRO JOSEPHA INNEN/TAG

Eine hagere Gestalt mit langem, dunkelbraun gefärbtem Haar erscheint in Josephas Büro. Es ist Maria, neununddreißig dürre Jahre alt – natürlich ohne vorher angeklopft zu haben, denn sie ist Redaktionsleiterin und muss das täglich beweisen. Eine, die mehr einer Ameisenkönigin, manchmal mehr einer Spinne, konkret einem Weberknecht mit ausgebeulten Taschen von all den gestohlenen Espresso-Kapseln gleicht als einer Redaktionsleiterin. Sie ist relativ weit oben in der Nahrungskette und von einer besonders aggressiven Art: starker Paarungstrieb, grimmige Verteidigung ihrer Position und exzessive Ausreizung ihrer Macht. Angeblich hat sie früher als Model gearbeitet. Ihre meterlangen Beine erinnern an diese frühere Karriere. Josephas Redaktionskollege Kevin zum Beispiel findet Maria unendlich attraktiv und hat bereits alles versucht, um sie ins Bett zu bekommen – erfolglos.

»Hast du da vorher aufgeschrien?«, fragt Maria vordergründig besorgt.

»Ich hab' mir nur das Bein angestoßen. Sehr lieb, dass du extra herkommst, um dich zu erkundigen«, antwortet Josepha mit einer möglichst neutralen Mimik. Josepha sieht schon das Insert vor sich, das sie bei einer Show als Einblendung am Bildschirm zu Maria schreiben würde:

Maria Weber, liebt Klatschpresse und Gerüchte

Eine ihrer vielen Arbeitskrankheiten ist es nämlich, ihr Gegenüber innerlich mit Inserts – also den bei Sendungen üblichen, eingeblendeten Bauchbinden – zu beschreiben. Eine Angewohnheit, die nach ihrem zweiten Jahr bei »MasterTV-Österreich« und etwa fünfhundert geschriebenen Inserts nicht mehr abzulegen ist.

»Ja, das hat sich ja ganz schlimm angehört.« Maria macht eine kurze Pause, in der Josepha hüstelt und wieder einmal nicht weiß, was sie darauf noch sagen soll.

»Du hast Musik gehört?«, fragt der Weberknecht misstrauisch.

»Ich hab' mal in die Musik-CDs für die nächste Sendung reingehört.«

Josepha glaubt, damit Marias nächster Frage ausweichen zu können.

»Aber das ist doch gar nicht deine Aufgabe«, sagt Maria streng und zugleich lächelnd, wobei sie die Zähne fletscht.

›Noch so eine Belehrung und ich verpfeif' dich und deine Espresso-Kapseln‹, denkt Josepha und nickt dabei ebenfalls lächelnd.

»Ich dachte, es wären ein paar gute Inputs für den Cutter, um die Sendung etwas aufzupeppen. Wegen der mageren Quote von »Cook your Cast« sollen wir doch jetzt verstärkt auf Kleinigkeiten achten«, entgegnet Josepha und denkt, dass diese Antwort nach Fleiß klingt.

»Ja, aber wie kommst du denn mit deiner Arbeit für »Ameisenhaufen« voran? Hast du dir schon neue Aufgaben überlegt?

Vielleicht ausnahmsweise solche, die vom Jugendschutz bewilligt werden? Es hat ja nicht jeder junge Mensch eine so niedrige Hemmschwelle, wie du sie damals gehabt hast. Übrigens, hast du die Polizisten, die heute da waren, eigentlich von früher gekannt?«

Da ist sie also – die tägliche Anspielung auf Josephas kriminelle Vergangenheit. Sie schüttelt den Kopf und denkt:

›Wieso störst du mich, du blöde Kuh, geh und fröne deiner Espresso-Kapsel-Kleptomanie …‹

Maria unterbricht Josephas Gedankengang kalt lächelnd: »Deinem Schweigen entnehme ich, dass du das mit den neuen Aufgaben für »Ameisenhaufen« noch nicht erledigt hast. Du musst das unbedingt noch fertigkriegen. Ich weiß, das klingt jetzt vielleicht harsch, aber wir müssen da echt alle zusammenhalten.«

Beim Wort »zusammenhalten« kann Josepha nur lächeln. Sie hat sich natürlich noch keine Gedanken über die neuen, ihrer Meinung nach allesamt schwachsinnigen Aufgaben für »Ameisenhaufen« gemacht, und sie hat sich auch geschworen, dieser Firma keine weitere Gehirnzellenanstrengung mehr zu schenken.

»Ich, äh –«, Josephas Magen knurrt, »ich habe an Pizza gedacht.«

Maria leckt sich die dünnen Lippen.

»Pizza?«, fragt Maria leicht spöttisch nach.

»Ja, also, wenn der Kandidat mit den Kindern eine Pizza belegen müsste?«

Maria gähnt und blickt herablassend auf Josepha, die nervös wird und schnell weiterspricht:

»Aber nicht irgendeine Pizza«, Josephas Fantasie nimmt Fahrt auf, »sondern eine mit einem Schriftzug darauf. Stell dir vor, eine riesige Pizza, auf der mit Mozzarella ›KÄSE‹ geschrieben steht! Stell dir einmal das Durcheinander vor, wenn man fünfzig Kinder dazu koordinieren müsste und wenn …«

»Eine Pizza, auf der mit Käse ›KÄSE‹ geschrieben steht?« Maria unterbricht Josepha in fast jeder Konversation mindestens einmal. Der Weberknecht stülpt nachdenklich seine knochige Hüfte vor.

»Oder vielleicht steht es da auch mit Tomaten oder Oliven oder Balsamico.«

»Also, der ganze Witz an der Sache ist doch, dass mit Käse ›KÄSE‹ geschrieben wird, oder etwa nicht?«

»Klar, natürlich.«

»Hast du schon mit den Autoren darüber gesprochen?«

»Nein, ich wollte diese Idee zuerst mit dir besprechen, damit die Autoren dann nicht wieder jammern, wenn sie die Idee umsonst ausarbeiten müssen.«

»Ja, das ist rücksichtsvoll von dir. Die Idee gefällt mir. Von mir aus geh zu den Autoren und gib ihnen den Auftrag!«

In diesem Moment geht der zwanzigjährige, gutaussehende Fahrradbote Marcello am Gang vorbei – in Richtung Marias Büro. Seit »Ameisenhaufen« in die Vorbereitungsphase gegangen ist, kommt Marcello fast täglich in ihr Büro, um Unterlagen zu bringen oder abzuholen. Es ist offensichtlich, dass sich Maria für seine Besuche jedes Mal besonders viel Zeit nimmt.

›Ob sie ihm dann einen Espresso anbietet?‹, fragt sich Josepha im Stillen.

»So, jetzt muss ich aber wieder«, sagt der Weberknecht in plötzlicher Eile, dreht sich weg und fährt sich dabei prüfend durchs Haar. In der Tür dreht sich Maria noch einmal zu Josepha um: »Sag mal, warum sitzt du eigentlich im Dunkeln?«

»Migräne.«

Die Redaktionsleiterin ist aber schon Richtung Fahrradboten abgerauscht. Josepha weiß, dass sie nur nachgefragt hat, um zu zeigen, dass ihr die heruntergelassene Jalousie sehr wohl aufgefallen ist.

Maria hat die Tür offengelassen. Diese Unart findet Josepha seit ihrem ersten Arbeitstag ärgerlich. Also stellt sie sich zum tausendsten Mal die Frage, warum sie ihr Leben von allen möglichen Ausgängen, das es hätte nehmen können, ausgerechnet zu »MasterTV-Österreich« führen hat müssen.

7. Kapitel

GROSSER KONFERENZRAUM INNEN/TAG

Der Konferenzraum ist bereits zum Brechen voll, als ihn Jonas betritt. Neben seiner Cutterkollegin Lisa, die ihm einen Stuhl freigehalten hat, findet er Platz. Rechts von der Tür ist ein Podest aufgebaut worden, auf dem ein Tisch mit drei Stühlen steht. Auf dem linken, etwas fragil wirkenden Plastikstuhl sitzt bereits der Personalchef. Auf dem rechten, ebenfalls instabilen Plastikstuhl sitzt der Chef der Buchhaltung. Nur der massive Stahlsessel in der Mitte ist noch frei. Fast das gesamte fünfundzwanzig-köpfige Team, das über die neuen Begebenheiten in der Causa »Ameisenhaufen« informiert werden soll, sitzt auf Holzstühlen vor dem Podest. SMS und E-Mails werden beantwortet, man unterhält sich, fächelt sich Luft zu, lacht zwischendurch und dennoch ist die Atmosphäre höchst angespannt. Aber trotz dieser Anspannung ist Jonas erleichtert. Das Verhör hat er glimpflich überstanden. Eingangs hat ihm die Polizei nur einige Fragen gestellt und sich in seinem Schnittraum umgesehen. Erst als sie erfahren hat, dass er für seine kleine Tochter regelmäßig Alimente zahlen muss, ist sie misstrauisch geworden und hat ihn gebeten, seinen Rechner anzustellen. Die polizeiliche Untersuchung seines Computers ist dann aber eher oberflächlich verlaufen. Da Jonas seine gehackten Videos in einer unscheinbaren Datei namens »unbrauchbarer Bin« verstaut hält, haben die Polizisten diese Videofiles nur für Ausschnitte vergangener Sendungen gehalten. Dass sie anders formatiert waren als die übrigen eigentlichen Schnitt-Files, ist ihnen nicht aufgefallen. Sie haben auch nicht genug Zeit gehabt, sich die Videos alle anzusehen.

Auf einmal verstummt der gesamte Konferenzraum. Herrschler ist eingetreten. Er lächelt kühl, setzt sich auf seinen Thron und betrachtet die Runde.

Es bleibt kaum Raum zum Atmen. Die Luft ist dick. Der Raum ist überheizt, die Fenster sind zu, die ersten Schweißtropfen perlen. Der Geruch im Zimmer wird streng, die Gesichter werden ernst, die Stimmung ist gespannt – der CEO spricht:

»Die Polizei ist gerade dabei, Spuren zu sichern. In meinem Büro haben sie schon Fingerabdrücke gesichert. Heute Früh habe ich außerdem am Kommissariat als Geschädigter ausgesagt. Die Polizei hat mich darüber aufgeklärt, dass die Ermittlungen nun mindestens vier Wochen lang weitergehen werden. Dabei werden die Kriminalbeamten immer wieder hier sein und euch möglicherweise nach weiteren Details fragen, sofern sie schon ein erstes Verhör durchgeführt haben. Wie auch immer es sich darstellen wird – seid bitte kooperativ. Die Chance, den Dieb zu finden, ist für die Polizei aber eher gering. Leider muss ich euch mitteilen«, er hält inne und scheint ehrlich verärgert, als er weiterspricht, »dass das Geld wegen eines Formalfehlers nicht versichert war. Es ist überhaupt nur deshalb in meinem Büro gelegen, weil wir es für ein Foto-Shooting mit der neuen Moderatorin, Janina Talina, gebraucht haben.«

›Wieso redet Klein-Cäsar immer im Plural, wenn er sich doch nur selber meint?‹, fragt sich Jonas und blickt sich um.

Die Mitarbeiter nicken, ihre Münder bleiben stumm und Herrschler fährt fort: »Euch allen wurde das Überwachungsvideo zugeschickt, aber leider sieht man tatsächlich sehr wenig darauf. Das Einzige, was wir sonst noch wissen, ist, dass der leere Koffer selbst am Wochenende im Donaukanal gefunden worden ist. Wenn einer von euch einen Verdacht hegen sollte, dann behaltet ihn bitte für euch, bis er sich erhärtet hat. Wir wollen hier ja keine Hexenjagd auslösen. Wir bitten um Zeugen, nicht aber um unhaltbare Anschuldigungen. Falls also jemand etwas beobachtet haben sollte oder dergleichen, kommt bitte zu uns.«

Fäuste werden geballt, Lippen geleckt, Nägel gebissen, und das so unauffällig wie möglich. Auf Jonas wirkt es so, als wittere jeder der anwesenden Mitarbeiter seine Chance, seinem persönlichen Rivalen oder Gegenspieler einen Denkzettel zu verpassen. Herrschler setzt sich in seinem Thron zurecht und legt eine künstliche Pause ein. Jonas schaut zu seinen Kollegen, alle wirken verunsichert.

Herrschler ergreift wieder das Wort: »Natürlich werden weder ich noch das Personalbüro jetzt Detektiv spielen, doch wenn sich Verdachtsmomente gegen einen von euch erhärten sollten, werden wir selbstverständlich ein Gespräch mit dieser Person in die Wege leiten! Aber wie gesagt, bitte keine unhaltbaren Anschuldigungen.«

8. Kapitel
VORPLATZ AUSSEN/TAG

Die leichenblasse Praktikantin – ihr ist auf dem Weg zum Meeting auf einmal übel geworden – bekommt langsam wieder Farbe im Gesicht. Obwohl Sami eigentlich bei der Konferenz sein sollte, wartet er, bis sich das Mädchen wieder besser fühlt. Schluck für Schluck trinkt sie das Cola, das ihr Sami in aller Eile besorgt hat. Eine SMS von seinem älteren Sohn Patrick aus erster Ehe erreicht ihn. Patrick hat ihm erst gestern mitgeteilt, dass seine Freundin ein Kind von ihm erwartet. Sami wird also Großvater! Das Problem an der Sache ist nur, dass Patrick noch studiert und neben dem Ingenieursstudium nicht für eine Familie aufkommen kann. Er hat Sami also um Unterstützung gebeten und das, obwohl er immer noch Alimente für Gregor, seinen Sohn aus zweiter Ehe, zahlen muss. Frische Scheidungskosten hat er auch noch zu tragen. Seinen eigenen Vater, Mahir Gün, um Unterstützung zu bitten, kommt nicht infrage. Obwohl sich die beiden sehr schätzen, haben sie ein schwieriges Verhältnis zueinander. Mahir betreibt das kleine, türkische Restaurant »Evet« in Eisenstadt. Er ist Mitte siebzig und steht noch immer jeden Tag von früh bis spät in seinem Lokal. Letzteres bringt gerade genug ein, um Mahir selbst über die Runden zu bringen. »Evet« zu verkaufen und endlich in Pension zu gehen, kommt für ihn, den Wirt aus Leidenschaft, nicht infrage. Seit dem Tod von Samis Mutter ist das Restaurant sein Lebensinhalt.

Für Mahirs Stammklientel ist er zudem so etwas wie eine wandelnde Lebenshilfe, die man in jeder Situation um Rat fragen kann. Manchmal erinnert sein Ratschlag tatsächlich eher an Orakelsprüche, die erstaunlich nah an dem dran sind, was tatsächlich eintreten wird. Als Sami klein war, hat sein Vater einmal zu ihm gesagt: »Sohn, du wirst ein großer Mann werden.« Damit hatte Mahir wohl nicht Samis heutigen Köperumfang gemeint. Sami weiß, dass es Mahirs Wunsch gewesen ist, ihn eines Tages als seinen Nachfolger das Lokal vergrößern zu sehen, um es später an seinen eigenen Sohn weiterzugeben, es vielleicht sogar zu einer wichtigen Einrichtung in Eisenstadt zu machen, zu einem Lokal, das es in jeden Reiseführer schafft. Obwohl Sami dem Wunsch seines Vaters nicht nachgekommen ist, hat sein Vater ihm das nie offen zum Vorwurf gemacht, dennoch weiß Sami, dass er für das Fernsehleben die Erwartungen seines Vaters enttäuscht hat. Das macht ihm zu schaffen. Im Gegenzug – so Samis Theorie – soll er zumindest versuchen, in der Fernsehwelt möglichst weit zu kommen, um dort »ein großer Mann« zu werden. Jedoch würde das bedeuten, nicht mehr ständig am Set stehen zu können, und genau zu diesem Schritt hat sich Sami noch nie entschließen können.

Die Praktikantin nickt ihm zu und steht auf, doch ihr wird wieder schwindlig und ihre Lippen werden blutleer. Schnell setzt er sie wieder hin und fächelt ihr Luft zu. Zwei Polizistinnen tauchen vor ihm auf.

»Sind Sie Sami Gün?«, fragt die Jüngere der beiden. Sami nickt und bemerkt, dass die Polizistin in seinem Alter ist und ihn eindringlich ansieht. Wäre die Dame nicht in einer Polizeiuniform, würde er aus ihrem Blick schließen, dass sie Interesse an ihm hat.

»Wir würden Ihnen gerne ein paar Fragen stellen.«

»Ja bitte?«

»Sind Sie verheiratet?«, fragt die Polizistin und Sami muss unweigerlich lächeln.

Die Konferenz wird Sami wohl vollständig verpassen …

9. Kapitel

GROSSER KONFERENZRAUM INNEN/TAG

In der Zwischenzeit ist es im Konferenzraum unerträglich stickig geworden und es fällt Jonas schwer, Herrschlers Worten noch zu folgen: »Wegen des Diebstahls fehlt unserem Projekt nun eine Million Euro Budget. Der Sieger von »Ameisenhaufen« muss diesen Betrag aber gewinnen, sonst fehlt der Sendung jede Spannung und der Sender hätte wohl kein Interesse mehr daran. Das wollen wir nicht riskieren. Immerhin haben wir alle lange, hart und mit sehr viel Herzblut an diesem Format gearbeitet. Ihr seid doch alle mit Feuer und Flamme dabei!«

Kurze, scheue Seitenblicke der Mitarbeiter. Feuer und Flamme sind im Moment vor allem ihre Körper, die das mittlerweile tropisch feuchtwarme Klima im Konferenzzimmer kaum mehr aushalten. Offenbar spinnt die Heizung, denn einige Tonmänner versuchen sie zurückzudrehen, doch sie heizt unberührt und erbarmungslos weiter. Leidenschaft ist jedoch bei den wenigsten zu spüren. Der CEO appelliert weiter an seine Mitarbeiter: »Dieses Projekt ist unser Kind und wir werden es nicht sterben lassen, nur weil einer von uns den Verrat begangen hat, dieses Geld zu stehlen! Daher werdet ihr natürlich verstehen, dass wir alle zusammenhalten müssen, um unserem Sendungsbaby das Heranwachsen zu ermöglichen! Wir können uns die gecasteten Kandidaten von außen nicht mehr leisten. Das wäre jetzt einfach zu teuer, dennoch muss die Sendung irgendwie über die Bühne gehen.«

Ein ungutes Gefühl breitet sich aus, es wird mit Hufen gescharrt, Blicke sind auf die Tür gerichtet. ›Flucht!‹, denkt Jonas mit einer bösen Vorahnung. ›Angriff!‹, schallt es in Herrschlers Stimme: »Deshalb ist aus den Departments Schnitt, Buch, Redaktion und Produktion jeweils eine Person als Kandidat für die Sendung ausgewählt worden. Außerdem wird einer der Moderatoren ins Rennen gehen.«

Die Kostümladys mokieren sich: »Warum nicht wir?«

Worauf auch die Tonmänner einstimmen: »Ja, und warum nicht wir?« Der CEO erklärt: »Die genannten Departments habe ich ausgewählt, weil in diesen diejenigen Kandidaten sind, die ich für passend halte. Alle fünf sind grundverschieden und ergeben so einen guten Ersatz-Cast.«

Mit einem Mal ist Jonas wieder sehr aufmerksam. Wäre er einer der Kandidaten, stünden seine Chancen, eine Million Euro zu gewinnen, eins zu fünf. Dann könnte er sich eine Wohnung kaufen, Geld für Emma zurücklegen, dann hätte er vielleicht sogar eine Chance auf das Sorgerecht! Herrschler räuspert sich und wieder kehrt Ruhe in die Schwüle des Konferenzzimmers ein: »Das Gute daran für euch ist, dass der Sieger oder die Siegerin die Million auch tatsächlich gewinnt.«

Ein Blick in die Runde. Die Mitarbeiter wirken aufgeregt, ganz so, als hätten sie alle den gleichen Gedanken: eine Million! Einer, der die Spannung nicht mehr aushält, ist Kevin. Vielleicht ist es der Alkohol in seinem Blut, der ihn mutiger macht als den Rest. Er ruft fast gleichzeitig mit Jonas' Cutterkollegen Timon: »Wer sind die fünf?« Es ist offensichtlich, dass beide hoffen, einer der Kandidaten zu sein. Jonas schaut sich nach Kevin um. Er bemerkt den glatzköpfigen Redakteur, der cool mit seinem Smartphone an einer Wand lehnt und so tut, als hätte er nichts gesagt. Auf diese Frage hat Herrschler natürlich gewartet: »Als Moderatorin wird weiterhin das von uns neu gecastete Talent, Janina Talina, fungieren. Als Kandidat ist aus dem Team der Moderatoren Will Wilson ausgewählt worden.«

»Eh klar«, murmelt Lisa, die Cutterin, die neben Jonas sitzt. Herrschler fährt fort:

»Aus dem Produktionsdepartement haben wir uns für den Aufnahmeleiter Sami Gün entschieden!«

Alle sehen sich um, Sami Gün scheint nicht anwesend zu sein. Timon springt auf: »Sami ist nicht da. Ich opfere mich, statt ihm in den »Ameisenhaufen« zu gehen!« Hüsteln. Fremdschämen. Ein zynisches Lächeln kräuselt sich um Herrschlers Lippen: »Das ist ja großmütig von Ihnen, dass Sie sich opfern wollen, Herr Wiederklas. Aber Herr Gün steht nur gerade eben am Vorplatz und kümmert sich um eine unserer Praktikantinnen, die vorhin beinahe ohnmächtig geworden wäre.«

Die Mitarbeiter des Produktions-Departments lachen. Jonas fragt sich, wie es sein kann, dass Herrschler, der doch so gut wie nie mit den Mitarbeitern verkehrt, genau weiß, wo sich der Aufnahmeleiter gerade aufhält und warum er nicht beim Meeting erschienen ist.

Der CEO spricht weiter: »Sami Gün wird spätestens in einer halben Stunde von der frohen Botschaft erfahren, und übrigens: Die Tage, an denen eure Kollegen wegen der Sendung ausfallen, müsst ihr Department-intern übernehmen. Extrageld gibt's dafür nicht, wie gesagt, die fehlende Million spüren wir im Budget. Ihr müsst da jetzt einfach zusammenhalten. Ihr schafft das schon!«

»Wer sind die restlichen Kandidaten?« Das war wieder Kevin.

Auch Jonas brennt darauf, die weiteren Kandidaten zu erfahren.

»Aus dem Buch-Department ist es Nigel Maschte!«

Jonas schaut zu den einzigen beiden festangestellten Autoren hinüber, die im Prinzip kreative, Ideen liefernde Redakteure sind. Mit ihnen hat Jonas bisher noch nie ein Wort gewechselt. Sie scheinen beide nervös zu sein. Der Jüngere von den beiden ist offenbar der Betroffene. Er wirkt nicht so, als würde er gern ins Rennen gehen.

»Und wer ist es aus der Redaktion?« Für Kevins aufdringliches Gefrage schämt sich Jonas mittlerweile fast so sehr wie für Timons Vorschlag, sich für diesen abwesenden Aufnahmeleiter aufzuopfern.

»Nicht Sie!«, antwortet Herrschler und schaut direkt zu Kevin, der seinen Blick daraufhin senkt. Wieder ist ein Hüsteln zu vernehmen, ganz so, als wollten einige ihr Lachen überspielen.

»Josepha Nowak wird für die Redaktion ins Rennen gehen.«

Köpfe drehen sich suchend nach dieser Josepha um. Jonas erkennt, dass alle in die Richtung jener hübschen Redakteurin blicken, die ihm schon öfter aufgefallen ist. Statt sich zu freuen, starrt sie zu der Redaktionsleiterin Maria, die sich auch prompt zu Wort meldet: »Ich hätte gern gewusst, wieso die Wahl ausgerechnet auf unsere Redakteurin Josepha Nowak gefallen ist!«

»Das Publikum will junge, attraktive Frauen in der Show haben«, antwortet Herrschler. Mit nur einem Blick bemerkt Jonas, dass Maria innerlich bebt. Auch wenn ihre Mimik ganz unverändert ist, zittern ihre Mundwinkel unkontrolliert. Josepha tut ihm leid. Er dreht sich wieder so, dass er sie sehen kann, doch da hört er von vorne plötzlich Herrschler seinen Namen sagen:

»Und vom Schnitt wird der Cutter Jonas Gambacher ins Rennen gehen.«

Er traut seinen Ohren nicht. Ein flaues Gefühl macht sich in ihm breit. Von allen Seiten fixieren ihn Augenpaare. Feindlich? Freundlich?

»Diese fünf Kandidaten sind sehr unterschiedlich und demnach höchst passend für die Sendung. Wir hätten es nicht besser casten können.«

»Was ist mit den Kandidaten, die bereits gecastet worden sind?«, ruft Kevin aufgebracht. Jonas bemerkt, dass seine Kollegin Lisa ihn von der Seite anstarrt. Er tut so, als würde er es nicht bemerken und schaut angestrengt zu Herrschler auf dem Podest. Der CEO seufzt gerade theatralisch: »Wir mussten den gecasteten Kandidaten leider absagen. Anreise, Unterkunft, Diäten für die Kandidaten plus jeweils einer Begleitperson, das können wir uns jetzt ganz einfach nicht leisten. Immerhin drehen wir fünf Folgen und ein großes Finale! Wir brauchen schließlich ein neues Preisgeld: eine Million, die wir erstmal woanders einsparen müssen. Also mussten wir sie unter einem Vorwand ausladen.«

Gemurmel geht durch die Reihen. Jonas bemerkt jetzt auch Timons säuerlichen Blick auf sich ruhen, den er nicht zu deuten weiß. Das Handy des Masters von »MasterTV-Österreich« vibriert. Er schaut kurz auf das Display, bevor er fortfährt: »Ich muss euch noch darauf einschwören, keinem – und wirklich keinem – außerhalb der Firma zu erzählen, dass wir unsere eigenen Mitarbeiter ins Rennen schicken. Das ist vorerst noch ein Betriebsgeheimnis. Wir arbeiten selbstverständlich an einer Pressemitteilung, aber mit der wollen wir warten, bis die Vorberichterstattung einsetzt. Wenn wir zu früh damit rausrücken, verschenken wir unnötig Aufmerksamkeit. Wir haben dementsprechend auch schon neue Verträge für euch aufgesetzt. Also bitte kommt dann einfach ins Personalbüro und unterschreibt sie.«

Besorgte Blicke, der CEO lenkt ein: »Keine Sorge, alle anderen Konditionen bleiben gleich.«

Herrschler erhebt sich, die Herde ist nass geschwitzt. »Wir schaffen das, ihr Lieben!«, sagt er kalt lächelnd und schreitet hoch erhobenen Hauptes zur Tür. Schon mit der Türklinke in der Hand dreht er sich noch zu seinem Team um und setzt in sanftem Ton hinzu: »Wir wollen euch natürlich alle als Mitarbeiter behalten.«

Mit diesen Worten verlässt Herrschler den Raum. Die Audienz ist beendet.

10. Kapitel

BÜRO JOSEPHA INNEN/TAG

In ihrem Leben ist Josepha schon alles Mögliche widerfahren, aber einmal in einer Show um eine Million Euro zu kämpfen, war definitiv etwas Neues. Doch anstatt sich mit der Frage auseinandersetzen zu können, was das nun bedeuten könnte oder wie sie mit dieser Situation am besten umgehen sollte, wird sie von einem Anruf ihres Exmanns aus ihren Gedanken gerissen. Wie immer gibt es Streit. Er wirft ihr vor, Noemis Schulsachen seien immer so durcheinander, nachdem sie bei Josepha war. Jede zweite Woche ist ihre Tochter Noemi nämlich bei ihr, jede erste bei ihrem Vater. Das Sorgerecht ist geteilt, jedoch fallen Josephas Wochen immer wesentlich kürzer aus, und auch das sorgt regelmäßig für Streitereien. Denn Josepha will so viel Zeit wie möglich mit Noemi verbringen, zumal sich die gemeinsame Zeit mit ihrer Tochter an Werktagen ohnehin nur auf die Früh und den Abend beschränkt. Doch ihr Exmann steht im Weg, denn er lässt nichts unversucht, um sie wieder zu einer Wochenendmutter werden zu lassen. Wegen Josephas krimineller Vergangenheit hätte er das nach der Scheidung sogar beinahe geschafft. Josephas außerordentlich engagierte Anwältin konnte das gemeinsame Sorgerecht gerade noch erkämpfen. Die Auflage dafür war allerdings ein sicherer Vollzeitjob. Josepha hätte jede Arbeit angenommen. Sie wollte nur ein normales Leben. Das wollte sie eigentlich immer schon, ganz besonders aber nach der ersten dreimonatigen Jugendhaft mit sechzehn und noch mehr nach der zweiten mit siebzehn und am allermeisten nach dem Trip, bei dem sie fast gestorben wäre.

Als sie dann ihrem Exmann begegnet ist, einem fast zwanzig Jahre älteren Lateinlehrer, hat sie sich von ihm Normalität versprochen. Die kam dann auch – wenngleich nur auf Zeit. Als sie mit Anfang zwanzig schwanger wurde, war sie nicht unglücklich darüber. Alles war gut, solange die Normalität anhielt. Aber mit Noemis Geburt kamen die ersten Eheprobleme. Ihre neue Mutterrolle nahm Josepha die Luft zum Atmen. Sie wollte raus, wieder ins Freie. Beinahe vergessene Bekanntschaften erneuerten sich und fast schlitterte sie wieder in die alten Bahnen: Sie lebte wieder ausgelassen, fühlte sich wieder jung. Nach einer besonders krassen Nacht kam ihr, während hinter schmutzigen Vorhängen der Morgen graute, die Erkenntnis: Sie lag in einem Bett neben einem Mann, der bestimmt nicht ihrer war, mit Substanzen im Blut, die bestimmt nicht legal im Handel erhältlich waren, und sie begriff plötzlich, dass man ihr Noemi wegnehmen würde, wenn sie so weitermachen würde. Für ihre Tochter schwor sie sich, sich wieder zusammenzureißen, und in den kommenden Monaten gelang ihr das auch. Ihre Ehe hatte diese Nächte zwar nicht überlebt, aber Josephas Wunsch nach Normalität war zurückgekehrt, nach einer Normalität auch nach der Scheidung, nach einer Normalität die nun für immer halten sollte. Aber statt in der Normalität landete Josepha bei »MasterTV-Österreich« und in letzter Konsequenz nun offenbar im »Ameisenhaufen«.

11. Kapitel

SCHNITTKAMMERL 3C INNEN/TAG

›Gut? Schlecht? Beides? Wenn ich gewinne, kann ich dann endlich weg von hier?‹ Jonas sitzt an seinem Schnittprogramm und stiert in das Standbild der letzten Folge von »Cook your Cast«. Er sollte sie nun endlich schneiden, aber er ist völlig in Gedanken versunken. Der Curser hat sich den ganzen Nachmittag noch kaum über den Bildschirm bewegt. Warum ist gerade er ausgewählt worden? Ist der Schritt ins Studio von »Ameisenhaufen« die Eintrittskarte in ein neues Leben?

Der Preis ist hoch für die Eins zu fünf-Chance auf eine Million: Er muss sich dafür vor aller Welt lächerlich machen. Er ist nervös und aufgeregt zugleich. Er streckt sich, sein Rücken schmerzt. Schon länger will er sich die eingesunkene Position, mit der er an seinem Schnittplatz arbeitet, abgewöhnen und stattdessen gerade sitzen lernen. Doch im Laufe der Arbeitsstunden rutscht er automatisch stündlich tiefer, sodass er nach vier Stunden meistens mit dem Kinn weiter schneiden könnte. Jonas gehört also definitiv nicht zu jener Sorte Cutter, die beim Arbeiten kerzengerade dasitzt, dabei Grüntee trinkt und nach Feierabend mit dem Mountainbike direkt in den Wald fährt, um einen Ausgleich zum dunklen Schnittkämmerchen zu bekommen. Er ist mehr von jener Sorte, die einem wandelnden, koffein- und schokoladesüchtigen Filmlexikon gleicht und der der Arbeitsplatz als Refugium dient. Normalerweise hält sich Jonas sogar gerne in seinem Schnittkammerl auf: Dort muss er trotz all seiner Allergien niemals niesen. Kaum eine Polle verirrt sich dorthin. Doch jetzt treibt ihn die Nervosität hinaus auf den Vorplatz zu seinen Kollegen.

12. Kapitel

KLEINES STUDIO »SPIEGEL MIT EI« INNEN/TAG

»Willst du es statt mir versuchen?«, fragt Sami Astrid, die er zu ihrem Büro begleitet hat. Er würde alles tun, um Astrid glücklich zu machen.

»Danke, Sami«, sagt Astrid und öffnet ihre Bürotür, »aber du weißt ja, wie der Herrschler ist. An seinen Personalentscheidungen ist nicht zu rütteln. Bis morgen.«

»Bis morgen.«

Sie nickt ihm zu und verschwindet in ihrem Büro. Seine Aufregung, seine Nervosität, all das hätte er gerne weiter mit Astrid besprochen, aber sie ist immer beschäftigt und Reden bedeutet für sie in der Arbeitszeit nur Informationsaustausch. Sami ist davon überzeugt, dass sie gewusst hat, dass er reden wollte, und einem längeren Gespräch aber tunlichst aus dem Weg gehen wollte, um ja keine falsche Vertrautheit wieder aufflackern zu lassen. ›Dabei hat sie mich überhaupt erst in diese Situation gebracht!‹, denkt Sami bitter. Vor mehreren Jahrzehnten schien sein zukünftiger Weg als Gastronom eigentlich vorgezeichnet. Küchenarbeit und Service hatte er mit der Muttermilch aufgesogen. Alles schien daraufhin zu deuten, bis Mahir eine Aushilfskellnerin für stark frequentierte Wochenenden einstellte: Astrid. Sie erzählte in einem fort von ihrem bevorstehenden Praktikum beim Fernsehen und davon, dass sie einmal selbst Produzentin werden wollte ... Wegen Astrid war es um Sami und seine Zukunft als Gastronom geschehen. Sie hatte ihn mit ihrem Fernsehfieber angesteckt. So kam er schließlich zu seinem ersten Job als Setrunner. Fünf Jahre später war er Aufnahmeleiter. Das ist er auch heute noch. In der Wiener TV-Szene gibt es kaum jemanden, sei es ein Komparse, ein Regisseur oder ein Kameramann, der nicht zumindest einmal schon mit ihm gedreht hat. Er wird geschätzt, er ist geachtet und es sind ihm oft schon besser bezahlte Stellen angeboten worden. Man wollte ihm größere Aufgaben in der Herstellungsleitung übertragen, doch Sami hat jedes Mal abgelehnt. Das Leben am Set ist seine Sucht, eine Sucht nach dieser Gemeinschaft, die während des Drehens wie ein eingeschworenes Team wirkt, sich aber nach dem letzten Drehtag erstaunlich schnell wieder auflöst. Jene Gemeinschaft bindet einen nicht an einen Ort, sie setzt sich zusammen aus immer neuen Geschichten, Gesichtern und Kunden.

Sami weiß, was ein Team braucht, um glücklich zu sein: Frisches Obst oder ein Eis am Stiel bei heißen Sommerdrehs, im Winter dann Punsch als Alternative zum Drehschlussbier. Neben einem reibungslosen Ablauf garantiert er psychologische Hilfe am Set. Er hört sich die Privatsituation desjenigen an, der kurz vorm Weinen steht und bringt Paare, die sich am Set gefunden haben, bei Außendrehs in einem Doppelzimmer unter. Mancher Moderator oder Schauspieler kennt ihn zwar nur unter seiner Funktion als »Set-AL«, hört nur seine Ansagen, sein »Bitte Ruhe«, sein »Mittagspause« und sein langersehntes »Dreeehschluss!«, aber das verletzt Sami nicht. Hauptsache, alles läuft so, wie es die Tagesdisposition, kurz »Dispo«, für den Drehtag vorsieht.

Für seine Tätigkeit hat Sami Privatleben, Freunde und Hobbys, die außerhalb der TV-Szene liegen, weitestgehend aufgegeben. Diese Arbeitssucht hat mit Astrid angefangen. Wenn sie bei einem Projekt gemeinsam am Set standen, waren das für Sami goldene Tage. Aber Astrid verliebte sich dann in den Mann mit der Tonangel, den »Angler«. Der hatte neben der langen Tonangel auch starke Arme und konnte Saxophon spielen ... Sami gab auf. Am Tag seiner ersten Hochzeit erfuhr er, dass sich Astrid von dem Angler mit den starken Armen getrennt hatte.

Als Astrid sich dann mit ihrer eigenen Produktionsfirma versuchte, verlor Sami sie absichtlich aus den Augen. Er sah sie zwar immer wieder auf diversen Szeneevents, versuchte dann aber in hoffnungslosen Unterfangen, seiner jeweils aktuellen Ehefrau auch in Gedanken treu zu bleiben, so wenig wie möglich mit Astrid zu sprechen. Erst viele Jahre später kam es wieder zu einem längeren Gespräch zwischen ihnen. Er war gerade von seiner zweiten Frau, Maxi Gün, geschieden und Astrids Konkursverfahren war bereits im Gang. Aus einer Unterhaltung wurden viele und aus Küchengesprächen wurden endlich Bettgespräche. Sami ergriff seine Chance, Astrid festzuhalten und ihr nach so vielen Jahren einen Antrag zu machen. Eineinhalb Jahre später wollte sie die Scheidung. Zwei Monate nach dem Gerichtsverfahren arbeitete sie – wie zum Hohn – für dieselbe Sendung wie er, für »Spiegel mit Ei«, Astrid in der Herstellungsleitung, Sami als Set-Aufnahmeleiter. Über zwanzig Jahre hatten sie nicht mehr für dieselbe Sendung gearbeitet. Doch jetzt war es wieder so weit – die Fernsehwelt folgt eben undurchsichtigen, eigenwilligen Regeln.

13. Kapitel
VORPLATZ AUSSEN/ABEND

Jonas sitzt in seiner Winterjacke neben fünf rauchenden Cuttern auf der Bank vor Gebäude zwei. Das ist seine alte Raucherrunde, auch wenn er selbst mittlerweile nur noch gelegentlich elektronische Zigaretten pafft. Eigentlich fühlt sich Jonas auf der Bank wohl. Er mag die unprätentiöse, ruhige Art der anderen Schnittmeister aus seinem Department. Doch heute ist etwas anders. Jonas hat das Gefühl, dass die anderen sehr gerne über seine Kandidatur bei »Ameisenhaufen« sprechen würden, aber verkrampft davon absehen, weil er neben ihnen sitzt.

Während Jonas also mit seinen Kollegen gelegentlich beiläufige Bemerkungen austauscht, beobachtet er Kevin, den vollbärtigen

Redakteur mit Glatze. Jonas hofft, dass er nicht zu ihnen kommt. Die Sorge ist unbegründet. Kevin ist nämlich auf seinem täglichen Kreuzweg in die Tiefgarage, wo er heimlich in seinem Wagen Hochprozentiges trinken wird. Seine Ausrede »Ich hol' schnell was aus meinem Auto« ist zu einem Insiderwitz zwischen einigen Mitarbeitern geworden.

»Ob Kevin den Geldkoffer gestohlen hat?«, platzt es aus Timon heraus, der den glatzköpfigen Redakteur ebenfalls beobachtet hat.

»Warum gerade Kevin? Der trinkt doch nur. Vielleicht war's ja Wilson«, sinniert Jonas.

»Stimmt. Der wollte vielleicht wieder irgendeiner seiner Freundinnen eine neue Handtasche kaufen«, denkt der Cutter mit Pferdeschwanz laut. »Ich frag' mich ohnehin, wie der immer so viele hübsche Mädels abkriegt. Solch riesige Summen kann der hier ja auch nicht verdienen.«

»Dem Wilson fehlen doch bitte die Eier, um eine einzige Seife aus einem Hotel zu stehlen«, kontert Timon und setzt nachdenklich hinzu, »aber seine ständig wechselnden, hübschen Freundinnen versteh' ich auch nicht. So attraktiv kann Prominenz doch auch nicht machen.«

Um seinen Nimbus als Frauenheld zu bekräftigen, hat Will Wilson selbst das Gerücht in die Welt gesetzt, die Toilette in seiner Garderobe müsse ständig ausgetauscht werden, da er sie auch zu anderen Zwecken benützen würde. Schließlich ist er der einzige Moderator bei »MasterTV-Österreich«, der keine versperrbare Garderobe hat und auch keine mehr bekommen wird. Zu oft hat er in jüngeren Jahren diese verwüstet hinterlassen.

Auch wenn Will für sein Alter noch recht rüstig ist, weiß Jonas, dass die Toilettengeschichte erfunden ist. Er hat dafür ein E-Mail vom Hauswart gehackt. Doch das behält Jonas für sich. Er möchte die Neugier seiner Kollegen nicht wecken.

»Muss einer von euch eigentlich ein zweites Mal aussagen?«, fragt Timon in die Runde.

Niedergeschlagen hebt Lisa die Hand und der Cutter mit dem Pferdeschwanz wird unruhig:

»Hat die Polizei bei dir etwa Gras gefunden?«

»Aber deshalb stehl' ich noch lange keinen Geldkoffer!«

»Sagt ja keiner«, beruhigt Timon. »Wie viel hattest du denn dabei?«

»Grad so viel, dass es noch legal war.«

»Na dann, mach dir keine Sorgen.«

Kevin kommt wieder aus der Tiefgarage und geht Richtung Gebäude eins. Seine Glatze schimmert in der Sonne. Er wirkt nun wesentlich entspannter.

Auch der schöne Praktikant Fabo kommt an der Bank vorbei und schlägt mit Jonas ein. Es ist diesem sehr gut aussehenden jungen Mann immer besonders wichtig, hip zu wirken und dieses Verlangen spiegelt sich in seinem lässigen, wenngleich auch sehr teurem Schuhwerk wider ... Für Jonas besteht kein Zweifel, dass Fabo einer ist, der seine Unterwäsche ordentlich bügelt, faltet und einordnet, während er dabei brav FM4 hört. Heute allerdings wirkt er niedergeschlagen und lächelt erst, als die hübsche Kostümpraktikantin Annmadleine an ihnen vorbeikommt. Sie nickt ihnen majestätisch zu.

Jonas und Fabo schauen ihr nach, wie sie in Richtung Studio verschwindet. Angeblich ist zwischen ihr und Will Wilson etwas entflammt, oder besser gesagt, angekohlt. Rein theoretisch könnte man damit einen PR-Skandal provozieren: Die Kleine ist sicher noch keine achtzehn, Will Wilson hingegen neunundfünfzig. Wie das Mädchen nach Arbeitsschluss zu Wilson gelangen kann, ist klar: Die Unterbringung des Kostüm-Departments ist durch einen unterirdischen Gang von den Garderoben der Show-Moderatoren getrennt. Hierfür muss – wie so oft in der Branche – ein enger und dunkler Tunnel überwunden werden, dessen Licht am Ende nur selten funktioniert.

Jonas ist sich sicher, dass Annmadleine eine steile Karriere im Kostüm-Department, kurz »Kostüm«, bevorsteht. Ihre Aufmachung passt bereits perfekt zu ihrer Abteilung: Die eleganten, stets adretten Damen mit stolzem Gang gehören nämlich fast immer zum Kostüm. Ihr Make-up verrutscht niemals, auch nicht bei Wutausbrüchen.

Das Kostüm hat einen natürlichen Feind, den »Ton«. Die Tonmänner und Tonfrauen haben ausgeprägte Oberarme vom Angelhalten und vom Mischpult-Schleppen. Mit diesen Armen pirschen sie sich an die Kostümdamen heran. In einem günstigen Moment schimpfen sie dann über die ausgewählten Outfits, sie seien nicht »technikfreundlich« und würden als solche stets rascheln oder andere unangenehme Geräusche erzeugen. Das reflexartige Gegenargument der Kostümdamen darauf ist, dass der Ton endlich lernen solle, Mikrofone richtig zu verkabeln. Opfer dieses Artenkriegs sind schließlich die Tonfiles, mit denen sich die Postproduktion herumschlagen muss. Die Redakteure wissen zwar, dass Jonas und die anderen Cutter nichts für die schlechte Tonqualität können, beschweren sich aber trotzdem regelmäßig bei ihnen, nur um dann meistens mit dem Satz zu enden: »Aber du kannst ja nichts dafür.«

Dafür werden die Kostümladys ähnlich wie die Maskendamen besonders vom Kamera- und Licht-Department geschätzt oder sogar geliebt. Ihre Anmut, ihre grazile Geschäftigkeit, ihr betörendes Parfum wirken auf die Arbeitshandschuhe des Licht-Departments wie etwas wunderbar Zartes, Begehrenswertes, etwas, das in immer neuer Form geliebt werden kann. Kostümdamen sind stolz, sie lassen die Kameramänner samt ihrem Lichtteam gerne schmachten.

Jonas hingegen findet die ruhigen Cutterinnen attraktiv, dennoch versucht er, sich an die einfache, dabei doch von allen ständig gebrochene Kardinalregel »Finger weg von derselben Kostenstelle« zu halten. Aber auch diese hübsche Redakteurin, die ebenfalls als Kandidatin ausgewählt worden ist und deren Namen er sich nicht gemerkt hat, ist ihm schon öfter aufgefallen, vor allem ihre schmale Figur, ihr hübsches Gesicht und ihre langen Locken.

Dabei wirkt es so, als wüsste sie gar nicht, wie hübsch sie eigentlich ist. Aber Jonas hat keine Kraft, um Frauen anzusprechen oder sich gar um ein Date zu bemühen. Er hat schon eine große Liebe. Die ist fünf Jahre alt und wartet in Vorarlberg auf ihn.

14. Kapitel
BÜRO JOSEPHA INNEN/ABEND

Nicht einmal die kalte Abendluft, die durch Josephas Fenster weht, kommt gegen ihre Müdigkeit an. Immer wieder fallen ihr die Augen zu. Aber auch wenn sie schon im Bett wäre, sie könnte ja doch nicht schlafen.

Auf einmal kommt ihr eine Idee! In dem E-Mail mit dem Video vom Diebstahl ist ausdrücklich gestanden, dass dieser Vorfall bis Montag ein Firmengeheimnis bleiben soll. Über das Wochenende würde Herrschler über das weitere Vorgehen entscheiden und erst dann damit an die Öffentlichkeit gehen. Josepha spürt das Kribbeln der Rebellion in den Fingern. Wenn sie es schaffen würde, einen Artikel darüber zu schreiben und diese Geschichte unter einem Pseudonym bei einer Zeitung zu platzieren, wäre das mit etwas Geschick vielleicht ihre Eintrittskarte in den Journalismus. Außerdem braucht sie eine »MasterTV«-Exit-Strategie, falls Maria sie aufgrund ihrer Vergangenheit vor dem Management als Kofferdiebin anprangern sollte. Wenn jedoch jemand dahinter käme, wäre sie ihren Job und damit das geteilte Sorgerecht für Noemi mit ziemlicher Sicherheit los. Auf der anderen Seite könnte jemand anderer bald auf die gleiche Idee kommen, schneller sein und Josephas Chance, endlich bei einer Zeitung unterzukommen, wäre dahin.

Noch einmal an diesem langen Tag schließt sie die Tür zu ihrem Büro. Sie starrt auf die Nummer der einzigen, ihr bekannten Journalistin im virtuellen Adressbuch ihres Smartphones. Sie wählt, legt auf. Wählt erneut. Legt wieder auf. Dabei geht es doch nur darum, einen Kontakt zu einer Tageszeitung herzustellen! Josepha hört Maria am Gang wiehern. Offenbar lacht sie gerade mit jemandem Zweiten – wahrscheinlich über einen Dritten. Der Knoten in Josephas Magengegend zieht sich zusammen. Wieder wiehert Maria. Josepha starrt zu ihrer verschlossenen Bürotür, die sie doch verdächtig machen könnte. Jetzt ein fast hysterisches Auflachen am Gang! Der Knoten in der Magengegend schmerzt. Josepha drückt erneut auf das Telefonzeichen am Handy. Diesmal wartet sie auf eine Antwort am anderen Ende der Leitung.

15. Kapitel
VORPLATZ AUSSEN/ABEND

Die Producerin von »Cook your Cast« verlässt schnellen Schrittes Gebäude zwei. Sie wirkt den Tränen nahe – möglicherweise kommt sie gerade von einer Unterredung mit Herrschler. Eine mächtige Frau, doch ihr Fuß ist verstaucht, ihre Karriere ebenso. Zumindest lenkt ihre Gangart von ihrer Frisur ab. Wie die Dinge für sie aussehen, wird sie es sich nicht leisten können, den Friseur zu verklagen. Das arme Wesen wird wohl nicht bis zur Aufzeichnung der neuen Sendung »Ameisenhaufen« in dieser Firma überleben. Obwohl alle Zutaten der Erfolgsformate der letzten zehn

Jahre in das Rezept von »Cook your Cast« verpackt sind, will das Publikum offenbar keine Show mehr sehen, in der für Single-Promis gekocht wird. Auch nicht, wenn der Gewinner-Koch den prominenten Single dann in ein Hauben-Restaurant ausführen darf. Herrschler hat zwar keine Kosten gescheut, um dieses Format ganz groß aufzuziehen, doch gefruchtet hat es nicht.

Immer mehr Mitarbeiter verlassen die Gebäude, vor allem jene aus Personalabteilung, IT und Buchhaltung. Auch Kevin kommt wieder auf den Vorplatz gelaufen. Er ist der einzige, dem das neue »Ameisenhaufen«-Projekt tatsächlich Spaß zu machen scheint. Angeblich ist er für die Verständigung mit den Eltern der Kinder, die auftreten werden, zuständig und so in Kontakt mit einigen sehr hübschen Alleinerzieherinnen gekommen ...

»Vielleicht ist der ja so happy, weil er gerade um eine Million reicher geworden ist«, raunt Jonas sein Cutterkollege Florian zu, der gerade Schwierigkeiten mit seiner Freundin hat und sich daher vor dem Nachhausegehen drückt. Zur Antwort grinst Jonas nur.

Doch diese Verdächtigungen lösen auch eine unangenehme Vorahnung aus, als ob diese Entwicklung noch zu einem schlechten Ende führen könnte ...

3 Tage später

16. Kapitel

KLEINES STUDIO »SPIEGEL MIT EI« INNEN/MORGEN

Es ist Montag sechs Uhr Früh – das Wochenende ist vorbei. Sami steht müde am Set von »Spiegel mit Ei« und denkt an Astrid. Es gibt gerade eine kurze Pause, bevor der erste Gast, ein Imker, kommen soll.

»Du, Sami, kannst du mir vielleicht Linda kurz herholen? Ich hab' jetzt doch noch ein Kipferl gegessen und ich glaub', sie sollte noch einmal drüberschminken.« Franziska Naschhold, die Moderatorin von »Spiegel mit Ei«, scheint im Gegensatz zu Sami schon richtig wach zu sein.

»Bei dir muss man gar nicht so viel schminken, du bist naturschön.«

Geschnurre der Moderatorin. Statt Linda persönlich zu holen, gibt Sami nur durch sein Funkgerät, sein »Funki« – die wichtigste Erfindung seit der Entdeckung des Rads – knapp durch: »Linda für Sami«.

Aus dem Funki schallt es: »Linda hört.«

»Kannst du bitte an den Frühstückstisch kommen, die Franziska nachschminken?«

Das Funki antwortet mit leichtem, aber vertrautem Rauschen: »Klar, ich komm'.«

Franziska schnappt sich noch eine halbe Nussschnecke vom Frühstücksbuffet: »Das gönn' ich mir jetzt noch.« Sie gönnt es sich und hat noch mehr Staubzucker um ihren Mund. Da kommt auch schon die fleißige Linda mit ihrem großen Maskenkoffer, um Franziskas Lippenstift nachzuziehen. Problem gelöst. Samis Gedanken wandern wieder und er fragt sich, ob Astrid heute wohl früher ins Studio kommen wird. Er kennt ihre Angewohnheit – und ihre Energie, die zerstörerisch sein kann, wenn sie ins Negative umschlägt. Das tat sie häufig während ihrer kurzen Ehe, denn Astrid trieb der Konkurs ihrer Firma regelmäßig in Verzweiflungszustände. So wie an dem Abend, an dem er nach Hause kam und ein merkwürdiges Trommeln vernahm. Er fand Astrid am Badezimmerboden. Ihr Augen-Make-up war so ebenmäßig im Gesicht verronnen, als hätte sie schwarze Tinte geweint. Haarsträhnen klebten mit Rotz und Wasser in ihrem Gesicht. Sie trug nichts als einen hautfarbenen Slip. Aufgelöst schlug sie mit ihren Fäusten auf die Fliesen ein. Auch wenn Sami in diesem Augenblick von Astrid abgeschreckt, vielleicht sogar abgestoßen war, bewunderte er sie trotzdem: Denn im Gegensatz zu ihm hatte sie den Mut gehabt, überhaupt ein Spiel zu riskieren und alles auf eine Karte zu setzen. Aber sie hatte verloren. Knapp zwei Millionen Euro Schulden waren ihr geblieben, 1 700 000 Euro. Sie musste ihr Elternhaus verkaufen und in eine Mietwohnung ziehen, dennoch blieb ihr eine halbe Million an Schulden übrig. Schulden, die noch immer den Großteil ihres Gehalts fressen und ihr die Nächte stehlen.

Sami hat seine ersten beiden Exfrauen, Walli und Maxi, auch geliebt, wenngleich anders. Es waren Frauen gewesen, die ihn abends in den Arm genommen hatten, Frauen, mit denen er jeweils einen Sohn bekommen hatte, Frauen, die Sami verlassen konnte, auch wenn es ihm danach leidgetan hat. Walli und später Maxi hatten ihren TV-Mann höchst interessant gefunden, waren aber beleidigt gewesen, wenn Sami vor Freunden und Verwandten nicht auch noch über die Arbeit sprechen wollte. Außerdem kritisierten sie seine familienfeindlichen Arbeitszeiten: Vor Sonnenaufgang zur Arbeit, lange nach Sonnenuntergang zurück, keine klaren Urlaubszeiten, dafür Wochen, in denen er nicht engagiert wurde und zuhause herumsaß. Dann hatte er regelmäßig damit begonnen, sich Sorgen zu machen, daraufhin wieder jedes nur erdenkliche Projekt angenommen – und war wieder für Wochen kaum zuhause … Bei Astrid hingegen war immer alles anders: Er hat Astrid von der Ferne geliebt, hat sie mit Kollegen streiten sehen, hat miterlebt, wie sie gekämpft hat. Zum Zeitpunkt ihrer schlimmsten Krise hat er sie wieder getroffen und aufgefangen. Sie ist jetzt fünfundfünzig, energetisch, attraktiv und interessant. Sie flirtet, arbeitet hart und hat den Schuldenabbau immer vor Sami gestellt …

›Sie müsste einfach weg sein‹, denkt Sami wieder einmal, beißt in einen Krapfen und wischt die Marmelade von seinen Fingern. Dann schaut er schuldbewusst auf seine klebrigen Finger. Er wirft einen Blick auf die Dispo. Auf der darauf ebenfalls abgedruckten Stabliste springt ihm sofort »Astrid Merlin – 1. Aufnahmeleitung« ins Auge. Nicht einmal seinen Namen hat Astrid annehmen wollen. Sie hat ihren Mädchennamen, Merlin, stets behalten.

»Sami!«, flüstert der Praktikant Fabo hinter ihm, »Sami, der Gast, also der Imker, speibt! Ich glaub', er hat eine Laktose-Intoleranz.«

»Fabo, sieh mich an und sag mir, ob du frische Milch gekauft hast heute Früh!«

»Aber es war doch noch so viel da!«

»Sag der Franziska, sie soll das Gespräch jetzt in die Länge ziehen«, flüstert Sami Fabo gestresst ins Ohr und sprintet Richtung Gästegarderobe.

17. Kapitel
SCHNITTKAMMERL 3C INNEN/MORGEN

Jonas hat die Nacht von Sonntag auf Montag auf der Toilette verbracht. Offenbar war das Joghurt, das er am Wochenende um den halben Preis gekauft hat, nicht mehr gut gewesen. Dabei wollte er nur Emmas Lieblingsnachtisch machen – Erdbeerjoghurt mit echten Erdbeeren darin! Während der junge Mann leidend am WC gehockt ist, haben ihn abwechselnd seine Exfreundin Tamara und seine Mutter mit SMS und Anrufen bombardiert: Mit Vorwürfen und Anschuldigungen, denn Emma hatte ebenfalls Bauchschmerzen und saß ihrerseits schreiend im Badezimmer. Tamara hatte also Jonas' Mutter informiert, die natürlich sofort bei ihr aufgetaucht war. Um etwa zwei Uhr Früh waren sich dann aber Jonas Mutter und Tamara derartig in die Haare gekommen, dass beide endlich auf Jonas vergaßen. Dieser ist in der Zwischenzeit aus Erschöpfung auf der Toilette eingeschlafen – genau wie seine kleine

Tochter sechshundert Kilometer weit von ihm entfernt am anderen Ende von Österreich. Als Jonas am nächsten Tag am kalten Boden seines kleinen Badezimmers aufgewacht ist, hat er sich einsamer und elender als sonst gefühlt und sich wie so oft gefragt, warum seine Mutter es überhaupt für nötig befunden hatte, ihn auf die Welt zu bringen. Er war dabei noch so schwach, dass er Mühe hatte, sich aufzuraffen und in die Arbeit zu gehen. Der Gedanke, dass ihm eine Million Euro bevorstehen konnte, half ihm auf die Beine.

Mittlerweile sitzt Jonas in seinem Schnittkammerl und spielt während des Hackens geistesabwesend mit den Fäden seiner löchrigen Jeans. Seine weichen, gepflegten Hände stehen im Kontrast zu seinem punkigen Hosenloch. Für heute ist wenig zu tun. Mit der Schnittarbeit ist er meistens schneller fertig als seine Kollegen. Er hat schon längst den Versuch aufgegeben, seine »eigene Note« in das Produkt zu verpacken. Auch wenn seine Lehrerin in bildnerischer Erziehung immer auf sein künstlerisches Talent gepocht hat, kann er auf diese Art der Kunst verzichten. Er weiß, was erwartet wird und wie er schnell dahin gelangt. Er kennt die Tricks, um jede lahme Show mit gewitztem Schnitt aufzupolieren und jedem halb interessanten Gespräch Drive zu verleihen. Den Ehrgeiz zur »eigenen Schnitt-Handschrift« hat er entweder nie gehabt oder binnen der ersten Woche bei »MasterTV-Österreich« verloren. Er kann die Verzweiflung der anderen Cutter nicht verstehen, die mit aller Kraft versuchen, ihr Innerstes in das Projekt zu bringen. Weshalb? Das Innerste kann man ebenso gut dort lassen, wo es ist: im Innersten. Stattdessen macht es Jonas Spaß, die Redaktion, die Herstellungsleitung und den Hauswart von seinem Schnittraum aus zu hacken. Damit kann er Stunden um Stunden zubringen. Nur die IT-Abteilung ist vor seinen Hacker-Angriffen gewappnet. Nach dem dritten gescheiterten Versuch hat Jonas aufgegeben.

Neugierde hat ihn heute in ein besonderes Hackerfieber gestürzt: Obwohl er niemanden zu Unrecht beschuldigen möchte, will er doch mehr über den Geldkofferdieb herausfinden. Eigentlich, das weiß er, sollte er seinen bezahlten Leerlauf besser damit zubringen, an einem Finanzplan für Emmas zukünftige Ausbildung zu arbeiten oder sich Gedanken über seine eigene Zukunft zu machen. Jonas ist meistens aber völlig erschöpft und ausgelaugt vom Wochenende, von all den Strapazen mit und um Emma, seiner kleinen Tochter, erschöpft von diesem ständigen Pendeln zwischen Wien und Vorarlberg, um sie zu sehen. Er verbringt seine Zeit also lieber damit, Dinge zu tun, die ihn entspannen oder ihm kurz Freude bereiten – und Hacken ist so eine Sache. Schon in der Schule hat er damit angefangen, zu programmieren, zu hacken und Viren zu kreieren. Darin ist Jonas immer schon gut gewesen. In einer Religionsstunde hat er es sogar einmal geschafft, sich in die Schuladministration zu hacken und von dort aus im Internet fünfundzwanzig Salamipizzen für die 8C zu bestellen – alle mit extra viel Käse, weil er gewusst hat, dass Hubert, der Klassenprinz und Tenniskönig, an einer Laktose-Intoleranz litt. Der Missetäter ist nie gefunden worden und Jonas hat nicht damit angegeben. Er hat stattdessen zufrieden seine Pizza mit Salami gegessen und dem verzweifelten Vizedirektor bei dem Versuch zugesehen, mit der Pizzarechnung in der Hand die unaufhaltsame Menge an Schülern davon abzuhalten, auch noch die letzten Pizzakartons aufzureißen. Ein Erfolg in seinem Leben.

18. Kapitel
TIEFGARAGE INNEN/MORGEN

Schlechte Noten, Videospielsucht, kein Sport und zu dunkles Augen-Make-up für ihre zarten dreizehn Jahre. Nach jedem Streit fühlt sich Josepha schlecht, so als hätte sie gar nicht das Recht, ihre Tochter Noemi zu maßregeln. Zumal Noemi eigentlich als problemlos zu betrachten ist, wenn sie sich selbst mit ihr in diesem Alter vergleicht.

»Mit dreizehn wäre ich noch gar nicht auf die Idee gekommen, mit schwarz geschminkten Augen zur Schule zu gehen«, hat sie Noemi vorgeworfen. Einerseits hat sie sich nach diesem Ausspruch alt gefühlt, andererseits war das natürlich eine glatte Lüge. Mit dreizehn hatte Josepha schon ganz andere Dinge getan, als nur ihre Augen schwarz zu schminken. Jetzt ist sie dreiunddreißig und hat kaum mehr Zeit für Make-up. Die ersten weißen Strähnen verstecken sich netterweise in ihrem vollen dunklen Haar und werden nur bei Hochsteckfrisuren sichtbar. Sie betrachtet sich im Rückspiegel ihres Autos und fragt sich, wie sie auf einmal über dreißig hat werden können. Seit ihrer Scheidung ist sie um eine Kleidergröße magerer, der Großteil ihrer Kleidung ihr somit zu groß geworden. Meistens mangelt es ihr aber an Zeit und an Geld, um einkaufen zu gehen.

Im Augenwinkel kann Josepha Sami erkennen, tut aber so, als würde sie ihn nicht sehen. Sie sind einmal betrunken nach einer Produktionsparty miteinander im Bett gelandet und das hat sich dann noch einige Male wiederholt. Sie will diese Liebschaft keinesfalls ernster werden lassen. Allein deshalb nicht, weil Samis Exfrau Astrid einer der wenigen Menschen gewesen ist, die Josepha nach ihrer Scheidung weitergeholfen haben. Astrid hat von Josephas Vorstrafen gewusst, aber niemandem davon erzählt, zumal es inzwischen nicht mehr aus ihren Unterlagen abzulesen war. Sie hat ihr, ohne sie im Arbeitsleben überhaupt zu kennen, ein Empfehlungsschreiben verfasst. Dank dieser Empfehlung und Astrids Verbindungen hat Josepha den Job bei »MasterTV-Österreich« überhaupt erst bekommen. Die einzige Person, vor der sie Josephas Vergangenheit nicht verstecken hat können, war ihre direkte Chefin, der unsägliche Weberknecht, die Redaktionsleiterin Maria.

Josepha ist trotzdem bester Laune. Seit heute acht Uhr steht sie im Kontakt mit dem Chef vom Dienst einer mittelgroßen Tageszeitung, der Interesse an der Geldkoffer-Geschichte hat. Josepha hat den Artikel über das Wochenende geschrieben und wartet jetzt nur mehr die Konferenz ab, um ihn zu aktualisieren. Vollbremsung! Die junge Kostümpraktikantin Annmadleine hat einen dicht behängten, mobilen Kleiderständer direkt vor Josephas Motorhaube gefahren. Hinter ihr schimpft ein Tonmann, der drei Technikkisten schleppt, über ihre Unachtsamkeit. Statt zu hupen, grüßt sie Annmadleine mit einem Lächeln. Diese scheint ihre Begrüßung nicht bemerkt zu haben. Den Tonmann komplett ignorierend, geht die Kostümpraktikantin einfach gähnend weiter. Auch Josepha ist müde. Schon die vierte Nacht in Folge, in der sie weniger als fünf Stunden geschlafen hat, liegt hinter ihr. Die neuen Tabletten haben das Einschlafen zwar nicht erleichtert, aber das Aufstehen erschwert. Bei Schlafmangel fühlt sich Josepha immer besonders unbeliebt und ungeliebt.

Die Tiefgaragen am Gelände sind eine gloriose Fehlkonzeption: Man muss mit seinem Auto den gesamten Vorplatz überqueren, um sie zu erreichen. Gerüchteweise hat Herrschler das Mediengelände deshalb so billig erwerben können, weil irgendjemand die Tiefgaragen so völlig falsch konzipiert hatte.

Genau jetzt beginnt die Abnahme der Menüs für die nächste Folge von »Cook your Cast«. Obwohl ihre Reaktionsleiterin Maria ebenfalls häufig unpünktlich kommt, wird sie bestimmt Josepha ermahnen, falls diese später als sie selbst zum Meeting mit dem Autor erschiene.

Josepha schaut auf die Uhr und bekommt einen kurzen Adrenalinschock – immer gut, um aufzuwachen.

19. Kapitel
SCHNITTKAMMERL 3C INNEN/NACHT

Die vierundvierzigste Sendung von »Cook your Cast« ist fertig geschnitten und Jonas wartet auf die Schnittabnahme. Laut am Telefon fluchend, steht Kevin vor dem Schnittkammerl 3C und lässt ihn warten. Wahrscheinlich ist er gestresst. Das mag daran liegen, dass er für die beiden Misserfolge arbeitet, die gerade bei »MasterTV-Österreich« produziert werden: »Spiegel mit Ei« und »Cook your Cast«. Ersteres ist eine Frühstückssendung, die nur mehr drei Wochen laufen wird und auch nicht viel länger gelaufen ist. Der Kunde, ein österreichischer Privatsender, hat dieses Programm schon nach einer Woche mit folgender Kritik abbestellt:

»Das ist Einschlafprogramm! Die Moderatorin ist zu alt, der Moderator hat einen unverständlichen Dialekt, die Themen sind entweder zu politisch oder zu fad. Im Großen und Ganzen sollte man diese Sendung einem Publikum mit Einschlafproblemen vorsetzen und nicht einem, das aufstehen möchte. Der Vertrag wird infolgedessen nicht verlängert.«

Für die Promi-Casting-Kochshow »Cook your Cast« ist eine Verlängerung der Laufzeit vorerst ebenfalls unwahrscheinlich und die Producerin steht offenbar knapp vor der Kündigung.

Das weiß Jonas alles aus den Schnittabnahmen. Die Redakteure haben bei dieser Gelegenheit häufig großen Redebedarf und so erfährt Jonas auch als Cutter allerlei pikante Geschichten und Neuigkeiten. Zum Beispiel, wie man die städtischen Kindergärten zur

Kooperation für »Ameisenhaufen« regelrecht verführt hat. Eltern und Kinder bekommen keine Gage, sondern Plüschbären für ihren Auftritt, nur die Pädagoginnen werden von »MasterTV-Österreich« bezahlt. So braucht man also Kindergärten, die sich die Mühe machen, die Eltern von der Sendung zu überzeugen. Demnach ist jedem Kindergarten etwas anderes versprochen worden: hier ein neues Klettergerüst, dort eine neue Spielecke oder eine Finanzspritze für das jährliche Sommerfest der Belegschaft. Der kurz vor der Pensionierung stehenden Leiterin des Kindergartens in Hernals hat man Fabo, den schönsten Praktikanten der Firma, mit einer Flasche Sekt vorbeigeschickt. Dafür hat man wiederum Fabo eine Stelle als Produktionsassistent versprochen. Die altbewährte horizontale Methode der Medienbranche hat natürlich auch im Kindergarten gezogen. Egal, was der schöne Fabo der Leiterin in der Intimität der Kinderküche zugehaucht haben mag, es hat seine Wirkung nicht verfehlt: Auch diese Kindergruppe hat sich dem Fernsehen verschrieben. Die ihm versprochene Assistentenstelle für die Verführung der Kindergartenleiterin hat Fabo aber nicht bekommen. Wahrscheinlich hat sich der junge Mann zuvor nicht nach dem Kleingedruckten erkundigt.

20. Kapitel
GELÄNDE »MasterTV-ÖSTERREICH« AUSSEN/TAG

Wenn Sami bei »Ameisenhaufen« mitmachen und eine Million Euro gewinnen würde, könnte er seinen Sohn Patrick problemlos samt seinem noch ungeborenen Kind unterstützen. Er könnte sogar weiterstudieren. Dann würde aber Mahir erfahren, dass er eigentlich nicht Produzent, sondern Aufnahmeleiter ist. Mit Sicherheit würde seine Berufsbezeichnung »Aufnahmeleiter« während der Sendung – wenn nicht sogar schon in einem Insert, dann spätestens in der Kritik – zu lesen sein. Seine Kandidatur aufzugeben und damit die Chance, seinem Sohn helfen zu können, ist aber in Wirklichkeit dennoch keine ernstzunehmende Erwägung für ihn.

Die Schokolade, die er vorhin am Buffettisch eingesteckt hat, wandert in seinen Mund. Kurz tut sie ihre Wirkung, doch dann hat er schon wieder ein schlechtes Gewissen – nicht nur wegen der Warnung des Arztes vor Zucker. Sami leidet prinzipiell unter schlechtem Gewissen, häufig quält es ihn wegen seiner Familie, speziell aber wegen seines Vaters, weil dieser fälschlicherweise noch immer annimmt, dass Sami ein wichtiger Producer oder sogar der Produzent selbst sei. Er glaubt, sein Sohn würde neue Sendungen konzipieren, alle Stars kennen, wichtige Verträge mit den Sendern abschließen und zu Jahresende fette Boni kassieren. Es ist richtig, dass Sami viele Stars kennt, aber nicht von Vertragsunterzeichnungen, sondern vom Arbeiten am Set. Er kennt ihre Essensvorlieben, ihre Schlafrhythmen und ihre bevorzugten Zigarettenmarken. Sami hat seinem Vater gegenüber niemals behauptet, er sei Producer, doch Mahir hat sich sein Bild selbst so zusammengezimmert. In Mahirs Welt musste das so sein, da Sami doch wegen dieser Arbeit beim Fernsehen nicht sein Lokal »Evet« in Eisenstadt übernehmen hat wollen. Es ist also keine echte Lüge. Sami hat die Dinge einfach nie ins rechte Licht gerückt. Das hätte er nicht übers Herz gebracht.

›Hätte ich doch die Stelle als Herstellungsleiter annehmen sollen? Dann müsste ich nicht in einen »Ameisenhaufen« steigen, um meinen Sohn zu unterstützen‹, denkt er und nippt an seinem Milchkaffee.

Ohne Vorankündigung erscheint sein jüngerer Sohn Gregor überraschend am Gelände von »MasterTV-Österreich«. Der Junge umarmt ihn stürmisch, fast verzweifelt. Er, der mit seinen siebzehn Jahren auf keinen Fall mehr in der Öffentlichkeit weinen möchte, wirkt, als wäre er den Tränen nahe. Sami bemerkt das und zieht ihn an einen ruhigen Fleck, wo sie ungestört miteinander sprechen können.

»Was ist denn? Warum bist du nicht in der Schule?«

»Ich hab' heute erst um zehn.«

»Papa«, Gregor schluckt, »ich hasse die Schule. Ich scheiß' auf diesen Mist, ich will einfach nicht mehr hingehen.«

»Aber das ist normal, Gregor, das Gefühl hatten wir alle irgendwann einmal.«

»Nein, du verstehst das nicht. Ich hasse es. Ich hab' das Gefühl, ich verliere meine Zeit, ich bin da völlig umsonst, ich verschwende mein ganzes Leben …«, er bremst sich ein, offenbar, um gegen seine Tränen anzukämpfen. Durch die Art, wie der Sohn seine Probleme vorbringt, wird Sami klar, dass ihn das wohl schon länger beschäftigt.

»Hast du mit Maxi schon darüber gesprochen?«, fragt Sami und glaubt, die Antwort schon zu kennen.

»Nein, du weißt ja, wie die Mama ist. Die würd' doch sofort an die Decke gehen, wenn ich ihr das sag'.«

»Ja, das stimmt«, bekräftigt Sami. In dem Moment, in dem er es ausspricht, befürchtet er auch schon, seiner Exfrau damit in den Rücken gefallen zu sein, so korrigiert er sich rasch:

»Aber damit hat sie auch recht.«

»Papa, ich will was Cooles machen. Etwas, wo man gestalten kann und so. Ich will was Kreatives machen, mit coolen Leuten, so wie du.«

»Gregor, glaub mir, so cool, wie du denkst, ist das gar nicht.«

»Aber das Studio und alles war voll leiwand. Ich hab's doch gesehen, letztens bei der Party, wo du mich mitgenommen hast.«

»Aber meistens ist die Arbeit hier keine Party …«

Gregor übergeht diesen Einwand seines Vaters: »Ich schaff' die Matura nie, Papa. Ich bin nicht so wie der Patrick, Papa.«

Nein zum
Bevölkerungsaustausch!
FESTUNG EUROPA

»Dein großer Bruder weiß nicht einmal, wie man ein Kondom richtig verwendet.«

Gregor gluckst und vergisst einen Moment lang seine Sorgen.

»Ja, aber er kann besser rechnen als ich.«

»Ich unterstütze dich in allem, aber um Gottes Willen, mach die Schule fertig!«, insistiert Sami.

»Aber ich brauch' Geld.«

»Also hier liegt der Hund begraben.«

»Nein, das ist nur ein Mitgrund. Ich will nicht mehr zur Schule und ich brauch' Geld.«

»Hm, klingt nach einer schlechten Mischung. Wieso brauchst du Geld?« Keine Antwort.

»Gregor?«

Zwei uniformierte Polizisten überqueren den Vorplatz. Gregor senkt seine Stimme:

»Ich hab' mir ein Moped gekauft und mir das Geld von einem Kollegen gepumpt. Jetzt ist das Moped aber hin und ich hab' das Geld noch immer nicht zurückgezahlt. Jetzt nervt der mich schon voll wegen dem. Er ruft ständig an und koffert herum.«

»Sehr intelligent.«

»Kannst du mir hier nicht einen Job verschaffen? Bitte. Das wär' doch für dich nur ein einziger Anruf und ich hätt' einen Job.«

Sami seufzt. Offenbar überschätzt auch sein jüngerer Sohn seine Wirkungsmacht bei »MasterTV-Österreich« bei Weitem. Er fühlt sich schlecht, weil er sich nicht in der Lage sieht, das alles vor seinem Sohn richtigzustellen. So wird er stattdessen streng: »Mach alles, nur nicht Fernsehen! Werd' meinetwegen Koch, da kannst du kreativer sein als beim Fernsehen!«

»Wirklich?«

»Ja sicher, da kannst du neue Rezepte ausprobieren. Du machst aber die Schule fertig! Und wenn du nebenher Geld brauchst, dann jobb halt beim Opa im Lokal, das hab' ich früher auch so gemacht.«

»Beim Opa?« Gregor war offenbar noch nie selbst auf die Idee gekommen, bei seinem Großvater anzufangen.

Die Regieassistentin kommt inzwischen mit ihrem Klemmbrett angelaufen. Sami weiß, dass er ins Studio zurück muss. Die Regieassistentin steht nun direkt vor ihm und informiert ihn darüber, dass die Lichtprobe vorverlegt worden ist und in fünf Minuten beginnen würde.

»Hör zu, Gregor, ich steh' hier gerade mächtig unter Druck. Sobald der Wahnsinn hier vorbei ist, lass uns ausführlicher darüber sprechen.« Sami hat wieder ein schlechtes Gewissen. Diesmal, weil er seinen jüngeren Sohn mit diesem Satz abwimmeln muss. Also setzt er hinzu: »Und bis dahin denk ganz genau darüber nach, was du machen willst, okay?«

»Okay«, sagt Gregor. Sami umarmt ihn zur Verabschiedung und küsst ihn rasch auf die Stirn.

21. Kapitel
FLUR REDAKTIONSTRAKT INNEN/TAG

Es ist bereits Mittag und die meisten Mitarbeiter sind in der Kantine. Jonas möchte sich mit Josepha zusammensetzen, weil er mit jemandem über seine Situation sprechen möchte. Seine Cutterkollegen verhalten sich ihm gegenüber anders als sonst und Jonas fühlt sich in seinem Schnitt-Department erstmals unwohl. Er könnte natürlich auch zuerst mit einem der drei anderen Kandidaten sprechen, er zieht die hübsche Josepha jedoch vor. Über sie selbst weiß er fast nichts, aber dank eines gehackten Überwachungsvideos weiß er etwas über ihre Chefin Maria.

Er schaut sich nach Josephas Büro um und bemerkt Maria, die hagere Redaktionsleiterin, in der Kaffeeecke stehen. Er hebt die Hand, um sie zu grüßen. Anstatt zurückzugrüßen, verfinstert sich ihre Miene und mit den Händen in der Hosentasche zieht sie sich schnellen Schrittes in ihr Büro zurück. Verwundert geht er den Gang entlang und biegt um die Ecke. Aus einem Büro dringt gedämpft das Lied »Surfin' USA«. Jonas nähert sich der Tür, aus der die Musik kommt. Siehe da, am Türschild steht »Josepha Nowak«. Jonas klopft vorsichtig an, doch niemand öffnet ihm. Er wundert sich, die Türen der meisten Redakteure stehen sonst immer offen. Viel zu schüchtern, um einfach einzutreten, klopft er noch einmal leise. Keine Reaktion. Vorsichtig nimmt Jonas die Türklinke in die Hand und drückt sie hinunter. Doch die Tür ist versperrt. Neugierig geworden, lugt Jonas durch das Schlüsselloch. Zuerst kann er nicht genau erkennen, was er sieht, doch dann sieht er etwas ganz Unglaubliches: Josepha, völlig enthemmt und mit geschlossenen Augen, schwebt durch das Zimmer. Josepha tanzt. Ihr Haar rauscht durch die Luft, ihre Arme dazu. Noch nie zuvor hat Jonas eine Frau in diesem Zustand gesehen. Immer wieder verschwindet Josepha aus seinem Blickfeld, doch dann taucht sie wieder auf, dreht sich, wirbelt herum. Ihr Tanz ist weder gut noch schlecht – Josepha bewegt sich einfach zur Musik. Einmal mehr erkennt Jonas, wie schön sie ist. Das fehlende Make-up und die achtlos gewählte Kleidung sind ihrer Erscheinung nicht abträglich. Ganz im Gegenteil. Ihr langes Haar wirkt verführerisch – jetzt, wo es statt in einem chaotischen Dutt auf ihrem Kopf frei durch die Gegend flattert. Alles an Josepha wirkt, als müsste es genauso sein, als würde es …

»Ist lustig, wie sie tanzt, gell?« Die Frage reißt ihn zurück in die Realität und er dreht sich um. Maria, die auch Jonas an einen Weberknecht erinnert, steht hinter ihm auf dem Gang. Er braucht eine Weile, um sich zu sammeln. Er ruft sich in Erinnerung, dass Maria nicht seine Vorgesetzte ist, dass sie sich also ihm gegenüber nicht aufzuspielen hat.

»Ich wollte mit Josepha sprechen. Aber sie hört Musik, also hat sie mich nicht gehört. Jetzt wollt' ich schauen, ob sie überhaupt da ist.«

»Dafür bist du aber ziemlich lange da gestanden.«

Jonas hebt die rechte Augenbraue: »Ja, man sieht halt nicht so gut durch ein Schlüsselloch.«

»Natürlich sieht man da gut durch.«

»Woher weißt denn *du* das so genau?«

Maria wirkt jetzt verärgert: »Spannst du da, oder was?«

Auch Jonas wird von Sekunde zu Sekunde gereizter. Er hat es satt, von Frauen zurechtgewiesen zu werden. Und da kommt sie auch schon, seine unbedachte Antwort: »Spannen ist in deinem Büro viel spannender.«

Maria fühlt sich ertappt. Sie lächelt ein Lächeln, das sie nicht verschönt, und versucht professionell zu blieben: »Weil ich so hübsch bin natürlich?«

Jonas entscheidet rasch, auf dieses Friedensangebot einzugehen, und sagt: »Natürlich.«

Jonas muss erschrocken feststellen, dass er damit leider über das Ziel hinausgeschossen ist. Maria sieht ihn mit einem schelmischen Lächeln an.

»So einer bist du also«, schnurrt sie. Jonas dreht sich brüsk von ihr weg und klopft an Josephas Tür, um sich bei ihr vor dem Weberknecht zu retten. Die Musik aus Josephas Büro verstummt, ihr Schlüssel dreht sich im Schloss. Maria versteht diesen Hinweis, macht am Absatz kehrt und verschwindet in Richtung ihres Büros. Josepha öffnet die Tür. Ihr Haar ist offen, wallt an ihren Schultern hinab. Ihre sonst sehr blassen Wangen sind leicht gerötet. Ganz anders als Maria glaubt Josepha nicht, einen Verehrer vor sich zu haben. Er sieht sie einen Moment zu lang an. Etwas verunsichert fragt sie: »Hab' ich was im Gesicht picken?« Jonas schüttelt den Kopf: »Nein, nein. Ich, also, ich äh, ich wollte nur mit dir reden, weil du doch auch als Kandidatin aufgestellt worden bist, oder?«

»Ich bin aber nicht mehr dabei«, sagt sie leise.

»Aber warum?«

Fast paranoid schaut sie den Gang auf und ab, dann sagt sie: »Komm doch kurz rein.«

Schon lange haben sich diese Worte für Jonas nicht mehr so gut angehört, auch wenn er nur in ihr Büro und nicht in ihr Schlafzimmer gebeten worden ist. Seine Antwort kommt leicht zeitversetzt: »Ja, ja.«

Josepha bleibt im Türrahmen stehen und fragt: »Geht es dir gut? Ich meine, du wirkst leicht durcheinander.«

»Ich, also, ich hatte bis gestern noch so richtig starken Durchfall«, sagt Jonas und schimpft im nächsten Moment mit sich selbst. Er bemerkt ein kleines Lächeln auf Josephas Lippen. Ihm wird warm.

»Willst du vielleicht ein Glas Wasser? Oder eine Tablette? Ich hab' da was, das hilft mir immer ganz gut.«

Jonas würde jetzt gerade alles nehmen, was Josepha ihm anbietet: »Klar, ja. Ja, bitte.«

Aus ihrem Büro riecht es nach Blumen, wie ihm vorkommt.

22. Kapitel
BÜRO JOSEPHA INNEN/TAG

In Wahrheit riecht es in Josephas Büro nach dem blumigen Parfum, das sie in aller Eile nach ihrem kleinen Tanz aufgetragen hat. Sie hofft, dass Jonas den Geruch nicht bemerkt. Sie legt ihm ein Pulver zur Beruhigung der Magen-Darm-Flora hin. Vom Medikament schaut sie mit einem Wimpernaufschlag zu Jonas, den sie eigentlich nur vom Sehen kennt. Seine tief liegenden, dunklen Augen und sein heller Haarschopf gefallen ihr gut. Auf seinem rechten Unterarm erkennt sie den Namen »Emma«. Josepha seufzt. Sie geht davon aus, dass die Unterarm-Emma seine Freundin ist. Betrübt denkt sie daran, dass ihr Name noch nie einen männlichen Körperteil geziert hat.

»Also …, also, warum bist du nicht mehr dabei?«, stottert Jonas.

»Du sagst es auch niemandem?«, flüstert Josepha.

Jonas nickt. Ebenso leise fährt die Redakteurin fort: »Maria, meine Chefin, hasst mich. Als sie erfahren hat, dass ich als Kandidatin für den »Ameisenhaufen« ausgewählt worden bin, hat sie gesagt, dass ich zur Personalabteilung gehen und ihnen sagen soll, dass ich nicht mitmachen möchte«, sagt Josepha.

»Was? Aber das hast du doch nicht gemacht?«

»Doch.«

»Aber warum? Das ist die Chance auf eine Million Euro!«

»Ich wollte keine Probleme«, flüstert Josepha, »ich würde ja sowieso nicht gewinnen.« In Wirklichkeit hat sie Maria mit ihrem kriminellen Vorleben erpresst, das sie anderenfalls publik machen würde.

»Das finde ich nicht fair!«, brüskiert sich Jonas ziemlich laut. Josepha bedeutet ihm, still zu sein: »Pst! Sie hört das sonst noch. Ja, eh. Dann hat der Herrschler eben Kevin ausgewählt. Ich glaube, Maria hat Kevin auch mit irgendetwas gedroht, weil er hat dann auch gesagt, dass er nicht mitmachen will.«

»Wahrscheinlich hat sie ihn mit seinem Alkoholproblem erpresst«, denkt Jonas laut.

»Davon weißt du?«

»Davon wissen doch alle.«

Sofort fragt sie sich, ob auch alle von ihrer Vergangenheit wissen.

»Ist sie jetzt also die neue Kandidatin aus der Redaktion?«

Josepha nickt. In dem Moment bekommt sie eine SMS von ihrer Tochter Noemi. Sie hat am Freitag eine Deutsch-Schularbeit und ist zu Lernzwecken bei ihrem Vater. Noemi behauptet nämlich immer, er sei besser darin, ihre Texte Korrektur zu lesen. Das schmerzt Josepha jedes Mal, denn eigentlich wäre es »ihre« Woche. Josepha will sich Noemi gegenüber immer verständnisvoll zeigen, denn immerhin lebt Noemi aus ihrem Koffer, ist eine Woche bei ihrem Vater, eine bei ihrer Mutter. Aber warum hat sie so ein gutes Verhältnis zu ihrem Vater? Josepha denkt an ihren Exmann. Ihre Lebensweise hat ihn immer gestört und jetzt stört das alles wohl auch Noemi.

Josepha entfährt ein kurzes Schluchzen, sie bemerkt, dass Jonas unsicher im Stuhl hin und her wetzt, fast so, als wolle er aufstehen. Doch statt zu gehen, fragt er: »Was ist los?« Ein für Josepha überraschend liebevoller Tonfall, ein Tonfall, der die Redakteurin dazu anregt, etwas mehr von sich preiszugeben: »Nichts Besonderes. Meine Tochter, Noemi, hat gerade geschrieben, dass sie die ganze Woche bei ihrem Vater bleiben will.«

Ist das Jonas' Hand auf der ihrigen? Tatsächlich.

»Ich hab' auch eine Tochter«, sagt er. Ein an sich völlig neutraler Satz, der Josepha in diesem Moment stark bewegt.

»Wie alt ist sie denn?«, fragt Josepha.

»Fünf, und deine?«

»Dreizehn. Aber du bist doch selber nicht viel älter als zweiundzwanzig«, stellt sie mit Blick auf sein noch fast faltenfreies Gesicht fest. »Ich bin vierundzwanzig, und du?« Kurze peinliche Stille. »Oh, okay«, Jonas schaut hilflos, »das war jetzt unhöflich.«

»Nein, nein.« Josepha schüttelt über sich selbst den Kopf. Wie hat sie auch nur eine Minute lang denken können, dass er mit ihr flirten würde. Also raus damit: »Ich bin dreiunddreißig.«

Jonas denkt kurz nach, bevor er langsam antwortet: »Dann warst du ja fast gleich alt wie ich, als deine Tochter auf die Welt gekommen ist.«

»Ja, genau. Schon länger her.« Josepha lächelt unsicher. Beide schauen auf ihre Hände, die immer noch aufeinanderliegen. Zwei

Augenpaare treffen einander, dann lehnt sich Jonas zurück und beendet den Körperkontakt. Schön war das, seine Hand auf der ihren …

»Am schwierigsten ist es immer, mir nicht ständig Sorgen zu machen, wenn ich Emma nicht sehe«, sagt Jonas.

›Die Unterarm-Emma ist seine Tochter!‹, denkt Josepha erfreut. »Jetzt ist Emma ja erst fünf, aber sie wird natürlich älter und ich hab' Angst, dass sie die falschen Leute trifft, Leute, die einen schlechten Einfluss auf sie haben könnten oder so.«

War das gerade eine Anspielung auf ihre kriminelle Vergangenheit? Jonas räuspert sich, weil Josepha nicht antwortet. Dann wechselt er abrupt das Thema und rückt unvermittelt mit der erlösenden Botschaft heraus: »Weißt du eigentlich, dass Maria einen Liebhaber hat?«

»Was? Wen?«

»Den Fahrradboten.«

»Marcello! Der ist doch erst achtzehn oder so!«

»Jetzt, wo du das weißt, wird sie vielleicht doch wieder mit dir tauschen«, grinst Jonas.

»Woher weißt du das?«

Kurz scheint Jonas zu überlegen, dann stellt er die Gegenfrage: »Du sagst es auch niemandem weiter?«

Josepha nickt, also fährt er in gedämpftem Ton fort: »Ich hacke hier die Videoüberwachungskameras.«

Alles kann in »der Branche« seinen Haken haben, also misstraut Josepha seiner Offenheit. Sie hebt fragend die Augenbrauen.

»Wir Auserwählten müssen doch zusammenhalten, oder vielmehr die ursprünglich Auserwählten«, murmelt Jonas, »wir wollen ja nicht enden wie der aus dem Buch-Department.«

»Ja, dieser junge Autor hat angeblich gesagt, dass er sich von einer Brücke werfen möchte, weil er die Blamage nicht ertragen kann«, erzählt Josepha, »als Autor weiß er ja am besten, welche

Grausamkeiten ihm bevorstehen. Er hat sie ja allesamt entwickelt.«

»Ja, ich hab' gehört, dass ihn gestern ein paar Leute auf der Reichsbrücke haben stehen sehen.«

»Oh mein Gott!«

Zaghaft sagt Jonas: »Wenn jemand erfahren sollte, dass ich hier Überwachungsvideos und den Server hacke, dann mach' ich mich strafbar.«

»Ich sag' nichts, versprochen«, sagt Josepha und fügt neugierig hinzu: »Aber wenn du so gut hacken kannst, was machst du denn dann noch in dieser Firma? Du könntest ganz woanders arbeiten als IT-Spezialist.«

»Ja, aber dazu hab' ich keine Ausbildung.« »Ist das nicht egal?«, schwärmt Josepha, denn der junge Mann gefällt ihr von Minute zu Minute besser. »Ich mein', wenn du es einfach so kannst? Also das Hacken meine ich.«

Jonas scheint kurz nachzudenken, die Stille wird Josepha unangenehm, also spricht sie schnell weiter: »Also natürlich verpeif' ich dich nicht wegen des Hackens.« Sie zögert kurz, dann fragt sie: »Glaubst du, jemand wird's der Zeitung sagen?«

Jonas überlegt kurz, dann: »Nein, so bescheuert wäre doch keiner. Das würde, glaub' ich, sofort rauskommen und der kriegt ja dann fix keine Vertragsverlängerung mehr.«

Wieder überkommt Josepha dieses plötzliche Angstgefühl. Sie will schnell das Thema wechseln, um sich nicht verdächtig zu machen: »Was soll ich denn der Maria sagen? Ich kann nicht gut verhandeln.«

Sie schaut auf die Uhr. Es ist höchste Zeit weiterzuarbeiten. Sie geht zur Tür und öffnet sie, eigentlich ein unmissverständliches Zeichen – Jonas bleibt aber sitzen. Normalerweise bleibt nie jemand länger bei Josepha im Büro, vor allem, weil sie so schlecht im Smalltalken ist.

»Ich, also«, sagt Josepha und dieses unangenehme Gefühl ereilt sie wieder, wie in jeder Situation, in der sie nicht weiß, wie sie sich verhalten soll, »ich muss dann wieder arbeiten.«

»Ach so, ja«, sagt Jonas und springt auf, »aber, also, ich mein', wenn du heute ohnehin nicht mehr nach Hause musst wegen deiner Tochter – ich mein', du kannst dann einfach zu mir runterkommen in den Schnittraum 3C. Ich kann dir ein paar von den Überwachungsvideos zeigen. Also, nur wenn du willst.«

Natürlich will sie und so sagt sie: »Okay, ich komm' dann runter. So nach 18.00 Uhr irgendwann.«

Er nickt und stolpert über ihre Büroschwelle, fällt aber nicht hin. Jonas murmelt etwas wie »Geht schon«, dann verschwindet er hinter der Ecke Richtung Treppe. Josepha setzt sich verwirrt zurück an ihren Schreibtisch.

23. Kapitel
HINTEREINGANG STUDIO AUSSEN/TAG

Sami beißt nervös in eine Wurstsemmel, von den stark zuckerhaltigen Mehlspeisen soll er doch wegen der Diabetesgefahr Abstand halten. Viel lieber würde er wie einige seiner Kollegen in stressigen Situationen abnehmen und mager werden. Wirkt jemand ausgemergelt, findet Sami, sorgen sich die Mitmenschen eher um einen und fragen: »Du siehst aber schlecht aus. Geht's dir eh gut?« Wenn Sami aber zunimmt, sagen die Leute trotz seines großen Stresses: »G'sund schaust aus, Sami.« Wie er diesen Satz hasst. Er muss eben kauen, um seine Nerven zu beruhigen. Die zusätzlichen Kilos machen aber seine Situation um nichts besser!

Eigentlich ist er für heute fertig und könnte seit zehn Minuten auf dem Weg nach Eisenstadt ins Lokal seines Vaters sein. Aber er will noch nicht los. Seinem Vater die Wahrheit zu erzählen, ihm zu erklären, dass er Aufnahmeleiter und nicht Producer ist, wie dieser glaubt … Eher würde er vor ein Auto laufen.

In diesem Augenblick heulen in der Nähe die Sirenen eines Krankenwagens auf. Das Heulen kommt immer näher. Kurz wird es wieder ruhig. ›Astrid‹, denkt Sami in steter Sorge um sie und hastet auf den Vorplatz. Dort wirken die Mitarbeiter nervös aufgescheucht. Verunsichert streichen sie über den Vorplatz oder rotten sich zu kleinen Gruppen zusammen. Niemand scheint wirklich zu wissen, was geschehen ist, niemand hat gesehen, wo der Krankenwagen gehalten hat. Jemand will einen Mann bemerkt haben, der sich vom Dach des kleinen Studios gestürzt hat.

›Aber das hätte ich doch mitbekommen‹, denkt Sami und ist sich sicher, dass das nicht stimmen kann. Auf einmal taucht ein Lokaljournalist am Vorplatz auf. Auf Samis Nachfrage erklärt dieser, dass ein hier angestellter Autor vor etwa einer Stunde bei ihm angerufen hätte, um seinen Selbstmord anzukündigen. Er hätte einen Roman geschrieben, den er gerne posthum veröffentlicht hätte und hätte deshalb seine Zeitungsredaktion informiert. Er wolle diesen Roman nun finden, um dann einen brandheißen Bericht über die unmenschlichen Zustände beim Privatfernsehen zu schreiben: »Der will sich vom Dach stürzen, hat er am Telefon gesagt! Hat er das jetzt schon gemacht?«

»Keine Ahnung. Aber schauen wir doch zuerst einmal in sein Büro!«

Hilfsbereit wie immer zeigt Sami dem Lokaljournalisten den Weg zum Buch-Department.

24. Kapitel
SCHNITTKAMMERL 3C INNEN/TAG

Das kleine, animierte Mädchen mit den großen Augen umarmt ihren alten, gebrechlichen Großvater. Er gibt ihr einen liebevollen Kuss auf die Stirn, dann schauen die beiden zum Sternenhimmel. Dort blinkt ein Stern.

»Dein Vater ist jetzt da oben und passt auf dich auf«, sagt der herzige Großvater.

Jonas' Augen werden wieder wässrig. Es handelt sich um den Kinderfilm, den er am Wochenende mit Emma im Kino gesehen hat und den er jetzt ein zweites Mal heimlich im Internet streamt. Oft führt er seine kleine Tochter ins Kino aus, um dort in der Dunkelheit des Saales ungehemmt weinen zu können. Die Geschichten der Kinderfilme berühren Emma oft nicht so sehr wie Jonas selbst, der jedes Bild mit seinen eigenen Erinnerungen anfüllt und sie dann durch seine Tränen wieder ausschüttet. Die Kleine schaut in solchen Momenten zu ihrem Vater, schüttelt den Kopf und sagt altklug: »Jetzt weint der Papa schon wieder.«

Unter der Woche sieht sich Jonas dann gerne die Filme noch einmal an, um sich von den Wolken in seinem Kopf zu befreien. Er hat einmal gelesen, dass im Tränenwasser Glückshormone und Adrenalin gespeichert sein sollen. Auf diese verführerische Mischung hofft er jetzt. Das Kindervideo hat dazu beigetragen, ihn zu entspannen, und wenn Josepha ihm tatsächlich den versprochenen Besuch abstattet, kann der Tag nur noch besser werden.

Er schlägt sein Tagebuch auf, um einige Gedanken zu notieren. Es ist noch relativ leer. »Selbstmord ist egoistisch und gar nicht so leicht«, steht auf der ersten Seite. Sein Cutterkollege Timon hat es besonders witzig gefunden, diesen Motivationssatz auf die erste Seite von Jonas neu gekauftem Büchlein zu kritzeln. Manchmal denkt er auch etwas länger über diesen Satz nach. Doch heute ist es anders.

›Josepha …‹ Jonas lässt das Gespräch mit ihr Revue passieren. Sie ist geheimnisvoll, attraktiv und sie tanzt alleine … Gedankenverloren fischt er in seiner Tasche nach einem Stift. Statt eines Kugelschreibers findet er einen Brief. Er ist von seiner Exfreundin Tamara. Jonas erinnert sich: An jenem Wochenende hat ihm Tamara bei der Verabschiedung ausnahmsweise keine Szene gemacht. Stattdessen hat sie ihm ein Kuvert zugesteckt und ihm »Lies es im Zug« ins Ohr gehaucht.

Dass sich Jonas die wöchentliche Ochsentour zwischen Vorarlberg und Wien im Zug nicht leisten kann, vergisst Emmas Mutter jedes Mal aufs Neue. So war der junge Vater auch dieses Mal wieder auf eine Mitfahrgelegenheit angewiesen gewesen, die er durch eine Mitfahrbörse im Internet gefunden hatte, eine Mitfahrgelegenheit in einem schmuddeligen Auto. Darin waren ein nicht weniger schmuddeliger Wiener Maschinenbaustudent und zwei Bregenzer Wirtschaftsstudentinnen, denen die Schrottkarre mehr als unangenehm war und die sich gar nicht erst die Mühe machten, die Hygienetücher zu verbergen, mit denen sie alles reinigten, womit sie in diesem Fahrzeug in Berührung kamen. Auch eine dickliche Dame, die griechisch aussah, wienerisch sprach und vorgab, Französin zu sein, war mit an Bord. Der Maschinenbaustudent versuchte aus Höflichkeit, mit allen ein wenig Smalltalk zu führen. Im Zuge dessen erklärte er auch den Ursprung des strengen Geruchs im Auto: In der Woche zuvor wären zwei Bierflaschen in seinem vorsintflutlichen Gefährt zerbrochen. Dass auch das Anschnall-Warnsignal kaputt war und ständig mit durchdringendem Piep-Piep-Piep an- und ausging, war dem Autobesitzer egal. Die eine der beiden Wirtschaftsstudentinnen zischte daraufhin in einem Hochdeutsch, in dem der Vorarlberger Akzent trotz gelebtem Wiener Studentenleben noch unfehlbar zu erkennen war: »Wenn das Auto nicht zu hundert Prozent fahrtüchtig ist, möchte ich nicht den gesamten Fahrpreis bezahlen«, was der Besitzer des Wagens mit einem »Ist eh fahrtüchtig« quittierte. Dann waren sie losgedüst, in einem Tempo, das Jonas der Schrottkarre nicht zugetraut hätte.

Piep-Piep-Piep, das eintönige Anschnall-Warnsignal, das rasende Auto, das verdunstende Bier, die auf Vorarlbergerisch leise fluchenden BWL-Studentinnen und die zu ihrem iPod leise summende, wienerisch-griechische Französin am Rücksitz, all das war zu wenig, um Jonas von seinem gefürchtetsten Laster abzuhalten, dem Grübeln: Emma, Tamara, seine herrschsüchtige Mutter, sein Job, seine heimlich gehegte Hoffnung, doch irgendwann mit irgendwas Erfolg zu haben, schließlich die Frage, ob er jemals das Sorgerecht für Emma bekommen würde ... Die Nacht warf sein Spiegelbild durch die Autoscheibe dunkel zurück. Er sah sich dabei, wie er mit Emma die Straße entlangging und sie auf einmal größer wurde, viel größer, sich streckte, ihr burschikoser Kurzhaarschnitt sich in dunkle, lange, wallende Locken verwandelte ... Eine erwachsene Frau ging plötzlich neben ihm her. Jonas wusste dennoch, dass sie seine kleine Emma war. Die große Emma hatte sich von seiner Hand gelöst und lief weg, in einem Tanzschritt direkt auf eine Straße zu ... Da! Ein Auto!

Mit einem Schrei schreckte Jonas hoch. Die Wirtschaftsstudentinnen starrten ihn von hinten an, das konnte er ganz deutlich spüren, der schmuddelige Student warf ihm ebenfalls vom Fahrersitz her vorwurfsvolle Blicke zu, nur die Französin lehnte mit offenem Mund gegen das Fenster und schlief weiter. Durch ihre Kopfhörer drang noch immer Musik. Draußen hatte es zu regnen begonnen. Hohe, geisterhafte Straßenlaternen flankierten die Autobahn und die verschmutzte Schrottkarre ratterte dahin.

Oft bevorzugt Jonas die Autofahrten zwischen Vorarlberg und Wien dennoch im Vergleich zu dem, was ihn dann jeweils an ihren

Destinationen erwartete. Wenn sich dann auch noch die Autofahrt so schwierig gestaltete, hatte für ihn das ganze Leben genauso wenig Sinn wie seine Arbeit. Und diese Fahrt war mit Sicherheit nicht angenehm gewesen. Den vollen Fahrpreis hatte er dennoch zahlen müssen. Während der Fahrt konnte sich Jonas nicht dazu überwinden, Tamaras Brief zu lesen, später hat er dann auf ihn vergessen. Jetzt im Schnittkammerl 3C hat er keine Ausrede mehr, sich davor zu drücken. Seufzend reißt er das Kuvert auf und versucht, Tamaras fahrige Handschrift zu entziffern:

Lieber Jonas,

wie geht's dir?
Ich denk oft an dich. Daran, wie schön es sein muss, sich als junger Mensch auch jung und frei fühlen zu dürfen. Am Wochenende spielst du ein bisschen Vater und wenn Du die Alimente mal fristgerecht zahlst, fühlst du dich wahrscheinlich erwachsen. Und weißt du was, Jonas? Das will ich jetzt auch. Ich liebe Emma, das weißt du, ich liebe sie über alles. Es war mir wichtig, in den ersten Lebensjahren bei ihr zu sein, ihr ein wirkliches Zuhause zu bieten. Doch jetzt ist Emma fünf Jahre alt und aus dem Schlimmsten draußen. Sie geht in den Kindergarten, sie bleibt bis 17:00 dort, danach geht sie dreimal die Woche zum Turnen. Jonas, jetzt bist du dran. Jetzt werde ich zur Wochenendmama. Ich muss endlich eine Ausbildung beginnen, endlich herausfinden, was ich im Leben will! Ich hab keine Lust mehr auf den Teilzeitjob in der Konditorei! Du schwebst in deiner glamourösen Fernsehwelt, kennst alle Stars, bist bei glänzenden Partys eingeladen – und

ich sitze zuhause. Ich wollte selbst immer Schauspielerin werden, doch unsere kleine Emma ist dem leider im Wege gestanden. Jetzt werde ich Logopädin. In Österreich ist es schwer, einen Studienplatz zu bekommen, aber ich hab' eine gute Matura und werde versuchen, in Deutschland einen Platz zu bekommen. Du hast deine Ausbildung gemacht, deine Partys gefeiert. Mit Anfang September ist Emma bei dir. Das ist in über einem halben Jahr. Du hast daher alle Zeit der Welt, dir einen Plan zu machen, wie du deine neue Aufgabe angehen willst. Ich schreibe dir das, weil ich weiß, dass wir streiten würden, wenn ich dir das persönlich sagen würde. Es ist dein Wunsch, eines Tages wieder normal mit mir sprechen zu können, das hast du oft und oft gesagt, Emma zuliebe, hast du gesagt. Aber dafür musst du mir die Chance geben, auch leben zu können. Unterstütze mich! Und sag mir niemals, dass ich eine schlechte Mutter bin, weil ich auch ein bisschen leben will. Ich werde immer da sein, wenn ich kann. Bitte verstehe das.

Tamara

Ein Schlag auf den Kopf. Noch einmal lesen. Tatsächlich, der Inhalt bleibt unverändert. Unverhofft erhält Jonas die Möglichkeit, endlich doch das Sorgerecht für Emma zu bekommen. Das trübe Warten auf eine Veränderung in seinem Leben hat ein jähes Ende gefunden. Die Herausforderung ist unvermittelt aus einer dunklen Ecke hervorgeschossen. Wieder und wieder liest er den Brief. Was er jetzt braucht, ist ein Plan. ›Geht das mit dem Sorgerecht überhaupt so einfach? Kann ich das überhaupt?‹, denkt er zum ersten

Mal. ›Hab ich eine Wahl? Sollte Emma je herausfinden, dass ich sie nicht wirklich bei mir haben wollte, wird sie für immer Probleme mit mir haben. Sie wird Bindungsängste entwickeln! Sie wird Angstzustände bekommen! Sie wird mich hassen! Sie wird werden wie ich!‹ Er seufzt. ›Nein, nein, das lass' ich nicht zu.‹ Er fühlt eine leichte Übelkeit in sich aufsteigen und führt sie auf seine Nervosität zurück. Eine neue Lebensetappe kommt auf ihn zu!

›Ist es nicht furchtbar schwer, in Wien einen Kindergartenplatz zu finden?‹ Er beißt sich auf die Lippen. Ihm fällt ein, dass Emma doch schon beinahe sechs Jahre alt und bald schulpflichtig ist. Die Übelkeit wird stärker. ›Ich hab' dann ein Schulkind zuhause und nicht einen einzigen Kasten, der nicht wackelt! Brauche ich eine neue Wohnung?‹

Tamara wird ihm niemals glauben, dass seine Arbeit nicht im Geringsten so glamourös ist, wie sie sich das vorstellt. Nach Wien zu gehen und Cutter zu werden, war die einzige Möglichkeit gewesen, ein klein wenig Abstand von dem privaten Wahnsinn in Westösterreich zu bekommen, Distanz zu seiner autoritären, gleichzeitig aber sehr alternativen Mutter herzustellen, die Tamara offiziell ja nicht leiden kann. In Wirklichkeit hat sie sich aber in gewissen Dingen mit ihr verschworen. Aber nach Damüls zurückzukehren? Niemals. Als er, selbst noch halb Kind, ein Kind in die Welt gesetzt hat, ist die letzte Schranke zur Normalität gebrochen. Seither herrscht in seinem Leben Chaos vom Feinsten. Wenn nun Emma zu ihm käme, wäre das Durcheinander perfekt. Andererseits würde er sie dann endlich jeden Tag sehen … Was die Lage ein wenig verbessern könnte, wäre viel Geld. Zum Beispiel eine Million …

25. Kapitel
AUTOREN-BÜROS INNEN/TAG

Im Buch-Department im ersten Stock stehen bereits an die zwanzig Leute und tuscheln mit gesenkten Köpfen vor dem besenkammergroßen Büro des jungen Autors, dessen Namen niemand genau kennt. Der Lokaljournalist, den Sami ins Buch-Department begleitet hat, hatte recht: Offenbar hat sich der Autor tatsächlich vom Dach des großen Studios gestürzt! Er hat den Suizid sichtlich geplant und einen Abschiedsbrief hinterlassen. Sami ist erschüttert. In seiner Karriere hat er schon zweimal Menschen auf diese Weise aus der Welt scheiden sehen müssen.

»Hat er überlebt?«, fragt eine Kollegin.

Der Seniorautor nickt langsam: »Ja, Gott sei Dank! Seine Mutter hat mir von seinem Handy aus gerade eine Nachricht geschrieben. Aber um ein Haar hätte er es nicht mehr geschafft.«

Der Abschiedsbrief geht von Hand zu Hand. Weil ein junger Autor in seiner letzten Nachricht gar viel zu sagen hat, ist dieser fünf dicht und doppelt beschriebene A4-Seiten lang geworden. Seine intimsten Gedanken sind darin zu finden. ›Bestimmt unangenehm für ihn, jetzt, da er überlebt hat‹, denkt Sami.

Doch offenbar hat ohnehin keiner der Anwesenden den langen Brief bis zu Ende gelesen. Die meisten Mitarbeiter finden den Anfang zwar noch interessant, in dem der Autor erzählt, wie er bis zu seinem zehnten Lebensjahr als Geigen-Wunderkind gefeiert worden ist, bis ihm eine chronische Sehnenscheidenentzündung das Spielen unmöglich gemacht hat. Doch die Schilderung der schwierigen Pubertät des jungen Mannes ist dann doch für die meisten zu viel Lesearbeit. Auch Sami legt den Brief weg, als der Autor von seiner ersten großen Liebe berichtet und von seinem Fetisch für Frauen mit haarigen Armen.

So kommt auch Sami nicht bis Seite drei, auf der der junge

Autor über die Demütigung berichtet, dass ihn niemand in der Firma wirklich kennt. Klar ist nur eines: Er hat tödliche Angst davor gehabt, in den »Ameisenhaufen« geschickt zu werden, und befürchtet, durch eine Weigerung keine Vertragsverlängerung zu bekommen. Außerdem hatte er die Befürchtung, als Feigling dazustehen, würde er seine Chance auf eine Million Euro nicht wahrnehmen, eine Summe, die das ganze Leben verändern könnte! Diese Sorge, gepaart mit der privaten Misere, hat ihn zu seinem Selbsttötungsversuch veranlasst. Sami sieht sich um. Mitleid scheinen hier die wenigsten zu empfinden. Der Aufnahmeleiter schüttelt den Kopf über so wenig Menschlichkeit. Ihm verschafft der Zwischenfall immerhin eine Ausrede vor sich selbst, nicht nach Eisenstadt zu seinem Vater fahren zu müssen. Das aufklärende Gespräch mit seinem Vater wird warten müssen.

26. Kapitel
VORPLATZ AUSSEN/NACHT

»Habt ihr gehört«, verkündet Timon und zündet sich lässig eine weitere Zigarette an, »dass der Sascha festgenommen worden ist?«

»Der Licht-Sascha? Warum?«, fragt Jonas und zippt seine Jacke zu.

»Die Polizei hat wegen dem Diebstahl offenbar bei manchen von uns die Bankkonten kontrolliert, um zu sehen, ob bei irgendjemandem mehr Geld als gewöhnlich eingegangen ist.«

»Die haben unsere Bankkonten eingesehen?«, mokiert sich der Cutter mit dem Pferdeschwanz, während er sich wärmend die Hände reibt.

»Ja, irgendetwas mussten sie ja tun«, ereifert sich Timon, »sichtlich kommen die ja mit ihren Ermittlungen überhaupt nicht weiter.«

»Heißt das, dass der Sascha der Geldkofferdieb ist?«, fragt Lisa.

»Nein, aber er hat offenbar in seiner Freizeit gedealt. Tja, jetzt ist er gefeuert und hat einen Prozess am Hals – wegen Drogen und nicht wegen des gestohlenen Geldkoffers. Dafür konnten die nämlich keine Beweise finden.«

»Und dabei dachte ich immer, die Maria hätte das Geld gestohlen.«

»Wer ist denn das?«, fragt Florian, ein Cutter, der erst seit einigen Monaten bei »MasterTV-Österreich« arbeitet.

»Na die, die so ein bissl aussieht wie eine Tarantel.«

»Ach so, du meinst die Dürre, Schwarzhaarige, die ausschaut wie ein Weberknecht.«

»Ja, oder halt wie ein Weberknecht«, korrigiert sich Timon.

»Also ich find' die voll scharf. Die schaut aus wie ein Model«, begeistert sich der Cutter mit dem langen Haar im Pferdeschwanz.

»Ja, egal jetzt, ob sie heiß ist oder aussieht wie eine Spinne. Warum sollt' grad die den Koffer gestohlen haben?«

»Sorry, aber es ist doch klar, dass irgendwas nicht stimmt mit der«, sagt Florian.

»Ja, aber deshalb bricht sie doch nicht gleich wo ein und stiehlt eine Million Euro. Du hast das Video doch gesehen. Die ist doch viel dünner als der Einbrecher.«

»Vielleicht hat sie sich ja ausgestopft«, witzelt Jonas. Niemand lacht. Timon zieht an seiner Zigarette, Florian kaut langsam seinen Kaugummi und Lisa beißt in einen Zuckerdonut. Seit Jonas für den »Ameisenhaufen« ausgewählt worden ist, fühlt er sich unter den Cuttern nicht mehr ganz so wohl. Er hat das Gefühl, dass man über ihn spricht, wenn er nicht dabei ist, und er ist sich sicher, dass alle anderen allzu gern auch um eine Million kämpfen würden.

»Also ich bin froh, dass ich nicht da rein muss«, sagt Lisa, »ich hätt' echt totalen Bammel davor, mich lächerlich zu machen.« Jonas schluckt.

»Ich auch«, sagt Timon in einem möglichst lässigen Tonfall. Dabei haben alle gehört, dass sich Timon für Sami »opfern« wollte.

»Hat irgendwer von euch eigentlich mit der Polizei gesprochen?«, fragt der Cutter mit dem langen Pferdeschwanz. Er wirkt unruhig. Jonas weiß, dass der Cutterkollege »Pferdeschwanz« die Nachtschichten zur Hälfte damit verbringt, Pornos anzusehen, und nur zu schneiden scheint, um sich davon wieder zu erholen.

»Nein, ich glaube, die haben bisher nur mit dem Herrschler geredet«, erklärt Timon.

»War denn schon überhaupt irgendwer jemals bei dem im Büro?«, fragt Lisa und wischt sich Zucker vom Mund.

»Nur die Polizei«, sagt Timon und alle lachen.

Das Gespräch plätschert weiter, aber Jonas' Gedanken driften nach Vorarlberg ab. Normalerweise schleicht sich Jonas heimlich aus dem Spielzimmer, nachdem Tamara gekommen ist, um Emma aus der Wohnung seiner Mutter abzuholen. Doch diesen Trick hat die Kleine längst durchschaut und seit einigen Monaten funktioniert er nicht mehr. Emma bekommt dann stets einen Verzweiflungsanfall, wird rot und will ihren Vater mit ihren kleinen Ärmchen festhalten und am liebsten niemals gehen lassen. Am schlimmsten ist es, wenn sie sich an Jonas' rechten Unterarm klammert, in den Emmas Name eintätowiert ist. Wenn ihre Tränen auf diese Tätowierung fallen, will Jonas am liebsten mit seiner Tochter mitweinen. Nur weil Emmas Mutter meistens ebenfalls im Zimmer steht, hält er sich zurück. Für nichts in der Welt würde er vor seiner um ein Jahr jüngeren Exfreundin Tamara weinen wollen. Wie oft hat er sich schon gefragt, warum er nach der Maturafeier ausgerechnet Tamara hat schwängern müssen. Er hatte sich doch schon vorher von ihr getrennt und es wären noch mindestens zwanzig andere hübsche Mädchen auf dieser Feier gewesen. Wenn schon schwängern, dann zumindest jemanden, der nicht ununterbrochen vor Zorn explodiert. Jonas ist sich sicher, dass das Band zwischen ihm und Emma stärker ist als das zwischen Emma und Tamara. Denn an manchen Sonntagen muss Tamara die Kleine fast gewaltsam von Jonas losreißen. Dann allerdings weint und schreit seine Tochter noch lauter. Das ist sogar noch schlimmer als der Umstand, dass Jonas am Wochenende immer bei seiner Mutter wohnen muss. Bei Tamara kann und will er nicht übernachten, einen zweiten Wohnsitz in Vorarlberg kann er sich nicht leisten, und so ist er bei dem kleinsten aller möglichen Übel: seiner Mutter. Auch wenn Jonas sie bisher davon abhalten hat können, weiterhin seine Wäsche zu waschen, so kocht sie dann doch für die ganze Woche in Wien Essen für ihn vor. Für diese Zwangsbeglückung, die meistens eher auf den Tellern seiner Kollegen als auf seinem eigenen landet, will sie dann noch großen Dank und Liebesbekundungen. Jedes Wochenende bei seiner Mutter zu verbringen, ist genau das, was er für sein Leben nicht gewollt hat, und doch ist es die einzige Möglichkeit, Emma ohne Tamaras Beisein zu sehen. Wien ist auch kein Paradies. Eigentlich hasst Jonas die Hauptstadt. Aber sein Dorf mag er noch weniger. Das überhebliche Mitleid, das die übrigen Dorfbewohner in seiner Kindheit für ihn und seine alleinerziehende, alternativ lebende Mutter überhatten, hat in Jonas über Jahre den Entschluss reifen lassen, nach der Schule woanders hinzuziehen. Woanders, das hätte New York, Singapur oder Buenos Aires werden sollen. Doch dann wurde Emma in Vorarlberg geboren. Sie wurde nolens volens zu seiner strengen Grenzpolizistin, die Jonas niemals weiter als bis nach Wien kommen ließ.

Das Geräusch von einer sich nähernden Menschengruppe lässt Jonas aus seinen Gedanken hochfahren. Ein Fernseh-Nachrichtenteam, vier Journalisten und drei Fotografen erscheinen unangemeldet auf dem Gelände von »MasterTV-Österreich«. Die Sprecherin des Nachrichtenteams eilt in Richtung der Cutter: »Wo ist es passiert?«

»Was passiert?«, fragt Timon ehrlich erstaunt.

»Na der Selbstmord!«

»Hat sich jetzt wirklich jemand umgebracht?«, fragt Jonas erstaunt.

»Was zur Hölle …«, murmelt der Kollege mit dem Pferdeschwanz.

»Sie wissen also noch gar nichts? Haben Sie Angst?« Die Kamera läuft bereits, das kann Jonas erkennen.

»Wer hat sich denn umgebracht?«, will Florian wissen.

Die restlichen Journalisten dringen bereits ins Gebäude zwei ein. Die Nachrichtensprecherin sieht ihnen nervös nach, als wäre sie höchst besorgt, möglicherweise etwas zu verpassen. Schnell antwortet sie den Cuttern: »Einer der Kandidaten für den »Ameisenhaufen« ist hier angeblich vom Dach gesprungen.«

»Davon wissen wir nichts. Aber der Kandidat aus dem Schnitt-Department weilt noch unter uns«, höhnt Timon und deutet auf Jonas. Die Sprecherin wendet sich ihm direkt zu.

»Ah, ein Kandidat! Wurden Sie auch vom Management gezwungen, bei der Sendung mitzumachen?«

Jonas spürt einen kalten Schauer über seinen Rücken laufen.

»Ich, äh …«, Jonas ist in seinem ganzen Leben noch nie interviewt worden.

»Hat man Ihnen angedroht, dass Sie ansonsten Ihren Job verlieren?«

»Also eigentlich nicht, nein.«

»Nicht?« Die Sprecherin wirkt beinahe enttäuscht. In diesem Augenblick geschieht etwas historisch Einmaliges auf dem Gelände von »MasterTV-Österreich«: Herrschler marschiert aus dem Gebäude zwei heraus. Vor sich jagt er die Gruppe Journalisten und Fotografen her, die vor wenigen Minuten das Gebäude betreten haben.

»Sie bekommen Hausverbot!«, ruft er zornig.

Der Kameramann dreht sich mit der laufenden Kamera sofort von Jonas weg und eilt Richtung Ingenieur Hans Erschler.

»Was sagen Sie zu dem Selbstmordversuch Ihres Angestellten?«

»Ich habe mit dem Krankenhaus telefoniert und mein Mitarbeiter wird mit hoher Wahrscheinlichkeit überleben. Mehr kann ich Ihnen dazu nicht sagen. Das ist eine Privatsache dieses Autors und ich möchte dazu weiter keine Stellung nehmen. Es wird eine Presseaussendung zu dem Vorfall geben.«

Herrschler zieht sich ins Gebäude zwei zurück und sperrt hinter sich die Tür ab. Die Journalisten knipsen weiter. Jonas bemerkt, dass sich die Nachrichtensprecherin suchend umsieht. Will sie ihn weiter interviewen? Bevor sie ihn entdeckt, ist Jonas auch schon im Gebäude eins verschwunden.

27. Kapitel
AUTOREN-BÜROS INNEN/TAG

Die Frage nach dem Motiv des Autors ist dank seines Abschiedsbriefs aus der Welt. Die Frage, die hingegen völlig unbeantwortet im Raum steht, ist viel eher die, wer nun der fünfte Kandidat bei »Ameisenhaufen« sein wird. Wird es nun der zweite, fest angestellte Autor werden? Der ist allerdings wesentlich älter und Will Wilson und Sami decken diese Altersklasse bereits ab. Sami kann in den Augen der Anwesenden die Hoffnung sehen, selbst ausgewählt zu werden!

Unerwartet erscheint Astrid am Gang und nähert sich dem Lokaljournalisten, der zwischen den anderen Mitarbeitern steht und sich Notizen macht. Sami beobachtet sie dabei, wie sie sich dem Journalisten vorstellt, um ihm dann, höflich, aber bestimmt, mitzuteilen, dass Herr Ingenieur Erschler ihn bittet zu gehen, zumal er keine Erlaubnis hätte, sich in den Firmen-Räumlichkeiten aufzuhalten. Der Journalist will Einspruch erheben, als jemand mit einem Smartphone in der Hand schreit: »Die ganze Presse weiß es! Die wissen, dass wir von »MasterTV« selbst die Kandidaten von »Ameisenhaufen« sind! Jetzt heißt es, dass wir uns deshalb alle umbringen wollen!«

Sofort ist auch Sami mit seinem Smartphone im Internet. Tatsächlich. Irgendjemand muss der Presse außerdem Teile des Abschiedsbriefs übermittelt haben, denn einige Zeilen werden daraus zitiert. Erst jetzt lesen alle den Namen: Der Autor heißt Nigel Maschte. Der Online Nachrichten-Dienst beschreibt dramatisch, dass Nigel aus dem Leben scheiden wollte, weil er von seinem Vorgesetzten de facto dazu gezwungen worden sei, als Kandidat bei »Ameisenhaufen« mitzuwirken. Diese Blamage hätte der junge, sensible Mann nicht ertragen. Immerhin hätte er die Show selbst miterfunden und entwickelt. Er hätte also auch gewusst, dass die Kinder vor der Show von ihren Pädagoginnen dazu angehalten werden sollten, den Kandidaten jeweils wie ein Kind und nicht wie einen Erwachsenen zu behandeln. Zudem sollten die Kinder dazu aufgestachelt werden, sich wild, frech und aufrührerisch zu benehmen. Da kommen sie auch schon, die ersten Leserkommentare. Ein wahrer Shitstorm bricht in den Social-Media-Plattformen aus:

»Typisch Fernsehen!«

»Da sollte doch mal jemand die Gewerkschaft einschalten.«

»Dieser Hans Erschler gehört gefeuert!«

Hohe Einschaltquoten sind der Sendung jetzt sicher. Denn jedes Kind weiß: Auch schlechte PR ist gute PR. Das bedeutet auch für Sami, dass die Chance, seinen eigenen Auftritt vor seinem Vater zu verbergen, von einem halben Prozent auf null gesunken ist.

»Der Herrschler hat schon Stellung bezogen!«, schallt es durch den Raum.

Medienflüsterer Hans Erschler hat direkt auf zwei Online-Plattformen gepostet: Es täte ihm unendlich leid um seinen Autor, er würde natürlich für die beste medizinische Versorgung aufkommen. Er könne nicht glauben, dass er mit dem »Vorschlag«, wie er es nennt, die eigenen Mitarbeiter in den »Ameisenhaufen« zu schicken, jemanden derartig unter Druck setzen hat können.

»Statt Nigel Maschte wird der Produktionspraktikant Fabo in den »Ameisenhaufen« steigen«, verrät ein weiterer Herrschler-Tweet, den der Redakteur Kevin laut und offenbar enttäuscht vorliest.

»Fabo? Der, der die Kindergartenleiterin verführt hat?«, fragt der Seniorautor.

»Ja, der Hübsche!«, antwortet die Redaktionsleiterin Maria, die offenbar immer dort ist, wo gerade etwas geschieht.

Sami kennt Fabo, weil dieser ihm schon öfter als Praktikant zugeteilt war. Er sieht tatsächlich sehr gut aus, ist charmant und vif. Er könnte eine echte Konkurrenz für Sami darstellen beim Rennen um die Million.

28. Kapitel
SCHNITTKAMMERL 3C INNEN/NACHT

Drei leere Weinflaschen preisgünstigen Zweigelts erklären die bläulich gefärbten Zähne von Jonas und Josepha. Seine blauen Augen schauen sie direkt an. Jonas' zittrige Hände fallen ihr auf. ›Zu wenig Schlaf? Nervosität? Eine Mischung aus einem Liter Espresso und Wein?‹, überlegt sie. Dieses Kaputte in ihm zieht sie jedoch an.

Sie bemerkt gar nicht, dass es einen Moment lang ganz ruhig geworden ist. Als Josepha vorhin ins Schnittkammerl 3C gekommen ist, war es draußen noch hell und sie war niedergeschlagen gewesen. Sie hatte wieder einmal zu lange gezögert, hatte den Artikel mit den internen Informationen über »Ameisenhaufen« nicht abgeschickt und nun war durch den Selbstmordversuch des Autors ohnehin alles von selbst an die Öffentlichkeit gelangt.

Doch jetzt, zwei Stunden später, ist ihre Laune unvergleichlich viel besser. Einen Moment lang denkt Josepha, dass Jonas sich vorbeugt, um sie zu berühren – aber er verändert nur seine Sitzposition.

Die Videos der von Jonas gehackten Überwachungskameras euphorisieren die ohnehin weingeschwängerte Stimmung. Obwohl die Bilder tonlos ablaufen, sind sie selbsterklärend: Der Weberknecht Maria steht mit dem jungen Fahrradboten Marcello schmusend im Gang. Irgendwann kniet Marcello nieder und nimmt Marias Hand. Der Weberknecht wirkt wie vom Blitz getroffen und läuft aus der Tür, Marcello ihr nach. Josepha seufzt. Maria ist also offenbar ein Heiratsantrag gemacht worden – von einem Mann, der über zwanzig Jahre jünger ist als sie. Josepha schielt zu Jonas und denkt an ihren großen Altersunterschied.

»Maria ist lange nicht die Einzige mit einem mehr oder weniger gut gehüteten Geheimnis«, sagt Jonas.

Weitere Schmankerln sind der Kameramann, der den Regisseur nachäfft, sobald ihm dieser den Rücken zukehrt, oder der Aushilfskellner aus der Kantine, der seinem Heuschnupfen auch über dem Salatbuffet freien Lauf lässt.

»Gut, dass ich da nie hin essen gehe«, sagt Josepha.

»Aber die Köchin, die ist eine Künstlerin. Die macht mit dem Gemüse auf dem Salat wunderschöne Mosaike. Und sie füllt die Reisschalen immer schon in der Küche auf, damit sie mit Gewürzen draufmalen kann. Ich bin einmal extra hingeschlichen, um mir das von der Nähe anzuschauen. Das glaubst du nicht! Die malt mit Curry ganze Landschaften auf die Reisschalen!«

Jonas drückt auf seiner Tastatur herum, woraufhin ein Überwachungsbild aus der Küche zu sehen ist. Es ist wahr: Sogar die schlechte Auflösung der Überwachungskamera lässt erkennen, dass die Gurken, Tomaten und Paprika in den riesigen Salatbehältern von der Köchin zu wunderschönen, riesigen Gemälden drapiert worden sind. Sie ist gerade dabei, ein Foto mit ihrer Handykamera davon zu machen, dann nimmt sie zwei Löffel und zerstört ihr Kunstwerk, indem sie die Salate durchmischt. Dasselbe geschieht mit den Currylandschaften auf den Reisschalen.

»Diese Künstlerin bleibt wohl lieber unentdeckt. Weißt du, deshalb stört es mich auch nicht, Überstunden zu machen. Das hier ist entschieden lustiger, als alleine zuhause herumzusitzen.« Ein kurzer Moment der Freude für Josepha: Offenbar hat Jonas aktuell keine Freundin.

Die seit einigen Tagen verschwundenen Kostüme erklären sich aus dem folgenden Video: Offenbar hat der Tonmann seine angekündigte Rache am Kostüm-Department wahr gemacht. Man sieht, wie er nach zwanzig Uhr, zehn Minuten nachdem die Kostümchefin das Licht ausgeschaltet hat, heimlich in den Fundus schleicht und dort Unordnung stiftet.

»Dass der sich extra die Mühe macht …«, schüttelt Josepha den Kopf.

»Ton und Kostüm, der alte Krieg«, antwortet Jonas und nimmt einen Schluck Wein.

›Ob er weiß, dass ich zu Mittag in meinem Zimmer tanze?‹, fragt sich Josepha und schon drängt sich der nächste Gedanke auf: ›Weiß er von der Geschichte mit Sami?!‹ Sie sagt: »Sind diese Kameras nur an den Gängen oder auch in den Büros angebracht?«

»Also ich kenn' nur Videos aus den Gängen und den Gemeinschaftsräumen wie dem Kantinenbereich oder dem Fundus oder so«, antwortet Jonas schulterzuckend.

›Gott sei Dank, dann weiß er's nicht‹, denkt Josepha und sagt: »Schaut sich denn nie jemand diese Videos an?«

»Ich glaub', die werden normalerweise erst dann angeschaut, wenn etwas passiert – wie bei diesem verschwundenen Geldkoffer aus dem Büro vom Chef«, sagt Jonas und spult die letzte Nacht vor, in der offenbar nichts Nennenswertes mehr geschehen ist.

Jetzt sieht man, wie die Kostümchefin Annmadleine beschuldigt wird, die Kostüme verräumt zu haben.

»Leider werden die Videos nur achtundvierzig Stunden lang gespeichert«, sagt Jonas und drückt genau in dem Moment auf »Stopp«, in dem Annemadlein hinter einem Berg schmutziger Kleidung mit Händen und Füßen auf denselben einschlägt, offenbar, um ihren Frust über die falsche Beschuldigung ihrer Chefin abzureagieren.

»Aber meine Lieblingsvideos habe ich aufgenommen und abgespeichert. Ich habe auch alle Videos vom Tatzeitpunkt aufgenommen und abgespeichert. So hab' ich zum Beispiel gesehen, wie der Täter ins Gebäude reinkommt und es dann wieder verlässt.«

»Kann man darauf irgendwas erkennen?«

»Nein, gar nichts, der ist viel zu vermummt.«

»Wahrscheinlich ist schon längst jemand damit beauftragt worden, alle Videos zu sichten und den Täter zu finden.«

Jonas sieht Josepha von der Seite an. Sie spürt seinen Blick und wird unsicher.

›Hab' ich blaue Rotwein-Lippen?‹, denkt sie und wendet sich leicht ab, um ihren Mund von möglichen Flecken zu befreien. Um abzulenken, hält sie das Gespräch am Laufen: »Hast du eigentlich vom Herrschler selbst schon irgendwas Schlimmes gesehen?«

»Nein, gar nicht. Manchmal besuchen ihn Schauspielerinnen. Aber gut, mit denen muss er ja tatsächlich reden, aber …« Jonas macht eine große Geste und schüttet dabei sein Rotweinglas auf Josephas Jeans.

Sie springt auf. »Oh verdammt! Das sind meine besten Jeans!«

Noch während sie es sagt, ärgert sie sich auch schon darüber. Jetzt fühlt sich Jonas bestimmt noch beschämter.

Er sagt auch prompt: »Entschuldige bitte! Komm, gehen wir aufs Klo, ich mach' das schnell sauber.«

»Aufs Klo?«

»Nein, also ich meine ... also schau: Wir gehen aufs Klo, du ziehst die Hose aus, ich wasch' sie aus und in der Zwischenzeit kannst du dir meinen Schal als Rock umbinden.« Josepha denkt an ihre unrasierten Beine: »Also, ich weiß nicht ...«

»Wenn wir das nicht gleich auswaschen, bleibt der Fleck.«

Jonas zeigt ihr einen sehr breiten Sommerschal aus hauchdünnem Material.

›Vielleicht kann ich damit die Haare verdecken und man sieht meine Beine trotzdem noch durch. Das wirkt bestimmt sexy‹, denkt Josepha und sagt: »Also, das ist mir jetzt unangenehm mit dem Schal, aber okay, machen wir das halt schnell.«

29. Kapitel
GÄNGE INNEN/NACHT

›Sie hat mich vorhin so angesehen. Die will ganz sicher ... Vielleicht sind die Garderoben besser dafür ...‹, denkt Jonas, der den Wein schon in den Ohren rauschen hört.

Die beiden kommen bei den Damentoiletten an. Jonas presst die Türklinke hinunter, ohne die Tür gleichzeitig aufzudrücken. Er schafft es tatsächlich, so zu tun, als wäre sie abgesperrt.

»Ich hab' gar nicht gewusst, dass die in der Nacht versperrt wird«, antwortet Josepha erstaunt.

»Ja, äh, also ich glaub', das macht der Putztrupp, wenn er mit Chlor geputzt hat. Weil's giftig ist und so.« Josepha sieht ihn erstaunt an.

›Hoffentlich war sie nicht gut in Chemie‹, denkt Jonas und sagt: »Wir könnten es bei den Garderoben von den Moderatoren versuchen. Da sind ja auch Waschbecken drin.«

Josepha nickt. Jonas geht los, sie folgt ihm. Sie geht leicht hinter ihm versetzt. Der junge Mann fürchtet, sie mit dem Weinfleck verstimmt oder verärgert zu haben.

Es ist bereits nach dreiundzwanzig Uhr. Die Büros sind dunkel und der Flur selbst ist nur spärlich beleuchtet. Nachts im leeren Gebäude zu sein, bereitet Jonas immer eine seltsame Freude. Er fühlt sich dann als Herr über alle Geheimnisse. Er muss sich nicht die Mühe machen, in Schubladen zu stöbern oder Schlösser aufzubrechen. Sein Computer reicht ihm. Die Mitarbeiter, die er zum Zeitvertreib bespitzelt, wirken auf ihn meistens wie Figuren einer billigen Nachmittagsserie. Eine klischeebehaftete Soap, die im Hintergrund läuft, während man seine Steuererklärung macht. Wenn es zu absurd wird, dreht man sie ab oder wechselt das Programm. Nachts aber an ihren leeren Büros vorbeizugehen, an denen der Geruch ihrer dunklen Geheimnisse und ihrer unerfüllten Träume haftet, ist eine beängstigende Bestätigung ihrer Existenz. Orte, die Jonas fürchten lassen, genauso zu sein oder zu werden wie die Figuren dieser Nachmittagssoap. Und die Menschen selbst sind mit den Gedanken ganz woanders, bei jungen Mädchen, bei einem Oscar, bei ihren Familien …

Jonas dreht sich zu Josepha um und versucht, direkt neben ihr zu gehen. Er hat sie nie bespitzelt, vor allem, weil Josepha sich die meiste Zeit in ihrem Büro aufhält.

Durch den Wein in seinem Blut und mit Josepha an seiner Seite fühlt sich Jonas so, als wäre er in Wirklichkeit doch für etwas Größeres geschaffen. Für eine Million Euro zum Beispiel.

›Ist sie nervös?‹ Jonas sieht Josepha von der Seite an und fragt sich, ob er etwas sagen soll. Aber die Stimmung in der großen, leeren Firma, wo heute nicht einmal ein Dreh stattfindet, diese

Stimmung würde durch Reden nur ruiniert. Jonas hofft jetzt, dass auch Josepha nichts mehr sagen wird. ›Wenn sie bis zu den Garderoben nichts sagt, wenn sie das Schweigen versteht, dann heirate ich sie‹, denkt Jonas philosophierend.

»Die Garderoben sind echt am anderen Ende der Welt!« Jonas seufzt. Also nicht heiraten. Sie schaut ihn unsicher an.

»Ja, echt«, sagt Jonas nur und geht weiter.

30. Kapitel

GARDEROBE WILL WILSON INNEN/NACHT

Die Garderoben sind natürlich tatsächlich versperrt. Immerhin bewahren die Moderatoren darin auch Privatgegenstände auf. Nur Will Wilsons Garderobe steht offen.

Sie treten ein und Josepha verschwindet sofort auf der Toilette. Diese ist nur mit einer niedrigen Plastiktür von der restlichen Garderobe getrennt. Man kann also durch den unteren, weiten Türspalt die Füße und durch den oberen Türspalt den Haaransatz sehen. Josepha reicht Jonas die befleckte Hose heraus, er ihr seinen Schal hinein. In diesem Augenblick wird eine Stimme am Gang hörbar. Unverkennbar – es ist Will Wilson. Mit einem Satz springt Jonas zu Josepha in die Toilette. Um nicht durch den Türspalt gesehen zu werden, deutet er ihr, den Klodeckel zu schließen, damit sie sich gemeinsam draufkauern können. Es ist wenig Platz, sie rutscht ab, er hält sie fest.

»Zumindest besteht keine Einbruchsgefahr«, kichert Josepha, »die haben dem Wilson doch extra eine felsenfeste Toilette einbauen lassen, weil er sie mit seinen Freundinnen immer ruiniert.«

Jonas schüttelt den Kopf und flüstert: »Nein, das haben sie nur gesagt, damit die Presse darüber schreibt. Ich hab' ein E-Mail vom Hauswart gehackt. Da ist gestanden, dass man für Wilson sicher kein Extrageld ausgibt und sie wieder eine billige kaufen werden.«

Von draußen hört man noch immer die Stimme von Will Wilson. Er steht mittlerweile direkt vor seiner Garderobe. Es ist unklar, ob er telefoniert oder mit jemandem Zweiten spricht.

»Es gibt das Gerücht«, fährt Jonas wispernd fort, »dass er die Toiletten immer selber ruiniert hat, damit's so aussieht, als wäre er ständig beim ... ja, weißt schon.«

Josepha kichert wieder. Es ist nicht besonders bequem, zu zweit auf einen Klodeckel gezwängt zu sein, Josepha an die Wand gepresst und Jonas gegen die Tür gelehnt. Sein dünner Schal liegt auf ihren Beinen, ihre Jeans hängen um seinen Hals. Will Wilson spricht noch immer. Endlich Abenteuer, endlich Abwechslung, endlich ein bisschen Nervenkitzel. Im Halbdunkel verschwinden die Falten und die Muttermale des jeweils anderen. Jonas beugt sich zu Josepha. Sie hören den Atem des anderen, es ist, als wären sie ganz woanders. Ein Kuss. Es ist kalt, eng und es riecht komisch, aber das alles ist gerade egal ... Das Licht geht an! Will Wilson tritt ein. Josepha und Jonas verlieren beinahe das Gleichgewicht. Sie können sich gerade noch auf dem Klodeckel halten. Sie hören folgende Sätze des Moderators: »Komm, komm doch noch einen Moment herein. Ich hab' einen super Bourbon hier rumstehen. Weißt eh, die Fans schicken mir eben gern Geschenke.«

Man hört Stöckelschuhe den Raum betreten und die Garderobe durchqueren. Gläser klirren. Bourbon? Seine Füße gehen an dem Spalt der Toilette vorbei. Das kann aber nur Josepha sehen, da sie in Richtung Tür sitzt, an der Jonas lehnt, mit den Füßen um ihre Hüfte geschlungen.

»Leider hab' ich kein Eis. Den Luxus eines Gefrierfachs gewährt man mir hier nicht.«

Man hört, wie sich Wilson setzt, die zweite Person setzt sich auch.

»Komm, machen wir ein Foto«, schlägt er vor. Nun hört man erstmals die Stimme der jungen Frau. Es ist Annmadleine. »Muss das schon wieder sein?«

»Wir haben einen Deal.«

»Ja, eh.«

Man hört das Geräusch einer Handykamera. Dann ist es kurz still. Jemand trinkt ein paar Schluck, jemand tippt am Handy.

»Instagram ... okay, Facebook ... okay«, murmelt Wilson, »als Text schreib ich: Romantic Afterparty.«

»Oh Gott«, seufzt Annmadleine genervt.

Jonas und Josepha sehen sich an. Jonas streicht über Josephas Gesicht. Gänsehaut. Der Moment ist aufgeladen. Josepha führt seine Hand an ihrem Körper entlang. Jonas wird ungeduldig, er will ihr näherkommen und – fällt so, dass er sich gerade noch mit seiner rechten Hand auf dem Boden abstützen kann.

Will Wilson schrickt auf: »Hast du das gehört?«

»Was?«

»Da war ein Geräusch auf der Toilette.«

»Da haben sich mindestens zwanzig Paparazzi versteckt.«

»Kannst du einmal weniger sarkastisch sein?«

»An deiner Seite fällt das schwer. Können wir jetzt gehen?«, bittet ihn Annmadleine.

»Vielleicht ist es auch die Polizei, die haben mich heute schon einmal verhört«, denkt Wilson laut.

»Ich kann nicht glauben, dass ich das hier mitmache«, schnaubt Annmadleine genervt.

»Also, so gut wie du hat noch keine Praktikantin bei »MasterTV-Österreich« verdient.«

Jonas und Josepha werfen sich irritierte Blicke zu.

»Ja super, dafür glaubt aber die ganze Welt, dass ich mit einem Opa schlafe«, murmelt Annmadleine.

Josepha muss das Gesicht verziehen, um nicht zu lachen.

»Ein bisschen mehr Respekt hier, bitte. Also Opa bin ich wirklich keiner und ich verbitte mir diesen Ton.«

»Ja, sorry«, lenkt Annmadleine ein, »was sagt denn überhaupt deine Frau zu dem ganzen Theater?«

»Die findet es gut, nicht den Medien ausgesetzt zu sein. Sie ist vernünftig und weiß, dass mein Image mir hilft, unsere Kinder auf gute Schulen zu schicken.«

»Sie muss echt sehr vernünftig sein«, höhnt Annmadleine.

»Jetzt sei nicht so!«

»Wer ist eigentlich offiziell meine Nachfolgerin? Oder erfahre ich das erst, wenn ich beim Zahnarzt ein Yellow-Press-Blatt lese?«

»Nein, die hab' ich schon, ein junges Mädchen aus der Schweiz. Das ist einfacher, mit der kann ich sogar Fotos posten, wenn ich eigentlich bei meiner Familie bin.«

Ein Glas wird gehoben und nach einigen Sekunden wieder abgestellt.

»Kann ich noch was von dem Zeug haben, bitte?«

»Du verträgst doch nicht so viel.«

Annmadleine seufzt.

»Hey, unser Foto hat schon zweiunddreißig Likes.« Josephas Bein ist mittlerweile eingeschlafen und sie rutscht nervös hin und her.

»Können wir bald gehen?«

»Jetzt warte halt noch drei Minuten«, gebietet Wilson.

»Ich hatte echt einen Scheißtag heute«, lamentiert Annmadleine. »Meine Chefin hat gedacht, dass ich die Kostüme verräumt hab', dabei hat sie sie sicher selbst irgendwohin getan und weiß nun nicht mehr wohin. Dann hat sie wen gesucht, den sie dafür verantwortlich machen kann.«

Eine Pause.

»Ach so, du Arme.«

»Will, kannst du bitte nicht ständig auf deinem Handy tippen, wenn ich mit dir spreche?«

»Nein, sorry. Du hast mich vorher Opa genannt.«

Wieder Handytippen. Jetzt von zwei Handys.

»Ich bring' dich jetzt zum Taxistand. Dann kannst du endlich nach Hause fahren und ich hab' Ruhe von dir«, sagt Wilson in einem Ton des Aufbruchs.

Zwei Hintern erheben sich von der Couch: »Ich geh' noch schnell mal den Bourbon loswerden.«

Gnadenlos tauchen Wilsons Füße vor dem Toilettentürspalt auf. Jetzt hat der Spaß ein Ende, jetzt wird es ernst. Jonas und Josepha sind angespannt.

»Will?« Ein Moment Erleichterung, denn Annmadleine ruft ihn zurück. Will drückt die Türklinke noch nicht.

»Ich warte draußen auf dich.«

»Ist gut.«

Will Wilson macht die Tür auf – Jonas, der mit dem Rücken gegen die Tür gelehnt ist, fällt rücklings heraus. Josepha hat das Gleichgewicht halten können und kauert noch auf dem Klodeckel. Will Wilson und Annmadleine, beide im Abendoutfit, sind baff.

»Es waren also wirklich Paparazzi auf der Toilette!«, freut sich Will Wilson, nachdem er sich von der ersten Überraschung erholt hat: »Ich hab's dir doch gesagt!«

Kurz blickt Wilson verwirrt drein.

»Also eigentlich sind wir vom Haus und wollten nur meine Jeans auswaschen«, sagt Josepha beschwichtigend, bevor Wilson selbst draufkommt, dass jemand gerade die Wahrheit über sein gelebtes Frauenheldenimage erfahren hat.

Jonas setzt sich langsam auf, es ist plötzlich ganz still.

»Also keine Paparazzi?« Josepha schüttelt den Kopf. Enttäuscht antwortet Will: »Ach so.«

Nach einer gefühlten Minute setzt er erbost hinzu: »Aber dann habt ihr mich bespitzelt! Von wegen Jeans auswaschen!«

›Kündigung!‹, tönt es in Josephas und Jonas' Kopf. Beide denken sofort an ihre Kinder. Er wird panisch, sie aber antwortet ganz ruhig: »Also ehrlich gesagt, war das eine blöde Wette. Weil es doch geheißen hat, dass du jetzt eine besonders standfeste Toilette bekommen hast, wollten wir ausprobieren, ob das stimmt. Haha. Naja, und dann seid ihr also reingekommen, als wir's gerade ausprobieren wollten …«

Will Wilson braucht eine Sekunde, um den Witz zu verstehen, dann lacht er. Jonas und Annmadleine stimmen etwas gequält in das Lachen mit ein.

»Und stimmt es?« Alle schauen Richtung Toilette, auf der Josepha noch immer sitzt.

»Steh mal auf!«, fordert sie der Moderator auf.

Sie steht auf und Jonas hauchdünner Sommerschal fällt zu Boden. Geniert blicken Annmadleine und der Moderator zu Boden, nur Jonas starrt Josephas Beine an. Errötend hebt Josepha den Schal auf.

»Schau, Will, der Klodeckel ist wirklich voller Dellen«, sagt Annmadleine in die Stille hinein. Das Gesicht des Moderators erhellt sich erfreut, als er betont genervt sagt:

»Na toll. Jetzt brauch' ich mal wieder einen neuen!« Dann deutet er mit dem Zeigefinger bedrohlich auf Josepha und Jonas: »Kein Wort zu niemandem über das, was hier geschehen oder gesagt worden ist«, sagt Wilson.

»Ja, bitte«, sagt Josepha. Dabei legt sie ihre kühle Hand auf ihre glühenden Backen.

»Trinken wir mit einem Schluck auf unser Wort«, schlägt Wilson vor.

Erleichtert antwortet Jonas: »Das wäre genau das Richtige.«

»Der ist auch wirklich ein guter Tropfen. Den bestell' ich immer direkt aus den Staaten. Ganz super.« Annmadleine kommentiert nur trocken: »Ich dachte, den schicken dir deine Fans zu.«

»Annmadleine, wenn du gehen willst, hier sind zwanzig Euro für dein Taxi«, antwortet Will genervt.

»Ich bleib' doch noch«, erwidert Annmadleine selbstbewusst.

Am nächsten Tag

31. Kapitel

KLEINES STUDIO/»SPIEGEL MIT EI« INNEN/MORGEN

Eine bekannte Filmfirma hat für einige Tage das mittlere Studio von »MasterTV-Österreich« gemietet, um dort ein großes und landesweites Casting für einen Kinofilm zu veranstalten. Herrschler ist eben sehr gut darin, alle vorhandenen Ressourcen der Anlage zu hundert Prozent auszunutzen. Sami geht an all den jungen Menschen vorbei, die gekommen sind, um ihr Glück zu versuchen. Einige wirken verzweifelt, andere motiviert, wieder andere gelangweilt. Sami denkt daran, dass Astrid in so einer Situation immer scherzhaft »Frischfleisch« flüstert. Sami erreicht die Studiotür von »Spiegel mit Ei«. Es ist gerade Pause, aber in exakt drei Minuten wird es weitergehen. Beim Frühstückstisch steht Linda gerade über die Moderatorin von »Spiegel mit Ei« gebeugt und korrigiert ihr mit einem Glätteisen zum zigsten Mal eine widerspenstige Haarsträhne.

Da kommt endlich Astrid vorbei! Sie lächelt ihm zu. Sami will zu ihr gehen, aber ...

»Soll ich neuen Kaffee machen?«, fragt Marlies, die Tochter des Personalchefs, die heute ihren Probetag als Schülerpraktikantin hat.

»Was willst du?«, herrscht Sami sie an.

Marlies wirkt verwirrt: »Mein Vater hat gesagt, du wärst nett.«

»Ich bin nett«, entgegnet Sami genervt.

»Also, soll ich jetzt Kaffee machen?«

»Ja, natürlich!«

»Das kann man auch netter sagen.«

»Sieh's ein, Schatzi, bei der Arbeit ist man nicht nett! Bei der Arbeit muss man arbeiten!«

Astrid, Linda und die Moderatorin werfen Sami irritierte Seitenblicke zu.

»Ja, ist ja gut«, entgegnet der Teenager und rauscht mit der leeren Kaffeekanne ab. Sami wird sich in diesem Moment dreier Dinge bewusst. Erstens: Er hat gerade die Tochter des Personalchefs zur Sau gemacht. Zweitens: Er hat überhaupt einmal jemanden zur Sau gemacht. Drittens: Astrid ist der Grund, warum er jemanden zur Sau gemacht hat.

›Arme Marlies‹, denkt Sami und sucht Astrid mit den Augen. ›Die Kleine kann ja auch nichts dafür, dass sie mich im falschen Moment genervt hat.‹

Schon hat Sami wieder ein schlechtes Gewissen. Er nimmt sich vor, Marlies in nächster Zeit sehr oft zu loben. In gewissen Dingen erinnert sie ihn nämlich an ihn selbst in diesem Alter, als er mit einem XXL-T-Shirt und zerrissenen Jeans auf Rockkonzerten Bier verkauft hat. Es war damals die einzige Möglichkeit gewesen, seine Lieblingskünstler live und gratis zu sehen, auch wenn er so manchen Schubs einstecken und seine Kleidung in viele Liter Bier tränken musste. Irgendwann nahm er sich Ersatzkleidung mit, doch wurde ihm schnell bewusst, dass es eher uncool war, sich auf einem Rockkonzert umzuziehen.

›Es lebe die wasserabweisende Arbeitskleidung‹, denkt Sami. Dabei beobachtet er Astrid, die gerade damit beschäftigt ist, etwas mit dem Kameramann zu besprechen. Er geht zu ihr hin.

»Was gibt's?«, fragt ihn Astrid in einem Tonfall, den sie ansonsten für Umweltschützer übrig hat, die ihr auf der Straße ein Stück Regenwald verkaufen oder eine Orang-Utan Patenschaft andrehen wollen.

Weil Sami nicht gleich antwortet, setzt sie hinzu: »Ich hab's eilig.«

»Ich«, sagt er, greift zu einer Käsesemmel am Frühstückstisch und beißt hinein, »hab' gestern gehört, dass sich ein Mann wegen dieser Scheißsendung umbringen wollte und ich«, sagt er und kaut einige Male bedeutungsvoll, »muss vor allem selber mitmachen!«

Astrid fragt ruhig: »Willst du dich jetzt auch umbringen, oder wie?«

Sami vergisst für einen Moment seinen Zorn, er findet ihren Kommentar trotz allem witzig. Doch statt zu lachen, kaut er konzentriert an seinem Essiggurkerl herum.

Sie schaut auf die Uhr. »Sollten wir nicht weitermachen?«

»Ich mach' die Zeitansagen«, sagt Sami trotzig. »Wir machen jetzt noch zehn Minuten Pause!«

Astrid sieht ihn belustigt an, mit diesem abschätzigen Lächeln, das er nur allzu gut kennt. Aus einem Impuls heraus nimmt er ihre Hand. Doch sie sagt nichts, entzieht sie ihm und wendet sich zum Gehen.

Wieder dieser Stich, dieser dumpfe Schmerz, den er schon damals jedes Mal empfunden hat, wenn Astrid früher als er die gemeinsame Wohnung verlassen hat, um arbeiten zu gehen. Jedes Mal, wenn sie weggeht ... Genau deshalb muss Astrid weit fort, weit weg, wo sie ihm nie wieder das Gefühl geben kann, ihn nicht zu lieben. Aus einer Mischung aus Müdigkeit und all den Emotionen heraus nimmt er wieder ihre Hand und flüstert: »Wenn ich gewinne, Astrid, dann geb' ich die eine Hälfte der Million Patrick für sein Kind und mit der anderen Hälfte zahl' ich deine Schulden ab. Aber versprich mir, dass du dann ganz weit weg gehst. Ganz weit, irgendwohin.«

Astrid sieht ihn erstaunt an. Dann erhellt ein erleichtertes Lächeln ihr Gesicht.

»Danke, Sami.«

32. Kapitel

TIEFGARAGE INNEN/MORGEN

Als hätte ihm jemand eine Schaufel über den Hinterkopf gezogen, als hätte jemand seine Augenlider durch Bleiplättchen ersetzt, als hätte er seit sieben Tagen kein Wasser mehr getrunken: Jonas ist verkatert. Will Wilson, Annmadleine, Josepha und er sind noch bis drei Uhr Früh mit einer zweiten Flasche Bourbon in der Garderobe gesessen. Man hat sich geschworen, bei den Interviews nicht schlecht übereinander zu sprechen. Will hat die Idee gehabt, sich selbst als Sieger vorzuschlagen. Dafür würde er, das hat er versprochen, den Gewinn durch fünf teilen. Die Idee hat man dann allerdings als undurchführbar verworfen. Es wollte dann doch jeder die Million für sich. Jetzt, nur wenige Stunden später, waren sie wieder am Gelände von »MasterTV-Österreich«.

Schnell noch einen Kuss auf Josephas ebenfalls trockene Lippen, dann springt er aus ihrem Auto. Die Geste, mit der er die Beifahrertür hinter sich zuwirft, findet er unendlich cool. Nicht mehr zurückschauen, sonst könnte sie noch denken, er sei verliebt.

›Wenn nur gestern was gelaufen wäre‹, ärgert sich Jonas enttäuscht. Vorsichtig schleicht er aus der Tiefgarage, die durch einen Planungsfehler keinen direkten Zugang zu den Bürogebäuden hat. Mit Kolleginnen Liebschaften einzugehen, wird in der Firma nicht gerade gerne gesehen. Als er nach oben kommt, wird ihm klar, dass seine Sorge, man könnte ihm ein Verhältnis mit Josepha nachsagen, völlig überflüssig war, denn dort herrscht Raserei der besonderen Art: Menschen schreien einander an, werden beinahe handgreiflich und drohen damit, sich gegenseitig künftig nur noch schaden zu wollen. Zwei Polizisten sind zugegen und versuchen, die Lage zu beruhigen.

»Was ist denn heute wieder los?«, erkundigt sich Jonas bei Timon. Er erfährt, dass die Unruhe durch eine junge Frau aus der

Personalabteilung ausgelöst worden ist, die gerade erfahren hat, dass ihr Zeitvertrag im nächsten Monat nicht verlängert wird. Schuld daran sind einige ihrer Kollegen. Diese haben sich nämlich vorgenommen, bei Herrschler Eindruck zu schinden und den Geldkofferdieb zu finden. So haben sie vorerst in ihrer eigenen Abteilung nachgeforscht. Der Verdacht ist rasch auf die junge Frau aus der Personalabteilung gefallen. Sie ist beschuldigt worden, den Koffer gestohlen zu haben, da sie schon länger auffälliges Verhalten an den Tag gelegt hat. So hat sie etwa immer heimlich an etwas gearbeitet und es, was auch immer es war, verborgen, sobald man sich ihr genähert hat. Außerdem hat sie regelmäßig Privatanrufe auf ihrem Handy empfangen, für deren Annahme sie stets ihr Gemeinschaftsbüro verlassen hat. So ist man dahintergekommen, dass sie täglich zwei Stunden ihrer Arbeitszeit für die Erstellung einer eigenen Website aufgewendet hat, mit der sie sich als Graphikdesignerin etablieren wollte. Grund genug für die Beendigung des Arbeitsverhältnisses.

»Ich werde mit meinen Designs sowieso mehr Geld machen als hier!«, wütet die Graphikerin. »Ihr seid alle so hinterhältige Schweine!«

Den Geldkoffer haben die »Schweine« indes nicht bei ihr gefunden, genauso wenig wie die Polizei, die mit ihren Ermittlungen nicht weiterzukommen scheint. Jonas wird wegen seiner Lieblingsüberwachungsvideos nervös.

Mit dem festen Vorhaben, alle Hinweise auf seine Hackertätigkeit so schnell wie möglich zu vernichten, geht er rasch in Richtung seines Schnittraumes. Er bemerkt einen ähnlich nervösen Ausdruck auf den Gesichtern seiner Kollegen, die ungewohnt schnellen Schrittes auf ihre Arbeitsplätze zusteuern. Der Kollege, der sein langes Haar immer zu einem Pferdeschwanz zurückgebunden hat und der in seinen Nachtschichten Pornos schaut, schwitzt, als er die Tür seines Schnittraumes öffnet. Jonas würde gerne helfen, aber er muss zuerst die Leichen aus seinem eigenen Keller schaffen.

33. Kapitel
BÜRO JOSEPHA INNEN/TAG

Die Augen hinter einer Sonnenbrille versteckt, schleicht Josepha in ihr Büro. Sie hofft, dass Jonas unbemerkt von den Kollegen aus ihrem Auto hat steigen können. Zugleich hofft sie aber – zum Zwecke der Genugtuung –, sehr wohl gesehen worden zu sein.

Trotz des Bourbon-Abends waren sie gestern noch völlig angetrunken in ihrem Auto zu ihm nach Hause gefahren. Beim Gedanken an seine Wohnung grinst sie. Einige Möbelstücke stehen sogar gerade und wackeln nicht. Jonas und Josepha haben es gerade noch geschafft, in sein Bett zu kommen. Er hat dann umständlich versucht, sie auszuziehen. Seine Koordinations- und Konzentrationsfähigkeit waren in diesem Zustand allerdings bei einem Nullpunkt angelangt. So ist er währenddessen eingeschlafen. Doch das ist auch Josepha erst am nächsten Morgen aufgefallen. Vielleicht war es auch gut so, denn in der Morgensonne kam auch Will Wilson zum Vorschein, der offenbar auch mit ihnen mitgefahren ist und auf Jonas Fußboden übernachtet hat. Dafür hat ihr Jonas in der Früh Kaffee ans Bett gebracht.

Josepha lächelt. Sie kann sich beim besten Willen nicht daran erinnern, wer ihr zuletzt Kaffee ans Bett gebracht hat. Sie öffnet das Fenster und sieht hinaus. Ein strahlender Tag, strahlend, wenn nicht in diesem Augenblick der Weberknecht hereingekrabbelt käme.

»Halli, hallo. Sollen die Sonnenbrillen etwa die letzte Nacht verstecken?«, höhnt die dürre Redaktionsleiterin.

»Wie spät war's denn?«

»Fünf Uhr circa und bei dir?«, antwortet Josepha prompt.

»Nicht spät. Mitternacht vielleicht. Ich hab' aber noch länger gearbeitet, weißt du, und da war ich in deinem Büro.«

›Der Weberknecht ist doch nicht durch meine Sachen gekrabbelt!‹, denkt Josepha alarmiert, zwingt sich zu einem obligatorischen »MasterTV-Österreich-Lächeln« und fragt: »Und was hast du da gemacht?«

»Eigentlich wollte ich dir nur Unterlagen hinlegen und da hab' ich doch tatsächlich einen Artikel gefunden, einen Artikel über den »Ameisenhaufen« mit Informationen, die nicht für die Öffentlichkeit gedacht sind.«

»Du hast meinen Papierkorb durchstöbert?«

»Sagen wir, ich habe aufgeräumt.«

Dieses triumphierende Grinsen vom Weberknecht lässt Josepha diesen Knoten in der Magengegend wieder spüren.

»Das wird die Personalabteilung sehr interessieren, denke ich«, lächelt Maria. »Du scheinst ja mehr als ein Geheimnis zu haben. Deine Knastgeschichte reicht dir wohl nicht.«

Pochen in den Schläfen, Josepha hat das Gefühl, in jedem Moment zu zerspringen. Es brennt in ihrem Bauch, als hätte jemand darin eine Garküche eröffnet. Doch sie zwingt sich weiter zu ihrem obligatorischen »MasterTV-Österreich-Lächeln«, es wirkt jedoch mehr, als würde sie ihre Zähne blecken.

»Außer natürlich, du bleibst heute etwas länger, sagen wir bis Mitternacht, und bist so lieb, das Drehbuch für die dritte Sendung fertig zu überarbeiten.«

›Heute? Heute, wo ich einmal schlafen könnte?‹ Jetzt zeigt erstmals auch Josepha ihre Klauen:

»Warum denn?«, presst sie heraus, »willst du heute in Marcellos Kinderzimmer?«

»Woher weißt du das?«

Auf dem Spiel steht Josephas Job und damit einhergehend das

geteilte Sorgerecht für ihre Tochter Noemi, das sie verlieren würde, wenn sie finanziell nicht mehr für sie aufkommen könnte. Außerdem hasst Josepha prinzipiell jeden Feind, jeden Konflikt und vor allem die negativen Konsequenzen jeder Auseinandersetzung. Sie will keine Probleme mehr, doch Maria hat ihr einmal zu oft Angst eingejagt, sie einmal zu oft in fundamentale Selbstwertkrisen gestürzt und einmal zu oft über sie gelacht. Auch wenn es Mut erfordert, Stärke und Kalkül: Jetzt muss Josepha angreifen.

»… damit ihr zusammen die guten Espresso-Kapseln verbraucht, die du ständig klaust?«

»Dafür bin ich nicht vorbestraft«, zischt Maria.

»Was nicht ist, kann ja noch werden.«

Sie fühlt sich auf einmal wie berauscht: von der letzten Nacht, der Übermüdung, der plötzlichen Macht über Maria und davon, einmal selber aufzumischen und auszuteilen!

»Was hast du denn? Ich wäre ein bisschen fröhlicher, wenn mir vor zwei Tagen jemand einen Antrag gemacht hätte.«

Maria geht langsam und bedrohlich auf Josepha zu. Diese bleibt wie eingefroren stehen. Sie fürchtet, einen Schritt zu weit gegangen zu sein.

»Du weißt schon, dass ich dich feuern kann.« Marias Stimme zittert bei diesen Worten.

»Du weißt auch, dass Marcello zwanzig Jahre jünger ist als du.«

»Neunzehn Jahre!«

»Sehr jung. Sonst wäre er nicht auf die suizidale Idee gekommen, dir einen Antrag zu machen.«

»Hör mal«, zischt der Weberknecht und erinnert dabei an eine Schlange: »Du packst jetzt aber mal ganz schnell deine Sachen und nach elf Uhr bist du hier draußen.«

Josepha schluckt. Aber einen letzten Joker hat sie noch im Ärmel: »Hör zu, ich behalte meinen Job und du wirst von jetzt an die Arbeit machen, die auch wirklich deine ist, und ich werde die

Arbeit machen, für die ich hier auch bezahlt werde. Oder ich sag' allen, warum die Kosten für die Fahrradboten in der letzten Zeit so stark angestiegen sind. In Zeiten des Sparens wird das die Buchhaltung bestimmt interessieren. Zumal die uns doch schon zweimal E-Mails geschickt haben, dass wir das Fahrradboten-Service nicht zu oft in Anspruch nehmen sollen.«

»Wehe!«

»Wehe oder was? Mehr als feuern kannst du mich nicht! Und ich schwöre beim Namen meiner Tochter, ich bring' dich in Verruf, wenn du mich hier raushaust.«

Maria steht unschlüssig da: »Das ist Erpressung.«

»Stimmt, du bist ja vom Fach«, sagt Josepha und ist über sich selbst erstaunt, als sie fortfährt: »Übrigens, die Polizei ist ja heute auch wieder da. Wenn du möchtest, kannst du gleich Selbstanzeige erstatten wegen wiederholten Espresso-Kapsel-Diebstahls.«

»Ich lass' mich von dir nicht erpressen, das wirst du schon noch spüren«, zischt Maria beim Gehen. Obwohl diese Drohung nicht gerade konkret ist, fürchtet sich Josepha trotzdem. Sie weiß, dass dieser Weberknecht unsichtbare Netze spannen kann. Netze, in die man sich umso mehr verheddert, desto mehr man sich befreien möchte, und in die man gar nicht erst hineingeraten sollte.

Maria knallt die Tür zu und hat sie somit nach Jahren erstmals hinter sich geschlossen.

34. Kapitel

VOR BÜRO ASTRID INNEN/TAG

Sami steht am Gang vor Astrids Büro und wartet. Es ist ihm unangenehm, hier herumzustehen, da das Büro des CEOs Erschler nur eine Türe weiter ist. Es besteht demnach die reale Gefahr, ihn zu treffen. Faul zu wirken, weil er hier tatenlos herumsteht, wäre ihm höchst unangenehm. Sami zuckt zusammen! Hinter ihm hat sich etwas bewegt. Es ist Gott sei Dank nicht Herrschler, sondern nur ein junger Mann.

»Sorry, ich wollte dich nicht erschrecken.«

»Ich bin nicht erschrocken.«

Doch Sami kann den kleinen Schreck nur schlecht verbergen. Jetzt erkennt er ihn. Das ist dieser Cutter, Josephas neuer Liebhaber. Das hat sie ihm gestern erzählt.

›Weiß er von meiner Geschichte mit Josepha?‹ Nervöses Hände-an-die-Hose-Reiben.

»Keine Sorge«, lächelt der junge Mann, der Sami an Kurt Cobain erinnert, »wir sind alle nervös, wenn wir beim Herrschler auf dem Gang stehen.«

»Pst!« Sami hält seinen Finger zum Mund. Auf dem Gang vor Erschlers Büro den Spitznamen »Herrschler« zu verwenden, ist ein Schritt auf brüchigem Eis.

»Sag mal, bist du nicht der Aufnahmeleiter, der auch in den »Ameisenhaufen« geschickt wird?«

»Ja, genau. Sami, hallo. Und du bist?« – ›Als wüsste ich's nicht längst …‹

»Jonas. Ich bin sozusagen der Auserwählte unter den Cuttern.«

›Gut, er scheint wirklich nichts zu wissen‹, atmet Sami auf und fragt deutlich entspannter: »Willst du mit Erschler sprechen?«

»Also, ich, ähm – ich wollte mir eigentlich nur mal den Gang ansehen. Ich würde gerne wissen, wie die Kameras angebracht sind, damit das Video so aufgenommen werden konnte.«

Sami ist erstaunt: »Warum?«

Jonas zuckt mit den Schultern: »Irgendetwas ist komisch an der ganzen Geschichte.«

Da öffnet sich die Tür neben Erschlers Büro und Astrid kommt heraus. Sami vergisst völlig auf Jonas. Sieht er Astrid, so ist es, als würde sein Lieblingslied zufällig im Radio gespielt werden. Dann kommt diese kurze, innere Freude, dieser Sprung im Herz, dann singt Sami mit, nur um zu bemerken, dass es schon die letzte Strophe ist und es in den Werbeblock übergeht …

»Tut mir leid, ich musste echt noch viel machen«, schickt sie als Entschuldigung voraus.

›Das hast du auch jedes Mal gesagt, als ich mit dir schlafen wollte‹, denkt Sami bitter.

Auf einmal steht Josepha im Gang.

»Jonas, das wird nix …!« Da bemerkt Josepha Astrid und Sami. Sie will wieder umkehren.

Astrid: »Josepha! Was verschlägt dich hier auf meinen Gang?«

»Äh«, stammelt Josepha. Ihre Gesichtsröte leuchtet verdächtig.

›Wow, ich hab' mit diesen beiden Frauen geschlafen‹, denkt Sami stolz lächelnd. ›So will ich nicht denken!‹ Aber trotz seines inneren Widerstands schwillt seine Brust an.

5 Stunden später

35. Kapitel

SCHNITTKAMMERL 3C INNEN/ABEND

Unruhig zirkulieren Jonas' Gedanken zwischen Josepha-Fantasien und dem Überwachungsvideo. Wieder und wieder sieht er sich das Video auf seinem Rechner an. Warum hält der Geldkofferdieb auf einmal an, blickt ruckartig in eine Richtung und geht dann erst nach exakt fünfunddreißig Sekunden weiter? Als Jonas am Nachmittag den Flur vor Herrschlers Büro untersucht hat, ist ihm aufgefallen, dass die Überwachungskamera, die die drei Bürotüren der Herstellungsleitung aufnehmen soll, offenbar schon seit längerer Zeit defekt ist. Diejenige, die Herrschlers Büro aufnimmt, ist dabei noch intakt. Der Dieb blickt in die Richtung dieser drei Büros. Die Mitarbeiter der Herstellungsleitung gelten als Workaholics und als die firmengrößten Verursacher von Überstunden. Es ist demnach gut möglich, dass einer von ihnen um diese Uhrzeit noch in seiner Abteilung gearbeitet hat. Deshalb hat er auch diese Astrid, die Freundin von Sami aus der Herstellungsleitung, noch nie wahrgenommen.

›Was, wenn irgendjemand, der den Dieb gesehen hat, jetzt Angst hat zu sprechen?‹

Er kombiniert weiter: Der Diebstahl ist kurz vor Mitternacht geschehen. Um diese Uhrzeit ist der Haupteingang längst abgesperrt und man braucht einen Schlüssel, um in das Gebäude hineinzukommen. Nur Firmenmitarbeiter und Putzpersonal haben diesen Schlüssel. Das Schloss des Haupteingangs ist intakt, nur Herrschlers Büro ist brutal aufgebrochen worden. Ergo muss der Täter tatsächlich ein Firmenmitarbeiter sein, der einen Schlüssel besitzt. Dieses Faktum schließt sämtliche Praktikanten aus und all jene, die erst seit einem Jahr in der Firma arbeiten, da man erst nach zwölf Arbeitsmonaten einen Schlüssel erhält. Außerdem hat Jonas ein anderes Überwachungsvideo gehackt, das den Eingangsbereich vor und nach der Tatzeit zeigt. Darauf ist zu sehen, wie der Dieb aus der Richtung der Tiefgarage kommt und auch wieder dorthin verschwindet. Außer der Garage befindet sich in dieser Richtung nur eine hohe Hausmauer, die ohne Kletterausrüstung unmöglich zu überwinden ist. Der Dieb muss also mit dem Auto gekommen sein. Auch sieht man wenige Minuten später tatsächlich Autolichter über den Vorplatz fahren, doch Marke, Modell und Farbe des Fahrzeugs sind nicht deutlich zu erkennen. Die Tür öffnet sich und Josepha betritt sein Schnittkammerl. Er begrüßt sie nicht. Stattdessen schließt er entschlossen die Tür hinter ihr, schiebt einen Stuhl vor, klemmt einen zweiten Stuhl zwischen den Stuhl und den Tisch, stellt sicher, dass die Tür nicht aufgehen kann, verstaut die Tastatur hinter seinen Monitoren, räumt die halbvollen Coladosen zur Seite, wirft die alten Joghurtbecher weg …

»Äh, Jonas? Du musst jetzt nicht extra aufräumen. Ich mein' …« Diesen Satz Josephas unterbricht er mit einem Kuss und allem, was dazugehört. Ein intensiver Moment – wenn er doch nur ihre verflixte Stoffjacke mit den vielen Knöpfen öffnen könnte.

›Verdammt‹, flucht Jonas innerlich, ›hat sie nicht heute im Auto noch irgendwas anderes angehabt?‹ Und dann die Erkenntnis: »Die Überwachungsvideos in der Tiefgarage! Warum hab' ich denn nie an die gedacht!«, ruft Jonas aus und bereut es, als er Josephas Blick bemerkt. Sie geht nicht auf seinen Ausruf ein, stattdessen entledigt sie sich mit einer einzigen Handbewegung der verflixten Stoffjacke mit den vielen Knöpfen, die in der Mitte einen Zipp hat. Die Überwachungsvideos in der Tiefgarage müssen warten …

TEIL 2

DIE MEUTE

Zwei Wochen später – Mittwoch –
Aufzeichnungstermin Will Wilson

36. Kapitel

GROSSES STUDIO INNEN/TAG

Keuchend läuft Sami durch die verwinkelten Gänge von »MasterTV-Österreich« gerade zwei Knirpsen hinterher, die schreiend vor ihm wegrennen. Sie haben sich heimlich in die Garderobe der noch etwas unerfahrenen und deshalb besonders nervösen Moderatorin, Janina Talina, geschlichen. Als diese sie entdeckt hat, haben sich die beiden Racker aus dem Staub gemacht.

Es ist Mittwochvormittag und somit der erste Aufzeichnungstermin von »Ameisenhaufen«. Weil es sich um Kinder handelt, muss am Vormittag aufgezeichnet werden. Nur das Finale, das live sein soll, wird abends produziert. Dafür muss »MasterTV-Österreich« ganz schöne Zulagen zahlen: Pädagoginnen kosten am Samstagabend eben mehr. Doch beim Fernsehen geht nichts über ein Live-Finale, auch wenn diese Art von Show unvergleichlich viel mehr an Arbeit bedeutet. Live – das bedeutet mehr Anspannung, mehr Vorbereitung und mehr Adrenalin; live – das bedeutet auch ein Hochgefühl, wenn es vorbei ist. Seit »Ameisenhaufen« in die Vorbereitungsphase gegangen ist, wartet Sami sehnsüchtig auf dieses Glücksgefühl der letzten Sendung. Am Tag nach dem Finale ist die gesamte Belegschaft dann erschöpft oder sogar krank;

alles bricht auf, was man im wochenlangen Stress zurückgehalten hat.

Doch jetzt ist es noch nicht so weit. Obwohl Maria, Jonas, Sami, Fabo und Wilson Kandidaten sind, müssen sie bis zum Zeitpunkt ihres großen Auftritts ihren eigentlichen Tätigkeiten nachgehen. So kommt Sami zum Handkuss, an allen Aufzeichnungsterminen Set-AL zu sein, außer an seinem eigenen. Der Geldkoffer-Diebstahl liegt nun schon über ein Monat zurück, doch die Ermittlungen der Polizei zu dem Geldkoffer-Diebstahl blieben weitestgehend fruchtlos. Von Astrid hat Sami erfahren, dass die Staatsanwaltschaft die Ermittlungen in Ermangelung von Beweisen angeblich eingestellt hat. Manche Kollegen munkeln zwar, dass die Polizei inkognito bei den Aufzeichnungsterminen dabei sein wird, aber Sami bezweifelt das. Es ist seiner Meinung nach höchst unwahrscheinlich, dass die zweite Million auch noch gestohlen wird.

In Zeitschriften liest Sami noch immer gelegentlich etwas über »MasterTV-Österreich«, zuletzt einen Artikel über die gekündigte Graphikerin. Abgesehen davon scheint die Welt der Medien ihr Interesse für die Mitarbeiter verloren zu haben. Eines weiß Sami aber mit Sicherheit und Sorge: Sobald die erste Sendung ausgestrahlt wird, wird das mediale Interesse wieder aufflackern und seine wahre Stellung in der Firma im hellen Licht der Scheinwerfer vor seinem Vater Mahir zu Tage bringen.

»Na, das schau' ich mir an, wie die aufgespritzte Jennifer Aniston durch diese Sendung führt. Die hat ja keine Ahnung vom G'schäft!«, schallt es durchs Studio. Es ist Will Wilsons Stimme, der offenbar noch hinter der Bühne steht und nicht mitbekommen hat, dass die Mikrofone gerade eingeschaltet worden sind. Der Moderator ist es wohl nicht gewohnt, als Kandidat zu agieren. Leider weigert sich die junge Moderatorin, die Jennifer Aniston tatsächlich verblüffend ähnlich sieht, Wilson zu interviewen. Stattdessen will sie ihn wegen Rufschädigung verklagen. Für Wilson kommt eine Entschuldigung seinerseits nicht infrage. Stattdessen behauptet er steif und fest, nichts Böses gesagt zu haben. Die beiden schreien einander hinter der Bühne an, während auf der Bühne die Kinder raufen und auf die Stellprobe warten. Dieser Tag ist ein reines Work-out für Sami: permanentes Nachzählen, Suchen, Tragen, Schlichten und Trösten der Kinderhorde sowie der Moderatoren.

Obwohl die Sendung offiziell noch nicht begonnen hat, schweifen bereits Kameras durch das große Studio, um Bilder der Zuschauer für Zwischenschnitte einzufangen.

Die beiden ausgebrochenen Knirpse sind mittlerweile durch Samis Hand sanft auf der Bühne abgestellt worden, wo sie nun rot vor Lachen immer wieder von ihrer Heldentat erzählen. Doch die beiden Bengel sind nicht die Ursache für Samis Unruhe. Es ist viel mehr der Gedanke, bald selbst auf dieser Bühne stehen zu müssen, die Will Wilson nun bereits selbstbewusst für sich eingenommen hat. Janina Talina hat sich in der Zwischenzeit in ihrer Garderobe eingesperrt und wartet dort auf eine Entschuldigung von Wilson. An Wills Gesichtsausdruck ist zu erkennen, dass er sich sichtlich auf die Show freut. Er will vor allen zeigen, dass er der große Showmaster ist, dem die junge Moderatorin nicht das Wasser reichen kann.

Aufgemischt von fünfzig aufgeweckten Kindern, zieht sich die Stellprobe in die Länge. Auch muss eine Praktikantin als Lichtdouble die beleidigte Moderatorin ersetzen, die noch immer durch Abwesenheit glänzt.

»Der da ist geliftet!«, schreit ein Kind auf der Bühne und zeigt dabei mit dem Finger auf Will Wilson, der schlagartig blass wird. Sami hofft, dass der eitle Moderator sich nicht auf das Kind stürzen und es vor laufenden Kameras zerfleischen wird. Sämtliche Kameras tun das ihrige und fixieren den Kleinen von allen Seiten.

»Du lügst! Das kannst du gar nicht wissen!«, schreit ein etwa fünfjähriges blondes Mädchen mit großem Froschmund den kleinen Jungen an. Will sieht diese kleine Dame an, als würde er sie gleich adoptieren wollen.

»Do-och!«, erwidert der vorlaute Bub mit Nachdruck, »meine Mama ist Chirugin.«

»Chirugin – das ist gar kein Beruf!«, ruft die junge Wilson-Verteidigerin.

Wilson versucht, das Wortgefecht der Kinder durch knappes Eingreifen für sich zu entscheiden – immerhin hat er doch auch schon andere heiße Wortgefechte erfolgreich moderiert: »Du da«, spricht er den Jungen streng an, »korrekt heißt es ChiruRgin. Mit einem R dazwischen.«

Der vorwitzige Kleine mustert Wilson abschätzig von oben bis unten, dann sagt er: »Ist deine Mama auch Chirugin?«

»Nein, meine Mutter ist nicht ChiruRgin«, sagt Wilson und lässt das R rollen. Sami sieht, dass der Moderator bereits glaubt, den ersten kleinen Sieg über ein Kind davongetragen zu haben, als dieser hinzusetzt: »Du hast es übrigens schon wieder falsch gesagt.«

Da wird das Kind zornig und schreit cholerisch: »Du weißt gar nix! Du bist geliftet, das sieht doch jeder!« Aus dem Publikum hört man die Eltern der Kinder lachen. Bei anderen Sendungen ist die Tribüne vor Aufzeichnungsbeginn leer, die Erziehungsberechtigten hat man jedoch gleichzeitig mit ihren Sprösslingen ins Studio gelassen. So können sie, anders als sonst, auch die Stellproben von den Publikumsreihen aus mitverfolgen. Ihr Amüsement ist unübersehbar. Auch einige technische Studioarbeiter können sich ihr Glucksen nicht verkneifen. Ein Schweißtropfen perlt an Wilsons Stirn herunter, sein Gesicht gleicht auf einmal einer starren Maske.

»Bengel«, zischt Wilson, gerade laut genug, dass es alle auf und hinter der Bühne hören können.

»Das sag' ich meiner Mama, dass du so etwas Böses zu mir gesagt hast!«, quengelt der freche Junge, »und mein Papa verknagt dich dann!«

Wieder Lachen aus dem Publikum. Die Ausstrahlung dieser Sendung wird erst in sechs Tagen erfolgen. Herrschler hatte das angeblich so entschieden, dass man im Zweifelsfall etwas nachdrehen kann – etwa falls es einen Zwischenfall mit den Kindern geben sollte. Sami fragt sich, ob Wilson es schaffen wird, die Cutter zu bestechen, in diesen sechs Tagen die schlimmsten Peinlichkeiten rauszuschneiden.

›Ich brauch' eine Nussschnecke‹, denkt Sami nervös, denn er weiß, auch ihm wird nur zu bald ein ähnliches Schicksal blühen ...

Sechs Tage später – Dienstag – Ausstrahlungstermin Will Wilson

37. Kapitel

TELETEST-HAUSHALT INNEN/ABEND

Der Vater des Mädchens, dem Will Wilson bei einem Spiel unabsichtlich auf die Füße getreten ist, sitzt mit seinem Kollegen aus der Rechtsabteilung der Versicherung auf dem Sofa. Eigentlich wollen sie lieber das Fußballspiel der erstarkten Nationalmannschaft mitverfolgen, doch die Mutter des Mädchens besteht darauf, sich die erste Folge von »Ameisenhaufen« anzusehen, die Sendung, in der ihre Kleine so fürchterlich verletzt worden ist. Ihre Kleine schien zwar keine größeren Schmerzen zu haben und ist nach fünf Minuten wieder lustig auf der Studiobühne herumgehüpft, dennoch überlegen die Eltern, ob sie nicht versuchen sollten »MasterTV-Österreich« auf »ein bissal Schmerzensgeld« zu verklagen. Der Kollege aus der Rechtsabteilung soll ihnen dabei juristisch zur Seite stehen.

Die Mutter des Hauses hat kurz vor der Primetime das Wohnzimmer verlassen, um die Kinder ins Bett zu bringen. Wie von selbst hat sich die Hand des Vaters zur Fernbedienung bewegt und vom Privatsender auf den öffentlich-rechtlichen Kanal umgeschaltet, auf dem das Länderspiel übertragen wird. Dieser ist einer jener Haushalte, in dem mittels Panel die TV-Quoten erhoben und an das Marktforschungsinstitut geschickt werden. Trotzdem kann die Mutter das von ihrem Ehemann konsumierte Programm nicht nachverfolgen.

Die beiden Männer tauschen nun gelegentlich mit dem Fernseher oder miteinander Kommentare über die Mannschaften aus: entweder über die gegnerischen »Fetzenschädel« oder über die eigenen »Burschen«. Hie und da eine Expertise über die Ballführung, dann fallen sie sich ins Wort »Stange is Stange, du Trottl!«, verstummen wieder, hören sich gelegentlich auch zu, flammen beim nächsten Tor wieder auf »Tooor! Booooah!«

Doch dann ist Halbzeit, und weil die beiden Männer die Schritte der besorgten Mutter auf dem Gang hören, schalten sie artig auf den Privatsender zurück, in dem »Ameisenhaufen« bereits voll im Gange ist. Das, was sie da sehen, lässt sie völlig auf das Fußballspiel vergessen: Die Gruppe der fünfzig Fünfjährigen soll unter der Regie von Will Wilson gleichzeitig Zähne putzen. Wasserschlacht! Spucken! Zahnpasta-Party! Spuren des Grauens als weiß-rosa Kinderzahnpastaflecken auf Wilsons mittlerweile völlig zerknittertem Designeranzug. Er rutscht auf dem Schaum aus und bekommt einige Bürsten in die Seiten gerammt. Er lässt alles über sich ergehen, aber am Ende der Zeit hat keiner der Knirpse wirklich geputzte Zähne. Zwischendurch wird immer wieder der Zwischenfall mit dem Lifting-Vorwurf des kleinen Jungen eingespielt. Das Studiopublikum lacht jedes Mal schallend, sobald man hört: »Du bist geliftet, das sieht doch jedes Kind!« Dann springt das Bild wieder zur aktuellen Aufgabe.

Wills Zustand pendelt zwischen Aggression und Hysterie.

Immer wieder bäumt er sich gegen das Durcheinander auf und beginnt zu schreien. Seine sonst so wohlig warme, hätschelnde Stimme klingt auf einmal bellend und schrill. Trotzdem prallt sie ungehört ab an den vielen hellen Stimmchen der Schlacht. Die animierende Spannungsmusik verstummt. Die immerfort strahlende Moderatorin, die zuvor vergebens auf eine Entschuldigung des Altmeisters Wilson gewartet hat, erscheint auf der Bühne. Lächelnd flötet sie ins Mikro, dass Will diese Aufgabe nicht bestanden hat.

»Oida, warum hamma erst jetzt aufdreht?«, flucht einer der Männer. Vor der nächsten Werbeunterbrechung kommt auch schon der Rückblick der letzten Aufgabe: Die Kinder sollten ein Bild von Will Wilson malen. Will Wilsons Aufgabe war es, die Kinder davon abzuhalten, die weißen Wände rund um den Mal-Tisch zu beschmutzen. Schon bald waren da aber überall rote, gelbe, grüne und braune Spritzer! In diesem dreißig Sekunden langen Rückblick erkennt man, dass es vor allem die Art ist, wie ihn die Kinder malen, die ihm emotional wirklich zusetzt: Auf ihren Darstellungen ist er alt, glatzköpfig, mit zu großen Ohren, als Glöckner von Notre Dame oder gar als Monster zu sehen! Der Kollege aus der Rechtsabteilung verschluckt sich vor Lachen an seinem Bier.

Die beiden Herren mit ihren Bierflaschen in der Hand müssen mitansehen, wie ein einst stolzer Fernsehstar angesichts einer lärmenden Kinderhorde verzweifelt. »Aus Mitleid kann man diese Aufgabe als gewonnen ansehen«, flötet Janina Talina und grinst Wilson hämisch zu.

Der Teaser für die Aufgabe nach der Werbepause verspricht, dass Wilson den Kindern erklären wird müssen, wie der Wasserkreislauf funktioniert. Doch der Moderator scheint es selbst nicht genau zu wissen. Dabei auch noch all diese metaphysischen Fragen der Kinder: »Die Mama hat gesagt, der Rudi ist jetzt auf einer Wolke, aber wenn die nur aus Wasser ist, dann geht das ja gar nicht!«

Bald schon ist es Zeit für die Abstimmung. Die Kinder werden alle in einer langen Stirnreihe aufgestellt. Mit dem Rücken zu ihnen sitzt Will Wilson an einem kleinen Pult auf einem Kindersessel, der für diesen stattlichen Mann viel zu klein ist. Strahlend sagt die junge, blonde Moderatorin: »So, Will hat mehr schlecht als recht zwei von drei Aufgaben bestanden. Wollt ihr Onkel Will jetzt öfter als Kindergärtner haben?«

Ein paar Kinder lachen.

»Wenn ja«, fährt die Moderatorin fort, »dann hebt bei drei die Daumen in die Höhe.« Während eine Lichtshow die Aufmerksamkeit der Kinder magisch auf sich zieht, hört man eine laute, männliche Stimme durch das ganze Studio hallen: »Eins-zwei-drei!« Nur eine Hand fährt in die Höhe. Es ist das blonde, froschmündige Mädchen, das Will vor Beginn der Show so wacker verteidigt hat. Alle anderen neunundvierzig Kinder zeigen mit ihrem Daumen nach unten. Wilson ist raus.

»Glaubst, kriegt der a Göd für des do?«, fragt der Vater des Teletest-Haushalts seinen Kollegen aus der Versicherung.

»In so an Haufen traut si doch kaner zum Spaß eine.«

DAS AUGE

Endlich wieder was zum Lachen! Fünfzig Kinder und ein verzweifelter Showmaster — köstlich! »Ameisenhaufen«, eine innovative Showidee, die wohl bald Nachahmer finden wird.

P. H.

Die Austria

Toller Quotenerfolg für die neue Show »Ameisenhaufen«. Entwickelt von »MasterTV-Österreich«, zeigt dieses Format in höchst un-

terhaltsamer Weise, auf welch dünnem Eis sich die Kandidaten von Spielshows bewegen. Für die Chance, eine Million Euro zu gewinnen, ist ihnen offenbar nichts zu blöd! Erstaunlich, dass sich dafür sogar Showmaster Will Wilson der Lächerlichkeit preisgibt.
L. W.

Der Televisor

Großartige Show! Ein Affe im Ameisenhaufen! Eine Schar von fünfzig Kindern hat den stets sehr von sich eingenommenen Showmaster Will Wilson fertiggemacht! Durch seinen peinlichen Auftritt hat er überdies die Chance auf eine Million Euro verspielt. Ist jetzt auch seine Karriere am Ende? Jedenfalls nicht jene der jungen Moderatorin Janina Talina, die von einigen schon als neue Franziska Naschhold gesehen wird. »Ameisenhaufen« hat erstaunlich gute Quoten und geht schon nächste Woche in Runde zwei. Wer wird sich das nächste Mal bis auf die Knochen blamieren? Fest steht: Schadenfreude zieht!
S. R.

Tagtäglich

Das haben wir gebraucht: der schon vorhandenen Orgie an Showpeinlichkeiten eine weitere hinzuzufügen! In der neuen Sendung »Ameisenhaufen« werden Kinder dazu missbraucht, Erwachsene lächerlich zu machen und die Ungezogenheit zum Prinzip zu erheben. Unverständlich, dass sich Eltern und städtische Kindergärten dafür einspannen lassen. Ebenso unverständlich, dass der bekannte Showmaster Will Wilson dafür in den Ring steigt. Macht die Gier nach Geld vor gar nichts halt?
S. P.

38. Kapitel

GROSSES STUDIO INNEN/VORMITTAG

Wieder ist der so gefürchtete Mittwochvormittag gekommen und somit der zweite Aufzeichnungstermin von »Ameisenhaufen«. Heute ist Maria an der Reihe, sich in das Gewusel zu werfen. Jonas und Josepha haben die ganze Nacht damit verbracht, sich gemeinsam alles Mögliche auszumalen, und dabei vor Lachen geweint.

Die Jagd auf den Kofferdieb hat Jonas indes so gut wie aufgegeben. Er hat bisher noch immer nicht herausfinden können, weshalb er die Überwachungskameras in der Tiefgarage nicht hat hacken können, aber es ist ihm auch nicht mehr so wichtig. Die Möglichkeit auf die Million jedoch erscheint ihm immer attraktiver. Auch interessiert ihn momentan kein Geldkoffer dieser Welt so sehr wie Josepha, mit der er auch den Großteil seiner Freizeit verbringt, sofern sie nicht »Noemi-Woche« hat und er nicht bei seiner kleinen Emma in Vorarlberg ist.

Im Studio müssen die Eltern auf der Zuschauertribüne aufstehen, klatschen oder auch mit den Füßen auf dem Boden trampeln, sobald der Warm-Upper die entsprechenden Karten in die Höhe hält. Unter all den aufgeregten Erziehungsberechtigten kann Jonas den jungen Fahrradboten Marcello ausmachen, der ganz begeistert mitmacht. Maria betritt zusammen mit dem Regisseur die Bühne. Beim Anblick der Kinder blickt der Weberknecht so grimmig drein, als würden alle gleich mit riesigen Flaschen Lavendelspray auf ihn losgehen wollen. Das Lied »Always a woman to me« wird im Studio eingespielt. Marcello singt ganz laut mit und schaut immer wieder zu seiner Angebeteten auf der Bühne. Jonas betrachtet die Redaktionsleiterin ebenfalls. Von der Ferne sieht Maria tatsächlich schön aus. Ihre meterlangen Beine und ihre hohen Backenknochen erinnern an ihre frühere Modelkarriere.

Doch dann bemerkt er, dass der Weberknecht von der Bühne aus seinen Blick starr, stumm und bedrohlich auf einen Punkt in seiner Nähe geheftet hat – auf Josepha, die gerade dabei ist, die Kritiken diverser Zeitungen zu überfliegen. Schnell geht Jonas zu Josepha, um sie vor Marias bösem Blick zu schützen. Abergläubisch ist er zwar nicht, aber man weiß ja nie ...

39. Kapitel
GROSSES STUDIO INNEN/TAG

Im Backstage-Bereich bekommt Sami einen aufgeregten Anruf von seinem Vater. Über die Zeitung hat Mahir erfahren, dass Mitarbeiter von »MasterTV-Österreich« im »Ameisenhaufen« auftreten werden. Sich seinem Schicksal fügend, gesteht ihm Sami, dass auch er mitspielen muss.

»Sami, du bist doch erwachsen!«

Eine Inspizientin rennt mit einem Kind an der Hand hinter die Bühne: »Der Kleine muss mal!«, flüstert sie ihm zu.

»Ich kümmere mich drum«, flüstert Sami zurück und nimmt den Buben an der Hand. Da wettert Mahir ins Telefon:

»Sami, du bist doch einflussreich! Das musst du dir doch nicht gefallen lassen!«

Der Kleine zieht an Samis Hand.

»Warte kurz«, sagt Sami zu dem Kind und verteidigt sich vor seinem Vater: »Eine Million Euro wäre im Moment gar nicht schlecht!«

»Oh nein, schon wieder eine neue Frau! Jetzt bleib doch einmal bei einer. Ich hatte auch nur eine ...«

»Papa, die Freundin von Patrick ist schwanger!«

»Ja, das weiß ich doch. Tu doch nicht so, als würden mir meine Enkelsöhne nichts erzählen. Ich weiß das schon längst!«

»Der Patrick studiert noch, der kann das doch nie alles bezahlen.«

»Er könnte auch einfach bei mir arbeiten.«

»Er will sein Studium fertigmachen und das soll er auch!«

»Das wollte ich auch für dich. Und jetzt hast du schon die fünfte Frau!«

»Papa, es waren nur drei.«

»Nur drei!«

»Fang nicht schon wieder damit an.«

»Ich sag' schon nichts mehr. So, und jetzt muss ich gehen. Mein Leben wartet auf mich, und zwar nicht in einem Affenkäfig!«

»Ameisenhaufen!«

»Das ist doch das Gleiche!«

Sami erinnert sich an das Kind an seiner Hand, das noch immer ganz brav da steht und mit dem Finger in der Nase darauf wartet, dass Sami es zur Toilette bringt. Schnell versucht der Aufnahmeleiter, das Gespräch zu einem Ende zu bringen:

»Papa, komm doch einfach bei meinem Auftritt ins Studio.«

»Du willst, dass ich komme?«

»Ja, natürlich.«

»Du hast mich noch nie eingeladen, Sami.«

»Du arbeitest doch jeden Tag im Lokal.«

»Hm ..., aber dann soll die ganze Familie kommen!«

»Nein, nur du.«

»Nein, wir kommen alle.«

»Wen meinst du überhaupt mit *alle*?«

»Na, wen wohl! Na alle!«

»Wer ist alle?«

»Deine drei Frauen, deine beiden Kinder, die Freundin vom Patrick und die Irmi.«

»Nein! Seit wann ist die Irmi ein Familienmitglied? Und ich habe nicht drei Frauen!«

»Ach und der Jan und der Domschi sollen auch kommen!«

»Wer sind der Jan und der Domschi?«

»Na, die neuen Männer deiner ersten beiden Frauen. Das solltest du doch wissen. Nett sind die und die nehmen sich so richtig Zeit für ihre Frauen. Die waren schon fünfmal bei mir essen! Gute Esser sind das …«

»Papa, ich bin bei der Arbeit. Ich kann mich jetzt nicht über die neuen Männer meiner Exfrauen unterhalten!«

»Nie hast du Zeit für deinen Vater!«

Wieder zieht der Bub, der doch schon die längste Zeit auf die Toilette muss und trotzdem so geduldig gewartet hat, an Samis Hand.

»Wir kommen alle – oder keiner«, bestimmt Mahir durch die Leitung.

»Gut, dann kommt ihr eben alle. Walli und Maxi habe ich seit letztem Sommer nicht mehr gesehen. Warum sollten meine Exfrauen sehen wollen, wie ich mich im ›Ameisenhaufen‹ lächerlich mache?« Sami überlegt kurz, dann spricht er weiter: »Okay, wahrscheinlich wollen sie das sehen.«

»Wenn du wüsstest, wie oft die zwei mich besuchen. Sicher öfter als du. Aber Astrid, die kommt nie.«

»Papa, wir haben uns gerade erst scheiden lassen.«

»Von den anderen hast du dich doch auch scheiden lassen!«

In diesem Moment kommt die Inspizientin wieder nervös hinter die Bühne, um das Kind abzuholen.

»Tschüs Papa!«, sagt Sami schnell und weiß, dass er Mahir heute noch einmal anrufen und sich für diese schnelle Verabschiedung entschuldigen wird müssen. Doch der arme Bub, der seine Notdurft noch immer nicht verrichten hat können, hat im Augenblick Vorrang. Die Inspizientin hat den Kleinen jedoch schon an der Hand und führt ihn wieder hinaus auf die Bühne.

»Warte!«, doch sie hört Sami nicht. Nur der Bub dreht sich zu

Sami um und schaut ihn vorwurfsvoll an. Der Aufnahmeleiter läuft ihm nach, doch zu spät: Das Kind ist schon aus dem Backstage-Bereich hinaus auf die Bühne geführt worden. Hier muss Maria gerade Kinder hochheben und durch einen Ring auf eine riesige, dicke Matte werfen. Jedes Kind, das es durch den Ring schafft, bringt einen Punkt für Maria. Sami starrt auf den Kleinen. Er sieht, als er zu Maria kommt, wie er von ihr hochgestemmt wird, wie die dürre Frau zum Werfen ansetzt und – wie ein dünner Strahl direkt auf ihre Schulter rinnt.

»Igitt«, quietscht sie und lässt das Kind fallen, das dumpf auf dem Boden aufprallt. Es weint nicht, sondern schaut Maria nur verängstigt an. Sami würde am liebsten im Boden versinken, als eine Mutter aus dem Publikum auf die Bühne rennt, Maria wegschubst und ihren Kleinen rettend in die Arme schließt. Dabei lässt die gute Frau eine Schimpftirade aufs Fernsehen los. Die Inspizientin ist verwirrt: »Er war doch gerade auf der Toilette.«

Sami verfolgt all das aus einigen Metern Entfernung. Sein Gesicht brennt. Flehend sieht er den kleinen, geduldigen Buben an und hofft leise, dass er ihn nicht verpetzt.

40. Kapitel
SCHNITTKAMMERL 3C INNEN/NACHT

Romantische Musik, Hochstimmung wegen Marias Versagen, eine offene Flasche Rotwein, eine halb offene Bluse, die sich immer weiter öffnet … Ein Handy läutet.

»Entschuldige«, haucht Josepha.

»Kein Problem«, flüstert Jonas und flucht innerlich. Sie hebt ab, nickt, will mehrfach zum Antworten ansetzen, doch der erboste Sprecher am anderen Ende der Leitung lässt das nicht zu. Aus Diskretion hat sich Jonas zu der kleinen Fensterluke zurückgezogen und schaut hinaus, auch wenn es dort außer einem bereits dunklen Lichtschacht nichts zu sehen gibt.

Sie legt auf, Jonas dreht sich wieder zu Josepha. Eine böse Überraschung: Sie ist gerade dabei, sich wieder vollständig anzuziehen.

»Noemi ist offenbar eine Stunde vor verschlossener Tür vor meiner Wohnung gestanden und konnte nicht rein. Jetzt ist sie zu ihrem Vater gefahren«, sagt Josepha mit belegter Stimme.

»Aber wenn sie eh schon bei ihm ist, kannst du ja da bleiben«, sagt Jonas aus einer praktischen Überlegung heraus. Sie schüttelt den Kopf: »Ich muss jetzt ein bisschen für mich sein.«

»Willst du wieder heimlich in deinem Büro tanzen?«, fragt Jonas – ein letzter Versuch, sie zum Bleiben zu überreden. Sie beißt sich geniert auf die Lippen, sieht ihn argwöhnisch an. Er lächelt und zieht sie auf seine Knie.

›Was hat sie denn?‹, denkt Jonas und sagt: »Aber das ist doch nicht schlimm, dass du in deinem Büro tanzt.«

Immer noch dieser argwöhnische Blick.

»Das machen doch mehr Menschen, als man denkt«, setzt Jonas noch hinzu. Josephas Schweigen macht ihn nervös.

Sie sucht nach Worten, dann fängt sie zu sprechen an, darüber, dass sie viel lieber Journalistin wäre, als hier zu verrecken, dass sie über ihre familiäre Situation unglücklich sei, dass sie ständig das Gefühl hätte, alles falsch zu machen, dass ihr am Ende des Monats nie Geld übrig bliebe … Trotz allem hat Jonas das Gefühl, dass sie ihm etwas verschweigt. Der junge Cutter, der anfangs noch zärtlich Josephas Haar gestreichelt hat, begreift spätestens nach ihrem siebten Selbstvorwurf, dass er heute wohl keinen Erfolg mehr bei ihr haben wird. Seufzend arrangiert er sich einmal mehr mit seinem Schicksal, hört ihr weiter zu und streicht ihr weiter beruhigend übers Haar.

»Ich werd's einfach doch noch mal als Journalistin versuchen. So wie's jetzt ist, kann's ja sowieso nicht weitergehen.« Jonas überlegt laut: »Du könntest einfach in deiner Arbeitszeit immer wieder heimlich Artikel schreiben und dann ...«

Ein Kuss von Josepha lässt ihn verstummen ...

41. Kapitel
REDAKTIONSTRAKT INNEN/TAG

Die Ameisen haben den Weberknecht vertrieben: Maria hat schon am Tag nach der Aufzeichnung gekündigt. Bis zum Ende der Kündigungsfrist ist Maria nun krankgeschrieben, offiziell wegen eines Burn-outs. Als Josepha davon erfährt, ist es ihr, als hätte sich der Himmel nach einem Schneesturm auf einmal aufgetan, damit warme Frühlingssonnenstrahlen ihre Haut wärmen können. Doch Minuten später ziehen wieder Wolken auf: Sie erfährt nämlich, dass Maria nun offenbar als Journalistin zu dem supermodernen Frauenmagazin »Fräulein« wechselt, wo sie zu Beginn des nächsten Monats anfangen wird.

»Wie kann das sein?«, fragt Josepha stammelnd Kevin, den glatzköpfigen Redakteur, der ihr alle diese Neuigkeiten gerade eben überbracht hat. Er steht mit zwei Kaffeetassen – und einer Alkoholfahne – auf dem Gang.

»Sie hat angeblich einen jungen Typen am Start und dessen Mutter ist dort Chefredakteurin. Maria wird also sozusagen von ihrer Schwiegermutter protegiert. Kann gut sein, dass die beiden Ladys gleich alt sind.«

Josepha platzt fast vor Neid und versucht krampfhaft, ihr obligatorisches »MasterTV-Österreich-Lächeln« auf den Lippen zu behalten.

»Übrigens hier für dich«, er stellt ihr einen doppelten Espresso auf den Schreibtisch. »Jetzt gibt es ja wieder die guten Espresso-Kapseln.«

Josepha grinst und Kevin überschlägt sich schon mit der nächsten Nachricht, die er betont beiläufig anzubringen versucht: »Ach, und wenn wir schon beim Thema sind, ich komm' grad aus der Personalabteilung. Ich übernehm' jetzt Marias Job und bin ab heute der neue Redaktionsleiter.«

»Gra ... Gratuliere«, presst Josepha hervor. Obwohl Kevin im Vergleich zu Maria ein Engel von einem Chef sein wird, ist sie doch enttäuscht, dass sie selbst für diese Position offenbar gar nicht in Erwägung gezogen worden ist. Als er ihr Büro verlässt, vernimmt sie das herrliche Geräusch der Tür, die hinter ihm zuschlägt. Kaum ist er draußen, tippt sie auch schon mit maximaler Fingergeschwindigkeit los. Seit sie Jonas in ihrem Leben hat, sind ihre Schlafprobleme besser geworden und die Müdigkeit bringt sie nicht mehr um ihre ganze Konzentrationsfähigkeit. Mühelos schreibt sie einen Artikel über alleinstehende Mütter. Darüber, dass von Müttern in der Gesellschaft sehr viel mehr erwartet wird als von Vätern und dass sie oft nicht einmal mehr Zeit für genügend Schlaf oder gar für ein spannendes Buch finden.

In einem Schwung schickt sie diesen Artikel an alle Tageszeitungen, Magazine und Journale, die sie kennt. Mit einem Mal nimmt sie wahr, dass jemand im Raum ist. Instinktiv schließt sie alle geöffneten Seiten auf ihrem Computer. Gott sei Dank ist es nur Jonas, der mit überkreuzten Armen lässig im Türrahmen steht und sie beobachtet. Wie hat er ungehört die Tür öffnen können?

»Wie lange stehst du schon da?«, fragt Josepha, die wieder einmal Röte in ihrem Gesicht aufsteigen spürt.

»Lange genug, um sehen zu können, dass es dir mit der Journalistensache wohl ernst ist. Und ich dachte schon, du würdest wieder tanzen.«

Sie lächelt und weiß nicht, was sie sagen soll. Flucht nach vorne! ›Irgendetwas Lustiges tun, nur was?‹ Mangels verbaler Schlagfertigkeit sucht sie schnell im Internet nach einem Lied, das sie auf dem Weg zur Arbeit gehört hat, und spielt es ab. Mehr zum Scherz als im Ernst fragt sie: »Tanzt du mit?«

Für Josepha völlig unerwartet, bewegt sich Jonas tatsächlich zögernd zur Musik. Offenbar denkt er, dass sie die Aufforderung ernst gemeint hat.

»Tanzt du nicht?«, fragt Jonas unsicher. Die Situation ist Josepha unendlich peinlich, sie steht jedoch auf und tanzt mit. Beide bewegen sich ein wenig, machen einen Schritt hier hin, dann einen da hin, die Arme einmal auf der Seite, einmal in der Luft, dann an der Hüfte des anderen, dann ein Kuss, dann noch einer. Wie gut, dass die Tür abgeschlossen ist …

42. Kapitel

VORPLATZ AUSSEN/TAG

Als Sami die neuen Set-Praktikanten instruiert, taucht Mahir unerwartet hinter ihm auf dem Vorplatz auf. Der Aufnahmeleiter ist von dem Überraschungsbesuch seines Vaters völlig überrumpelt.

»Du hast doch gesagt, ich soll dich besuchen!«, rechtfertigt sich Mahir, der den erschrockenen Blick seines Sohnes richtig deutet.

»Ja, bei meinem Auftritt.«

Ein beleidigter Blick von Mahir lässt Sami einlenken: »Ich bin froh, dich zu sehen, Papa. Warte kurz.«

Demonstrativ gibt Sami seinen neuen Praktikanten Anweisungen. Dabei versucht er, möglichst herablassend zu wirken. Das restliche Team versteht überhaupt nicht, warum sich Sami auf einmal so eigenartig benimmt: »Was hat er denn jetzt?«, hört er Fabo hinter sich sagen und Marlies, die antwortet: »Ich glaub', die Astrid hat wieder mit dem Kameramann geflirtet.« Sami wird wütend, da umarmt ihn Mahir stürmisch und unvermittelt. Eine Umarmung, deren Heftigkeit sich aus jüngsten Ereignissen erklärt: Gregor,

Samis jüngerer Sohn aus zweiter Ehe, arbeitet seit einer Woche als Aushilfskoch in Mahirs Lokal »Evet« in Eisenstadt. Hier zaubert er neue, von den Gästen hochgelobte Gerichte. Mahir selbst will sie zwar nicht essen, aber die Gäste lieben sie. Gregor hat plötzlich die Liebe zu dem kleinen Restaurant seines Opas entdeckt.

»In der Schule fehlt nicht mehr so viel. Dann kann er Vollzeit bei mir anfangen! Und das, weil *du* ihm gesagt hast, er soll bei mir anfangen!«, strahlt Mahir. Zum allerersten Mal äußert er dann den Wunsch, die Arbeit seines Sohnes besser kennenzulernen. Also zeigt ihm Sami das weitläufige Gelände von »MasterTV-Österreich«. Weil alle Sami kennen und er den Praktikanten lässig anschafft, Kaffee und Kuchen zu bringen, zweifelt sein Vater nicht daran, dass er hier der Boss ist. Mahir schmeckt das Süßzeug zwar nicht, aber von der Bedeutung seines Sohnes ist er beeindruckt. Sami sieht sich bereits in der Zielgeraden, gleich wird sein Vater sich verabschieden – ausgerechnet da kommt es zu einer Auseinandersetzung zwischen zwei Praktikanten im Studio und Sami muss seinen Vater einen Moment lang alleine lassen …

43. Kapitel
SCHNITTKAMMERL 3C INNEN/TAG

Die vernichtenden Kritiken über Maria und ihren Misserfolg bei »Ameisenhaufen« haben Jonas' Nervosität angeheizt. Immerhin steht sein eigener Aufzeichnungstermin unmittelbar bevor. Am Weg in die Arbeit ist Jonas jedoch eine Idee gekommen – ein kleiner Hoffnungsschimmer am Horizont –, etwas, das möglicherweise funktionieren könnte. Seine stets gereizte Exfreundin Tamara und die Kostümpraktikantin Annmadleine müssten ihm dabei aber helfen. Statt in seinem Schnittkammerl sitzt Jonas seit nunmehr dreißig Minuten in Josephas Büro und wägt ab, ob sich sein Masterplan ausführen lässt oder ob er ihn besser gleich vergessen soll.

44. Kapitel

VORPLATZ AUSSEN/TAG

Als Sami wieder zurückkommt, empfängt ihn Mahir mit einer Dispo in der einen, seinem Handy in der anderen Hand und mit den Worten: »Aufnahmeleiter ist aber nicht ›Produzent‹! Ich hab's gegoogelt.«

Sami wird heiß. Er räuspert sich mehrmals. Das Einzige, was ihm dazu einfällt: »Papa, seit wann kannst du googeln?«

»Patrick hat es mir beigebracht. Du bist hier nur als Dritter aufgelistet!«

Jetzt wedelt er wieder mit dem Blatt Papier herum.

»Und woher hast du das?«

»Lag da herum«, antwortet Mahir und Sami verflucht Fabo, den

Setpraktikanten, der regelmäßig vergisst, die Dispos vom Vortag zum Altpapier zu bringen. Sami nimmt seinem Vater die Dispo aus der Hand und blickt darauf. Auf der Stabliste steht es schwarz auf weiß:

MasterTV-ÖSTERREICH

Tagesdisposition

Produzent: Ing. Hans Erschler

Ameisenhaufen Folge 2

Produktion: 0043/1 450 450 90

Redaktionsleitung:	Maria Weber	0043/1 450 450 43
Redaktion:	Josepha Nowak	0043/1 450 450 42

Set AL/Set-Handy:	Sami Gün	0043/660 786 777 1
Regie:	Sergei Ingidov	0043/650 547 789 7
Kamera 1:	Mara Tucker	0043/664 235 230 0
Kamera 2:	Christof Weninger	0043/676 202 201 1
Kameraassistenz:	1: Alma Meier	0043/681 908 389 0
Kameraassistenz:	2: Gertrud Maritschek	0043/681 20 20 879
Ton:	Walter Bannt	0043/676 50 50 838
Licht:	Fabian Dallmann	0043/676 13 24 330
Technik:	Equipment:	
	Mandrin York	0043/1 450 450 33
	Maske:	
	Linda Roche	0043/669 675 990

Die Tarnung ist aufgeflogen. Beklemmung. Hitzewallung. Schweiß. Sami nuschelt: »Das hab' ich ja nie gesagt, aber ...« Seine Worte bleiben ihm im Hals stecken. Mahir winkt ab, offenbar enttäuscht davon, dass sein Sohn doch nicht so wichtig ist. Doch anstatt sich länger darüber auszulassen, fängt er wieder an, über sein Restaurant zu sprechen. Samis große Sorge, all sein Bangen über die Jahre, dass sein Vater von ihm enttäuscht sein könnte – war das alles gar nicht notwendig gewesen?

»Liebst du dein Lokal mehr als mich?«, schneidet er seinem Vater, der gerade laut darüber philosophiert, welche Entwicklungsmöglichkeit es dort für Gregor geben könnte, das Wort ab. Mahir sieht seinen Sohn an und zuckt mit den Schultern: »Nein, mein Lokal ist mein Lokal, und mein Sohn ist mein Sohn. Du hast dich eben für etwas anderes entschieden. Komm doch heut' mal wieder vorbei am Abend. Der Gregor und ich kochen dir was Gutes.«

Dann setzt er mit einem schelmischen Lächeln hinzu: »Und reichlich, damit du auch satt wirst.«

Mahir streckt seinen Arm aus, um seinen Sohn am Kopf zu tätscheln. Peinlich berührt zuckt Sami zusammen.

»Es wird genug für dich da sein, versprochen«, lacht Mahir.

Ein Lachen, das ihn einen Moment lang um zehn Jahre verjüngt.

»Komm doch einfach öfter vorbei, lieber Sohn«, sagt Mahir noch, dann dreht er sich weg und spaziert trotz seines hohen Alters mit recht beschwingtem Schritt davon.

45. Kapitel
SCHNITTKAMMERL 3C INNEN/TAG

›Es hilft nichts‹, denkt Jonas und ruft Tamara an. Es ist ihm wie immer unangenehm, doch er muss es versuchen. Sie hebt ab. Jonas fragt, ob er sich Emma für einen Tag »ausborgen« könne. Bevor er noch alles näher ausführen kann, willigt Tamara ein. Sie wirkt ausgeglichen, zeigt Verständnis und ist ausgesprochen entgegenkommend.

›Hoffentlich will sie nicht mehr Geld‹, denkt Jonas, doch seine Exfreundin spricht nichts dergleichen an. Stattdessen schlägt sie überraschend vor, ihm Emma persönlich zu bringen. In Wien könne sie bei einer Freundin übernachten und die Kleine am nächsten Tag wieder mit nach Vorarlberg nehmen. Sie würde ohnehin gerne mit Emma zusammen nach Wien reisen, bevor sie mit ihrem Studium in Deutschland beginnt. Jonas freut sich über ihre ungewöhnlich große Kooperationsbereitschaft.

›Vielleicht‹, denkt Jonas bei sich, während er mit Tamara die Einzelheiten ihres Aufenthalts in Wien bespricht, ›vielleicht ist sie jetzt entspannter, weil sie auch aus Damüls wegzieht …‹ Ihm ist, als hätte sich etwas, das er für unlösbar gehalten und womit er sich schweren Herzens auch abgefunden hat, wider Erwarten von selbst gelöst. Merkwürdigerweise fühlt er sich selbst ein Stück näher. Auch wenn er in Tamara nie wirklich verliebt war, geschweige denn sie je geliebt hat, ist sie doch die Mutter seiner Tochter und damit ein wichtiger Mensch in seinem Leben.

All die versöhnlichen Gedanken spiegeln sich offenbar in Jonas' Zügen deutlich wider, denn als er auflegt und sich wieder Josepha zuwendet, ist ihre Miene wie aus Stein, ihr Kopf gleicht einer Büste im Kunsthistorischen Museum.

»Tamara macht's«, lächelt er Josepha unsicher an, »wir schmuggeln Emma zwischen die anderen Kinder. Dann hab' ich zumindest eine kleine Ameise auf meiner Seite.«

Josephas Miene ist noch immer eingefroren. Ein unheilvoller Gedanke macht sich in Jonas breit: ›Ist sie eifersüchtig?‹ Schnell führt er seinen Plan näher aus: »Jetzt muss ich nur mehr mit Annmadleine sprechen, damit sie mir dabei hilft. Sie ist ja für die Kinder-Outfits zuständig und die Kostümdamen sind ja ohnehin immer bei den Garderoben.«

»Wie alt ist sie denn, die Tamara?«, fragt Josepha.

»Dreiundzwanzig«, antwortet er und setzt etwas unbeholfen hinzu »aber das ist doch egal.« Ihm wird schnell klar, dass dieser Zusatz eher fehl am Platz war …

»Ich bin wirklich froh, dass ich dich hab'«, sagt er sanft. Sie macht Anstalten, aufzustehen und den Schnittraum zu verlassen. Er versucht, die Situation noch zu retten, hält ihre Hand fest und schreibt auf einen kleinen, gelben Notizzettel folgenden Satz: »Willst du mit mir gehen?«

Darunter malt er vier kleine Kästchen und markiert sie mit »ja«, »nein«, »vielleicht morgen« und »egal, Hauptsache, ich schlaf' heut' bei dir«.

Sie sieht die Notiz und wirkt besänftigt. Dabei hofft er in seinem Innersten, dass sie »egal, Hauptsache, ich schlaf' heut' bei dir« ankreuzt. Siehe da! Sie tut es wirklich, doch mit einem Blick, als hätte er ihr gerade eine Liebeserklärung gemacht.

Vier Tage später – Dienstag – Ausstrahlungstermin Maria

46. Kapitel

FRAU FREDERICKES WOHNUNG INNEN/ABEND

Dass man »Ameisenhaufen« auch im Internet bis zu einer Woche nach dem eigentlichen Ausstrahlungstermin streamen kann, kommt Frau Fredericke sehr gelegen. Sie hat zusammen mit Frau Joschenberg gekocht und beim Tratschen die Zeit vergessen. Jetzt sitzen die beiden Mütter vorm Computer und streamen die Sendung. Die beiden Damen haben sich im Studio von »MasterTV-Österreich« kennengelernt und Freundschaft geschlossen. Am heutigen Abend werden ihre Kinder dazu gezwungen, miteinander zu spielen, während die beiden Mütter sich die Sendung ansehen. Dabei regen sie sich unheimlich über diese Maria auf, die so völlig unpädagogisch und brutal mit den Kleinen umgeht. Die häufigen Werbeunterbrechungen eröffnen dabei viel Platz für Diskussionen: »Ja, also diese Aufgabe mit dem Fruchtsalat, ja, die war lustig!«

»Lustig sagst du? Die Miriam hat Zitronensaft ins Auge bekommen, das war dann noch am Abend ganz rot, das Auge.«

»Ach wirklich? Schau, das hab' ich gar nicht bemerkt, ich hab' nur auf den Plassner Fratz geachtet, der sich die Hand aufgeschnitten hat.«

»Und dann das Kind mit der Kiwi-Allergie! Ich dachte schon, das stirbt da auf der Bühne.«

»Fürchterlich, ja, eigentlich fürchterlich, du hast völlig recht. Na, das mach' ma nimmer.«

»Dabei hab' ich den Will Wilson am Gang gesehen.«

»Echt? Und, hast du was gesagt?«

»Ja, ganz nett ham wir geplaudert.«

»Was, echt?«

»Ja, nicht so lang. Ein bisschen halt. So über das Fernsehen und so. Ein ganz ein Netter. Würde man gar nicht vermuten.«

»Stimmt, der wirkt immer so a bissl Nase-hoch am Schirm.«

»Ja, ja, da hast du recht. Aber in echt ist der Will ein ganz ein Netter. Dem seine Sendung schau ich jetzt öfter. Dabei ist die eigentlich ziemlich fad.«

Die Werbeunterbrechung ist vorbei und nun geht es mit der neuen Aufgabe weiter, im Zuge derer Maria den Kindern in nur fünf Minuten den Unterschied zwischen dem Kanzler und dem Präsidenten in Österreich erklären muss.

»Irgendwie erinnert mich diese Maria an ein Tier.«

»Wirklich? Du, lustig, dass du das sagst. Mich auch, an so ein Spinnentier.«

Die beiden Damen kichern und ihre voneinander gelangweilten Kinder schauen sie groß an.

»Vielleicht eine Tarantel«, sie kichern wieder.

»Oder eine Vogelspinne!«

»Ein Weberknecht?!«

Gelächter.

»Warum lachst du, Mama?«, fragt die kleine Miriam und schaut zum Computerbildschirm. Hier sieht man, wie Maria, knapp vorm Nervenzusammenbruch, ein Kind anschreit, weil es nicht versteht, warum der österreichische Präsident keine Krone trägt, wenn er doch »so was wie ein Kaiser« ist.

»Gar nicht lustig«, konstatiert Miriam und setzt sich auf den Schoß ihrer Mutter.

Tagtäglich

Die Sendung »Ameisenhaufen« ist an Peinlichkeit kaum zu übertreffen. Der Tiefpunkt des Fernsehens. Traurig, dass so ein Schundprogramm so viele Zuschauer vor die Bildschirme lockt. Aber auch das Römische Reich hatte eine sagenhafte Ausdehnung, bevor es zerfiel. Mit solchen Shows steuert auch das Fernsehen endgültig seinem Untergang zu.
S. P.

Mittwoch – Aufzeichnungstermin Sami

47. Kapitel

KLEINES STUDIO INNEN/ABEND

Heute hat Sami das Fernsehen von einer anderen Seite kennengelernt: Er ist von Linda geschminkt worden und mit Hilfe einer Kostümdame in das bereits ausgewählte Outfit geschlüpft. Er hat etwas belustigt dem fremden Set-AL dabei zugesehen, wie er versucht hat, wenige Minuten vor Beginn der Aufzeichnung, Ordnung in das heillose Kinder-Chaos zu bringen. Als er dann die Stimmen seiner Familie im Publikum gehört hat, ist er nervös geworden. Es war nicht allein die Hitze der Scheinwerfer, die für die Röte in seinem Gesicht verantwortlich war, als er schließlich die Bühne betreten hat.

Jetzt ist alles vorbei. Als er die Kinder dirigiert hat, ihnen angesagt hat, welche Aufgaben in welcher Zeitspanne zu erfüllen wären, da hat er sich wie an einem ganz normalen Arbeitstag gefühlt. Nur als er der Sprösslings-Armee erklären hat müssen, wie Kinder entstehen, ohne dabei das Wort Sexualität ins Spiel zu bringen, hat er kurz gestutzt. Doch auch das ist am Ende nicht schwer gewesen, denn immerhin ist er gewöhnt, komplizierte Dinge für jedermann verständlich auszudrücken. Sein Vater ist stolz auf ihn. Sami hat gehört, wie Mahir mehrfach wiederholt hat, dass zweiundvierzig Kinder für Sami gestimmt haben. Das waren mehr Stimmen als für die bisherigen Kandidaten zusammen. Maria hatte ja keine einzige Aufgabe bestanden, deshalb war es nicht einmal zu einer Abstimmung gekommen.

Wilson hatte man bei zwei Aufgaben gewinnen lassen, aber die Kinder hatten gegen ihn gestimmt und so ist er ohnehin aus der Show gefallen. »Sami hat als Einziger auch dich immer zum Einschlafen gebracht«, hat ihn Mahir gelobt, während er Patrick die Schulter tätschelte, dem das vor seiner Freundin ungemein peinlich war.

Endlich geht das firmeninterne Bergfest los und eines steht für Sami fest: Heute Abend wird er genießen! Bei Speis und Trank. Vor allem bei Speis, denn in dem kleinen Studio von »MasterTV-Österreich« hat während des ganzen Tages eine Eventfirma die Party vorbereitet: zarte Stehtischchen, bequeme Lounge-Sessel und meterlange Buffettische.

Sami bemerkt, dass Ing. Hans Erschler gerade majestätisch und gönnerhaft Platz nimmt auf einem besonders breiten, thronartigen Fauteuil, der aussieht, als wäre er eigens für ihn dort aufgestellt worden. Der Master von »MasterTV-Österreich« unterhält sich mit den Kameramännern, mit denen er sich bei solchen Festen meistens umgibt. Das mag daran liegen, dass die Kamera an und für sich eine gewisse Coolness ausstrahlt, die auch ihren Operateuren anhaftet. Dabei, das entgeht Sami nicht, beobachtet Herrschler unauffällig seine Mitarbeiter.

Immer wieder kommen zunehmend betrunkenere Kollegen vorbei, um Sami zur gelungenen Sendung und zu seinem Geschick mit Kindern zu gratulieren.

Da ist sie! Sami hat Astrid entdeckt.

Offenbar hat sie sich für das Fest in ihrem Büro umgezogen. In einem fließenden Kleid steht sie dicht neben der Tanzfläche und bekommt gerade von einem Tänzer die Spitze eines Ellenbogens ins Gesicht gerammt. Sie donnert ihm, der sichtlich betrunken ist, die Meinung. ›Wieso ist sie so attraktiv?‹, fragt sich Sami zum millionsten Mal in seinem Leben.

Dann geht er auf sie zu und zusammen trinken sie auf Samis Triumph. Mit jedem geleerten Glas fühlen sie sich um ein Jahr jünger.

48. Kapitel
KLEINES STUDIO INNEN/NACHT

Open Bar: Bier, Cocktails, Wein – heute wird nicht gespart. Zu diesem Zweck ist ein E-Mail ausgesandt worden, das alle darüber benachrichtigt hat, dass sie am folgenden Tag zwei Stunden später im Büro erscheinen dürfen. Party! Viele konsumierte Koffeintabletten treffen auf noch mehr Alkohol. Die gesamte Belegschaft außer Herrschler – aber der zählt gewissermaßen nie dazu – ist zumindest schwer angeheitert. Eine Praktikantin ist dazu verdonnert worden nicht zu trinken, sondern den ganzen Abend für die Härtefälle Taxis zu bestellen. Dazu hat sie eine Liste mit den Heimadressen der gesamten Belegschaft bekommen. Diese Taxifahrten gehen zur Feier des Tages auf das Firmenkonto. Jonas geht an der jungen Praktikantin am Eingang vorbei, die nach jeder abgefertigten Alkoholleiche ganz gierig auf die hübsch verzierten Cocktailgläser stiert, bevor sie wieder hinaus muss, um einen weiteren Taxifahrer davon zu überzeugen, dass der Betreffende sich schon nicht auf die Ledersitze übergeben wird. Jonas hat sich eigentlich vorgenommen, seine Beziehung zu Josepha ein Geheimnis bleiben zu lassen. Doch jedes weitere Cocktailglas verleitet ihn mehr und mehr dazu, sie zu suchen und ihr durch körperliche Nähe zu vermitteln, wie gern er sie hätte. Ein Glück, dass er im Moment noch nicht weiß, wo sie sich aufhält.

49. Kapitel

KLEINES STUDIO INNEN/NACHT

Ein therapeutischer Rausch enthemmt die Partygäste. Dank des Alkohols werden die meisten erstaunlich ehrlich, auch Josepha und Maria, die trotz ihres angeblichen Burn-outs und ihrer Kündigung zum Bergfest erschienen ist.

»Hallo. Josepha, freust du dich, mich wiederzusehen?«, erklingt das Angriffsgeheul des Weberknechts bedrohlich nah an Josephas Ohr. Für einen Augenblick ist Josepha wieder nüchtern. Zaghaft bemüht sie sich, mehr Abstand zu ihrer Ex-Chefin herzustellen, doch in dem Gedränge ist das völlig unmöglich.

»Du und Jonas seid also jetzt offiziell ein Paar?«, fragt sie.

»Ja, ja, das ist richtig.« Josepha will mit vollem Selbstbewusstsein sprechen, denn sie muss ihre ehemalige Vorgesetzte jetzt nicht mehr fürchten. Sie muss nicht – und doch schlägt ihr Puls plötzlich bedeutend schneller.

»Weiß er eigentlich schon von deiner Knast-Vergangenheit?«, klappert der Weberknecht, die Mundwinkel nach oben ziehend, als wolle er lächeln. Ein meisterhafter Schuss aus dem gegnerischen Team.

Josepha findet ihr neues Selbstbewusstsein wieder: »Was geht dich das an?«

»Also nicht«, resümiert Maria, »willst du denn, dass es so bleibt?«

Statt zu antworten, trinkt Josepha mit einem Zug ihren Gin Tonic aus.

»Aha«, grinst Maria, »und wo ist er jetzt gerade?«

Josepha zuckt leicht mit den Schultern und Maria höhnt: »Mach dir keine Sorgen, er telefoniert wahrscheinlich gerade mit Tamara.«

»Du kennst Tamara?!« Josepha kann ihre Bestürzung nicht verbergen.

»Also nicht persönlich, aber ich weiß natürlich, dass das die Mutter von seiner kleinen Tochter ist. Ich bitte dich, er steht doch jeden Tag am Vorplatz und telefoniert stundenlang mit seiner kleinen Familie. Sie sind in einer Vorarlberger Gemeinde zuhause, oder? Dort werden solche Gefängnisgeschichten noch richtig schlimm aufgenommen – nicht so wie hier bei uns in der abgebrühten Großstadt.«

Maria betrachtet zufrieden die Besorgnis, die Josepha nun ins Gesicht geschrieben steht. Der Weberknecht schaut auf sein Handy und sagt: »Oh, ich werde gesucht. Nachher können wir ja gleich weiter plaudern.« Maria kneift Josepha jovial in die Seite und verschwindet.

»Bitte noch einen Gin Tonic«, bestellt Josepha mit trockenem Mund beim Barkeeper, »aber bitte mit mehr Gin als Tonic.«

Da schlingen sich zwei Arme um sie. Als der Longdrink auf den Tresen gestellt wird, ist Josepha schon mit Jonas beschäftigt. Sie ist heilfroh, dass er da ist. Gerade als sie ihm das sagen will, erscheint der schöne Fabo. Er zieht Jonas wieder von ihr fort zu einem Tisch, an dem Herrschler mit den anderen Kandidaten, also mit Maria, Wilson und Sami sitzt. Josepha nimmt ihren Gin Tonic und folgt ihnen.

Eine Menge Fotografen haben sich schon rund um den Tisch versammelt und lassen es blitzen. Herrschler und seine Kandidaten! Der CEO gibt sich ganz volksnah und stößt für die Fotos immer wieder mit »seinen Fünf« an, auch wenn er danach niemals aus seinem Cocktailglas trinkt. Langsam ebbt das Geknipse ab und Herrschler erhebt sich. Da wird plötzlich Marias alkoholgeschwängerte Stimme hörbar:

»Wissen Sie«, sagt sie sehr laut, »wissen Sie, eigentlich sollte ich Ihnen dankbar sein!«

Die Fotografen, die dazugehörigen Journalisten und die Reporter horchen auf und drehen sich zu ihr. Kugelschreiber kritzeln auf Papier, einige Aufnahmegeräte werden hastig eingeschaltet. Herrschler lächelt kühl.

»Wegen Ihrer Ameisenkacke habe ich endlich was Neues angefangen!«, lallt Maria weiter.

Josepha blickt in Jonas Gesicht und bemerkt etwas wie Sympathie für den Weberknecht und sein rebellisches Verhalten.

»Die meisten Mitarbeiter sind so fertig, dass sie froh sein können, wenn sie nur eine Sucht auf Koffeintabletten entwickelt haben und nicht schon bei viel härterem Zeug gelandet sind!«, ruft Maria.

»Bei Ihnen«, lächelt Herrschler, »scheint es leider schon das härtere Zeug zu sein.«

Ein allgemeines Lachen geht durch die Runde.

»Neunzig Prozent der Arbeit, die man hier macht, ist doch ohnehin für die Mülltonne! Das meiste, was man produziert, wird weggeworfen, weil Sie sich einbilden, eh für alles bessere Einfälle zu haben!«

»Jetzt lassen Sie mir doch die Freude«, sagt Herrschler spöttisch. Er scheint Maria gar nicht stoppen zu wollen, vielmehr wirkt es fast so, als würde es ihm Spaß machen, sie weiter zu provozieren, ganz so, als würde er es sogar begrüßen, dass all diese Vertreter österreichischer Medien diese absurde Konversation mitaufzeichnen.

»Sie sind ein Gauner!«, ruft Maria, der jetzt alles egal ist, weil sie ohnehin nicht mehr bei »MasterTV-Österreich« arbeitet.

»Vielleicht ein Gauner, aber der Beste vom Fach«, antwortet Herrschler in aller Seelenruhe und das Lachen der Anwesenden ist auf seiner Seite. »Wenn Sie mich jetzt entschuldigen würden?«

Er steht auf, um zu gehen, doch da kreischt Maria hemmungslos: »Und niemand hier sagt Hans Erschler. Alle nennen Sie heimlich Herrschler!«

Niemand sagt etwas. Josepha traut ihren Ohren nicht. Es

scheint, als hätte sogar die DJane die Musik leiser gedreht, um besser mithören zu können. Ohne sich zu ihr umzudrehen oder die Miene zu verziehen, antwortet der CEO leise, aber bestimmt: »Aber das weiß ich doch.«

Dann verlässt er das kleine Studio in Richtung seines Büros.

50. Kapitel
KOSTÜMFUNDUS INNEN/NACHT

Statt auf der Party weiter smallzutalken, haben sich Astrid und Sami in den Kostümfundus geschlichen. In feuchtfröhlicher Stimmung probieren sie jetzt heimlich alle möglichen Verkleidungen aus. Astrid findet einen großen, aufklebbaren Schnauzbart, ein Kaiserkostüm und einen Degen. Zum Scherz schlüpft sie vor Sami aus ihrem Kleid und hinein in das Kaiser Franz Josef-Kostüm. Auch Sami wird fündig: Er nimmt eine Sissi-Perücke mit schimmernden Edelweiß-Haarklammern darin und eine kaiserliche Abendrobe. Astrid alias Franz und Sami alias Sissi spielen im Kostümfundus Fangen.

Versteckt hinter einem riesigen Schuhregal und vor einem alten Hintersetzer, der die Skyline von New York mit der amerikanischen Freiheitsstatue zeigt, macht Sami Licht mit einem kleinen Scheinwerfer, den ein vergesslicher Lichtmann dort abgestellt hat. Jetzt strahlt die New Yorker Skyline für die beiden.

»Stell dir vor, dass wir dort sind«, sagt Astrid in ihrem Franz Josef-Kostüm.

»Mit dir geh' ich überall hin«, flüstert Sami ihr ins Ohr. Sie zieht ihn an sich und öffnet den Reißverschluss seines Kleides …

Sami will Astrid danach gar nicht mehr loslassen.

51. Kapitel

WALLI GÜN WOHNZIMMER INNEN/ABEND

Walli Gün sitzt vor dem Fernseher und pflegt ihre Fingernägel. Ihr Partner, Domschi, steht rechts neben der Couch kopf. Der Kopfstand ist Teil seiner täglichen Gymnastikroutine, der er mit Vorliebe vor dem Fernseher nachgeht. Erst seit Walli von Sami geschieden ist, hat sie ein gewisses Interesse für die Programme entwickelt, bei denen er mitarbeitet. Davor hat sie zu viel Groll empfunden, da sie immer das Gefühl gehabt hat, dass Sami seine Arbeit mehr geliebt hat als sie. Jetzt, da er aber aktiver Kandidat dieser neuen Erfolgssendung ist und Walli alles live im Studio miterlebt hat, will sie natürlich auch die Ausstrahlung im Fernsehen sehen. Sie hat bereits die anderen Folgen mitverfolgt und dabei oft schallend gelacht. Die Sendung mit Sami ist hingegen eher langweilig, da er mit großer Souveränität eine Aufgabe nach der anderen meistert. Domschi, der nun den Sonnengruß macht, beschwert sich: »Könn' ma jetzt umschalten? Wir haben's ja eh schon live gesehen.« Walli, die bereits dazu übergegangen ist, farblosen Nagellack aufzutragen, seufzt nur. Sie findet, dass Sami gut aussieht und richtig sexy wirkt, wie er da so liebevoll, zugleich aber auch zielführend mit den Kindern umgeht. Wieder seufzt sie und Domschi mault erneut: »Wenn weiter nichts Neues passiert, könn' ma dann umschalten?«

Die Austria

Die Ameisen sind unschlagbar. Jede Folge bisher Tagessieger in Österreich! Und endlich wieder jüngeres Publikum vor den Bildschirmen. Allerdings stellt sich die Frage, ob diese offensichtliche Aufforderung an die teilnehmenden Kinder, sich aggressiv und in-

adäquat zu benehmen, auf Sicht nicht ein Nachahmungsverhalten bei jugendlichen Zuschauern bewirkt. Im Sender denkt man zurzeit darüber nicht nach. Im Gegenteil: Bei Nachfrage stellte sich heraus, dass bereits fieberhaft für eine zweite Staffel an neuen Spielen zur Demütigung erwachsener Kandidaten gearbeitet wird.
L. W.

Der Televisor
Bravo! Der Quotenerfolg von »Ameisenhaufen« kommt nicht von ungefähr: Kluges Konzept – endlich werden einmal die Kinder in den Mittelpunkt gestellt – sympathische Moderatorin und wunderbare Kandidaten – direkt aus der TV-Schmiede »MasterTV-Österreich«. Besser hätte man sie nicht casten können!
S. R.

Mittwoch – Aufzeichnungstermin Jonas

52. Kapitel

SCHNITTKAMMERL 3C INNEN/NACHT

Jonas' Nervosität vor seinem Auftritt ist in pure Angst umgeschlagen. Nur zwei der fünf Kandidaten können ins Finale kommen. Da aber bereits Sami drei von drei und Fabo zwei von drei Aufgaben gemeistert haben, bedeutet das, dass seine eigenen Chancen ins Finale zu kommen, eher gering ausfallen.

»So ein blöder Gigolo, der Fabo!« Jonas' Zunge sitzt wegen des erhöhten Alkoholspiegels zu locker. »Das könnt' ich auch, die Alte vom Kindergarten zweimal durchnehmen. Aber ich mach' das nicht!«

Josepha schaut unglücklich zur Tür, dann auf ihre Hände. Immer dann, wenn sich zu seiner tagtäglichen Misere auch noch überdurchschnittlicher Stress mengt, mag er die Menschen um sich so wenig, dass er an allen etwas auszusetzen hat, auch an Josepha, aber am allermeisten an sich selbst. Von Satz zu Satz wird er unleidlicher. Als Resultat verabschiedet sie sich bald mit ein paar knappen Worten, sie müsse zu ihrer Tochter. Dabei weiß Jonas genau, dass Noemi an diesem Tag bei ihrem Vater ist. Er ärgert sich darüber, dass Josepha eine schlechte Notlüge benützt hat und ihn offenbar für dumm genug hält, diese auch noch zu glauben. Am allermeisten stört ihn aber, dass er momentan selbst offenbar unausstehlich ist. Noch ein kräftiger Schluck. Er nimmt sich vor, die Welt von nun an positiver zu sehen. Über jeden Menschen, den er trifft, und über alles, was ihm zustößt, will er etwas Positives denken. Beim Signalton seines Handys denkt er sofort an Josepha: ›Sie will bestimmt doch bei mir schlafen. So schnell kann's gehen, wenn man nur damit anfängt, die Dinge positiv zu sehen.‹

Doch es ist nicht Josepha, sondern ein eifriger Mitarbeiter der Personalabteilung jener IT-Firma, bei der sich Jonas vor zwei Wochen beworben hat. Er ist sogar so eifrig, dass er noch um zehn Uhr abends höflich formulierte Absagen verschickt.

Zwanzig Minuten später ist Jonas auf dem Weg zu Josephas Wohnung.

Dienstag – Ausstrahlungstermin Fabo

53. Kapitel

SENIORENHEIM-WOHNUNG FRAU SCHRAMML INNEN/ABEND

Es gibt ein geheimes Abkommen zwischen Frau Schramml und dem Obsthändler vis-à-vis von ihrem Seniorenheim: Dienstag nach neunzehn Uhr bekommt sie die Äpfel immer um die Hälfte billiger, dafür bäckt sie ihm jede zweite Woche einen Apfelkuchen. Es gibt keine Mitwisser, die sonst noch von diesem exklusiven Geschäft profitieren oder auch nur davon wissen.

Dienstag ist eben Apfeltag. Da macht Frau Schramml in ihrer Wohnung im Seniorenheim immer Apfelstrudel, Apfeltorte, Apfelmus und manchmal, wenn ihre jüngste Enkelin Mara sie am nächsten Tag besuchen kommt, kandierte Äpfel – mindestens so perfekt wie die vom Standverkäufer am Christkindlmarkt. Während ihres geschäftigen Küchentreibens ist der Fernseher der Seniorin üblicherweise eingeschaltet. Immer auf Lautstärke zwölf, also gerade so laut, dass er eine angenehme Geräuschkulisse im Hintergrund abgibt. Doch an diesem Apfeltag hat Frau Schramml viermal auf das Lautstärken-Plus der Fernbedienung gedrückt, um das Volumen von zwölf auf sechzehn zu erhöhen. Mara hat nämlich vergangene Woche in diesem neuen Programm namens »Ameisenhaufen« mitgewirkt, das heute Abend ausgestrahlt wird. So hat sich Frau Schramml vorgenommen, die Äpfel ausnahmsweise vor dem Fernseher zu schälen.

»So ein Schwachsinn«, murmelt Frau Schramml schon knapp nach Beginn der Sendung vor sich hin. Schon die moderne Signation von »Ameisenhaufen« mit der animierten Graphik und der elektronischen Musik missfällt ihr. Dann hört man das Toben der Kinder. Frau Schrammls Enkelin steht genau in der Mitte der Gruppe und tanzt mit den Händen in der Höhe.

»Die Mara macht sonst nie so einen Zirkus. Das haben die ihr bestimmt eingeredet«, sagt sie zu sich selbst. Doch dann kommt der heutige Kandidat auf die Bühne. Er heißt Fabo und wird als Praktikant der Fernsehfirma vorgestellt – augenscheinlich ein ganz reizender junger Mann. Frau Schramml ertappt sich mehrfach dabei, wie ihr Blick an seinem Gesicht häufiger hängenbleibt als an dem ihrer kleinen Enkelin. Zur Reinigung ihres Gewissens nimmt sie sich vor, das Vater Unser vor dem Einschlafen gleich zweimal zu beten – eine Angewohnheit aus lang vergangenen Ehejahren.

Statt Äpfel zu schälen, verfolgt sie entzückt mit, wie der schöne Fabo mit viel Lachen und Schreien die überdrehten Kinder dazu bringt, mit ihm eine Pizza zu belegen, auf der mit Käse »KÄSE« geschrieben steht. Und obwohl Frau Schramml immer wieder »schwachsinnig, das ist doch völlig schwachsinnig« vor sich hin murmelt, muss sie Fabo doch immerzu ansehen. Ein kleiner Junge stopft sich den geriebenen Parmesan mit beiden Händen in den Mund, ein anderer improvisiert eine Gewürzpfefferbombe. Sieben Mädchen werfen plötzlich kleine Mozzarellakugeln und Miniparadeiser um die Wette in Richtung »ihres Fabos« – »ihr Fabo«, denn Frau Schramml hat schon nach wenigen Sendungsminuten den feschen jungen Mann im Geiste für sich beansprucht. Als sie unverrichteter Dinge die geschälten Äpfel gegen dreiundzwanzig Uhr in den Kühlschrank stellt, um sich zu Bett zu begeben, fragt sie sich, ob sie nicht nächste Woche den Apfeltag erneut auf den Mittwoch verschieben soll.

DAS AUGE

»Ameisenhaufen« ist nicht zu stoppen! Endlich wieder einmal ein Riesen-Quotenerfolg für den Sender im Hauptabendprogramm! Der Preis für die Werbesekunden rund um dieses spektakuläre Programm hat sich bereits verdreifacht, der Marktanteil der unter Dreißigjährigen liegt um das Vierfache über den üblichen Werten. Diese Show schreibt Fernsehgeschichte!

P. H.

54. Kapitel

GARDEROBE INNEN/TAG

Jonas hat seinen Vorsatz gebrochen und doch eine Zigarette geraucht. Am Tag seines Auftritts hat er das Gefühl, auf alles ein Recht zu haben, schon allein deshalb, weil Josepha nicht bei ihm in der Garderobe sein kann, um ihm beizustehen. Dafür hat sie sich zwar tausendmal entschuldigt, das macht die Situation aber nicht besser. Josepha hat ihrer Tochter Noemi nämlich nach einem riesigen Familienkrach spontan versprochen, sie mit ins Studio zu nehmen. Weil das Finale live und somit für Josepha sehr stressig wird, fällt Noemis Ausflug in das Studio also notgedrungen auf den letzten, regulären Aufzeichnungstermin der Sendung: Auf diesen Dienstagvormittag, ergo auf Jonas' Auftritt. So muss sich Josepha also, die an diesem Vormittag noch dazu die zuständige Redakteurin ist, um ihre Tochter im Zuschauerraum kümmern, anstatt ihm in der Garderobe seelisch beizustehen. Er macht ihr keinen Vorwurf daraus, allerdings steigert es seine Nervosität ins beinahe Unermessliche. Zu allem Überfluss gibt es noch einen anderen Stressfaktor: Tamara, seine Exfreundin. Sie ist gemeinsam mit Emma im Studio. Angst vor Blamage und die Hoffnung auf eine Million Euro haben Jonas an dem wahnwitzigen Plan festhalten lassen, seine fünfjährige Tochter heimlich unter die anderen Kinder zu schmuggeln. Von innen heraus soll sie das System untergraben und die anderen Knirpse dazu bewegen, Jonas brav zu folgen. Jetzt hofft er inständig, dass alles nach Plan laufen wird.

55. Kapitel
GROSSES STUDIO INNEN/VORMITTAG

»Beim Fernsehen schreibst du irgendwelche Namen unter die Gesichter der Stars und ansonsten seid's ihr eh nur am Feiern!«, hat Noemi ihr vorgeworfen.

»Du hast doch keine Ahnung!«, hat Josepha sich verteidigt.

»Sicher, der Papa sagt das auch! Beim Fernsehen arbeitet man gar nicht richtig! Ich will niemals so werden wie du!« Zwischen Zorn, schlechtem Gewissen und dem Wunsch nach Harmonie hin- und hergerissen, hat Josepha ihr angeboten, mit ins Studio zu kommen.

Sofort war der Streit beigelegt. Jetzt sitzt sie also zusammen mit Noemi auf der Zuschauertribüne, anstatt Jonas hinter der Bühne beizustehen. Dabei verrenkt sich Josepha fast den Hals, um Tamara besser sehen zu können. Jedes Mal, wenn ihr Blick dann aber auf die Ex von Jonas fällt, fühlt sie eine innere Lähmung, ganz so, als würde ihr Herz ausfransen. Tamara wirkt so jung, so rein – als hätte sie in ihrem gesamten Leben noch nicht einmal einen Joint geraucht.

›Wahrscheinlich würde Jonas überhaupt nicht wollen, dass ich Emma besser kennenlern', wenn er von meiner Vergangenheit Wind bekommt‹, denkt Josepha und lässt dabei ihre Jugendsünden Revue passieren, die sie nicht nur einmal für mehrere Monate hinter Gitter gebracht haben. Es ist nicht unbedingt Eifersucht, die Josepha empfindet. Tamara ist vielmehr die wandelnde Erinnerung daran, dass sie selbst mehr als ein Geheimnis vor Jonas hat. Sie empfindet Wut, Verzweiflung und Enttäuschung über ihr eigenes Schicksal.

»Mama!«, Noemi holt Josepha für einen Augenblick ins Hier und Jetzt zurück.

»Äh, ja?«

»Woran hast du denn jetzt gedacht?«

»Ich, äh, daran, dass ich nachher noch kurz mit dem Kameramann sprechen muss.«

»Der ist sicher voll scheiße, der Kameramann.«

»Nein, wie kommst du jetzt da drauf?«

»Du hast so einen tödlichen Blick im Gesicht gehabt, fast so, als wolltest du gerade wen umbringen.«

»Sag nicht so oft Scheiße.«

Josepha schaut sich ängstlich um, ob auch ja kein Kollege dieses Gespräch mitbekommen hat. Zumindest wirkt Noemi beeindruckt von dem artenreichen Leben, das in diesem großen Studio hautnah zu beobachten ist.

»Mama?«

»Ja, Scheißi?«

»Mama, nenn mich nicht immer Scheißi! Das hab' ich dir schon tausendmal gesagt.«

»Entschuldige, Noemi, also, was wolltest du?«

»Ich check's nicht. Hat's jetzt schon angefangen?«

»Aber nein, ich hab' dir doch gesagt, dass wir erst in einer halben Stunde beginnen.«

»Aber es sind doch schon alle auf der Bühne.«

»Das ist nur die Stellprobe.«

»Was macht man bei der Stellprobe?«, fragt Noemi weiter. In diesem Moment nähert sich die hübsche Annmadleine den Publikumsrängen und geht direkt auf Tamara zu. Gleich würde die Emma-Übergabe stattfinden. Die beiden jungen Frauen scheinen sich gut zu verstehen und wechseln offenbar ein paar freundliche Worte miteinander.

Emma gibt ihrer Mutter einen Kuss und lässt sich bereitwillig von der lächelnden Annmadleine fortführen. Die Kleine scheint sich bewusst zu sein, dass sie Teil eines Geheimnisses der Erwachsenen ist. Stolz, eine wichtige Rolle in einer geheimen Mission zu spielen, trippelt Jonas' Prinzessin neben Annmadleine her. Die beiden verschwinden über einen Seitenausgang hinter die Bühne. Niemand bemerkt die Guerilla-Aktion. Die drei Pädagoginnen würden sie jeweils für ein Kind aus einer anderen Kindergartengruppe halten. Dass zwischen den Gruppen auch immer eine gewisse Rivalität herrscht, spielt Jonas dabei in die Hände.

»Mama«, schon wieder Noemi, »warum hörst du mir nicht zu?«

»Du, ich steh' unter Druck, merkst du das denn nicht?«, gibt Josepha leicht entnervt zurück.

»Warum? Du machst doch gar nichts.«

»Ich muss hier alles genau beobachten und schauen, dass nichts schiefgeht.«

»Aber das macht doch der Aufnahmeleiter, hast du gesagt.«

›Wieso merkt sich dieses Kind immer alles?‹, denkt Josepha und antwortet ihrem Quälgeist: »Ja, mein Schatz, der überwacht alles von der Produktionsseite und ich alles von der Redaktionsseite.«

Diese beiden Wörter benützt Josepha absichtlich, um Noemis weitere Fragerei schon im Vorhinein abzuwürgen.

»Was genau macht man eigentlich als Redakteurin?«, fragt Noemi just.

»Aber Noemi«, sagt Josepha streng, »das solltest du doch wissen. Ich bin ja Redakteurin.«

»Heute ist der Jonas dran, deshalb bist du unter Druck«, konstatiert Noemi.

»Was?«, Josepha ist ehrlich überrascht. »Woher kennst du den Jonas?«

»Mama, der übernachtet doch immer bei uns, wenn ich beim Papa bin. Oder manchmal kommt er später, wenn du denkst, dass ich schlafe.«

»Woher weißt du das?«

»Aufräumen nach dem Sex wär' 'ne Möglichkeit.«

»Noemi!« Josepha ist entsetzt und wird sich eine Sekunde später ihrer Lage bewusst: »Pst, red hier nicht davon.«

»Warum?«, fragt Noemi provokant. »Ist dir das etwa peinlich?«

»Nein«, zischelt Josepha ihrer Tochter zu.

»Du darfst das gar nicht, oder? Don't fuck the company.«

»Noemi! Wer bringt dir solche Sachen bei?«

»Mama, glaubst du, ich schau' nicht fern?«

»Okay, wir besprechen das nachher im Auto. Da kann ich dich dann aufklären.«

»Das meinst du jetzt aber nicht im Ernst?«

»Über den Jonas' mein' ich. Setz dich da jetzt einmal her. Ich hab' dich nicht extra einen ganzen Tag von der Schule entschuldigt, damit du mir hier jetzt Probleme einbrockst.«

»Reg dich mal ab, Mama. Der Typ ist eh ganz fesch.«

»Woher weißt du überhaupt, wie er aussieht?«

»Schon mal was von Instagram gehört?«

»Der Jonas hat Instagram?«

»Du ja offenbar nicht, wahrscheinlich, weil er jünger ist als du.«

»Noemi! Setz dich da jetzt her und sei bitte still, bis ich dich wieder abhole.«

»Mama?«

»Was denn noch?«

»Einen coolen Job hast du.«

Ein Kompliment von ihrer Tochter. Hat es das überhaupt schon einmal gegeben?

»Danke, mein Schatz!«

Josepha gibt ihrer Tochter einen Kuss auf die Wange, den sich Noemi empört abwischt.

»Mama!«

Wenige Stunden später

56. Kapitel

GROSSES STUDIO INNEN/MITTAG

Die Sendung ist so gut wie vorbei! Tosender Applaus, tobende Kinder, tanzende Animationen! Dazwischen seine kleine Emma, seine Retterin, die nicht einmal davor zurückgeschreckt ist, andere Kinder zu rempeln, wenn sie nicht getan haben, was Jonas von ihnen verlangt hat. Vaterstolz, Erleichterung, Freude! All das überwältigt ihn auf einmal, ihm kommen fast die Tränen!

Mindestens hundert weibliche Augenpaare ruhen in diesem Augenblick des Sieges auf ihm und schauen in lüstern an. Er ist der Star des Vormittags! Der Mann der Stunde! Auf der Selbstwertskala schießt die Anzeige Richtung Studiodecke. Janina Talina kommt strahlend mit einem Mikrofon auf ihn zu:

»Jonas! Ich gratulier' dir!« Sie küsst ihn links und rechts auf die Wange. Er riecht ihren Schweiß, der mit Make-up und fast verrauchtem Parfum vermischt ist. Da hört er aus den Reihen der Kinder: »Super, Papa!« Emma. Sein Herz pausiert einen Schlag lang. Kalter Schweiß, Gänsehaut, Boden-tu-dich-einmal-auf-wenn-man-dich-braucht-Gedanken. Schnell dreht er sich zu der Moderatorin um. Ihr Lächeln wirkt um nichts natürlicher, doch auch um nichts verkrampfter. Emmas Ausruf scheint sie nicht gehört zu haben. Stattdessen spricht sie ihren vorbereiteten Text einfach weiter:

»Lieber Jonas, du hast dich genauso erfolgreich geschlagen wie Sami und so ist euch beiden ein Platz im Finale sicher!« Es ist also doch noch gut gelaufen. Jetzt kommen ihm vor Erleichterung tatsächlich die Tränen und die Damen im Publikum rufen alle voller Anteilnahme »Oh«, vielleicht aber auch, weil ihnen jemand einen riesigen Karton mit großen »Ohs« vorgehalten hat. Da spürt Jonas ein weiches Kindergesicht an seinem Bein, ein Gefühl, das er im ersten Moment mit etwas höchst Positivem verbindet – mit seinem Schatz Emma. Sie will ihm gratulieren. Aber nicht jetzt, nicht jetzt! Die Kleine ist es eben gewöhnt, die Gefühle ihres Vaters zu teilen.

›Ich muss so tun, als wär' sie nicht mein Kind‹, fährt es Jonas durch den Kopf. Er schaut zu Emma hinunter, die ihn mit großen Augen ansieht.

›Es tut mir jetzt schon leid, mein Schatz, aber dein Papi muss dich jetzt verraten.‹

Er kniet sich also hin und hebt die Kleine hoch. Die Moderatorin wirkt etwas aus dem Konzept gebracht, aber Jonas sagt schnell und hastig: »Ist das nicht süß, die Prinzessin hier will mir gratulieren.«

Wieder ein »Oh« aller teilnahmsvollen Damen aus dem Publikum. »So ein Goldschatz«, sagt die Moderatorin und will Jonas weiter interviewen, doch Emma flüstert ihrem Vater ins Ohr: »Gehen wir bald?«

Emmas Stimme hallt durch das gesamte Studio – sie hat direkt in Jonas' Mikrofon gesprochen. Lachen aus den Zuschauerreihen. Das Mädchen ist verwirrt über diese Reaktion und sagt vorerst weiter nichts.

»Jonas«, lacht die Moderatorin etwas gequält, weil sie dadurch aus dem Konzept gekommen ist: »Du hast ja einen echten Fan.«

»Das ist wohl wahr«, quetscht Jonas heraus und stellt Emma wieder neben sich ab. Sie hält sich am Bein ihres Vaters fest und schaut hinauf zu den Erwachsenen. Janina Talina zieht ihr Programm durch: »Das Finale steht vor der Tür, wie fühlt sich das an?«

»Ich bin nervös«, zittert Jonas Stimme.

»Ja, das glaube ich dir aufs Wort«, antwortet die Moderatorin. Emma fängt nun an, an Jonas Bein auf und ab zu hüpfen. Eine Regieassistentin läuft zur Bühne und flüstert der Moderatorin etwas zu. Jonas nützt die Chance der Sekunde, um Emma wortlos wieder in die Kindergruppe zurückzuschieben.

»Wo ist denn der kleine Fan?«, fragt die Moderatorin jetzt und die Erkenntnis durchzuckt Jonas: Die Regieanweisung lautet wohl, Emma zu interviewen. Schon hält ihr Janina das Mikrofon vor ihren Kindermund: »Du hast ja Jonas besonders artig gefolgt bei allen Aufgaben. Hättest du ihn gern als Kindergartenonkel?« Janina Talina flötet wieder in diesem unnatürlich gesäuselten Sing-Sang, das sie für Interviews mit Kindern reserviert hat. Emma nickt eifrig.

»Und warum?«

»Dann seh' ich ihn öfter«, antwortet Emma ganz leise und wieder ist das obligatorisch Anteil nehmende »Oh« aus dem Publikum zu hören. Jonas holt tief Luft – bislang hat er auf Atmen vergessen.

»Magst du Jonas denn so gerne?«

»Ja, ich hab' ihn ganz lieb«, antwortet Emma noch leiser. Das Publikums-»Oh« ist dafür umso lauter. ›Gott, bitte, hilf mir! Wenn du mir hilfst, glaub' ich wieder an dich‹, betet Jonas.

»Weil er so nett ist? Oder weil er so hübsch ist?« Die Frage der Moderatorin bringt das Publikum zum Schmunzeln.

»Beides«, sagt Emma schüchtern lächelnd und Jonas denkt: ›Es gibt doch einen Gott!‹

»Der Jonas ist hier Cutter. Weißt du, was das ist?«

»Cutter? Das ist doch mein Papa.«

Vater und Tochter erschrecken gleichzeitig. Emma, weil sie sich an das Versprechen erinnert, niemandem zu sagen, dass das ihr Papa sei, Jonas, weil seine Karriere gerade eben mit dreihundert PS gegen eine Betonwand geknallt ist. Stille. Sogar die restliche Kindermeute ist verstummt. Momente verstreichen in unbarmherziger Langsamkeit. Janina Talina weiß nicht, was sie tun soll und schaut immer wieder verwirrt zwischen Jonas und Emma hin und her. Endlich kommt erneut die Regieassistentin auf die Moderatorin zugelaufen und flüstert ihr etwas ins Ohr. Jonas steht regungslos da. Er bemerkt nicht einmal, dass Emma neben ihm zu weinen begonnen hat. Die Kamera schwenkt von dem Kind hin zur Moderatorin. Dennoch bleiben alle Augen auf Jonas und Emma gerichtet. Janina Talina räuspert sich, bevor sie feststellt: »Dieser kleine Engel hier hat wohl unangemeldet mitgespielt.«

Emma weint nun lauter. Nervös und undeutlich murmelt Janina Talina nun ins Mikrofon: »Jonas' Einzug ins Finale ist damit leider ungültig. Entsprechend der Wertung der Kinder kommen der Aufnahmeleiter Sami und der Praktikant Fabo ins Finale!«

57. Kapitel
GELÄNDE »MasterTV-ÖSTERREICH« SPÄTER NACHMITTAG/AUSSEN

Sami lässt Astrid aussteigen. Er sieht ihr nach, wie sie geschäftig Richtung Büro läuft, wohl um sich mit Arbeit abzulenken. Sami sieht, wie sich Astrid an die Augen greift. Weint sie? ›Wahrscheinlich ist ihr nur etwas ins Auge gefallen‹, denkt er bitter. Er schaut ihr nach und bemerkt, dass Josepha nervös am Vorplatz steht und Astrid ebenfalls beobachtet hat. Eigentlich sollte er aussteigen und Josepha beruhigen, ihr erklären, dass er Astrid nichts erzählt hat und diese auch nichts ahnt. Aber eine bleierne Leere drückt ihn auf seinen Fahrersitz. Es fühlt sich an, als könne er nicht einmal ein Handy herausziehen, um Josepha anzurufen, geschweige denn irgendjemandem irgendetwas erklären …

Er hat Astrid in ihr liebstes Running Sushi Lokal ausgeführt. Doch anstatt zu fragen, wie sie über ihre Geschichte auf dem Bergfest dächte, hat er schlicht große Mengen an Butterfisch-, Lachs- und Krabbenersatzsushi verdrückt. Irgendwann hat er dann das ältere, japanische Wirts-Ehepaar bemerkt. Die Frau hatte schlohweiße Haare, dennoch war ihr Gesicht von so frischer Schönheit, dass Sami sie wohl einen Moment zu lange betrachtet hat. Astrid hat ihn lächelnd angesehen: »Es ist ja schön zu sehen, dass du dich mittlerweile auch schon für andere interessierst.«

»Ich? Dank dir interessiert mich überhaupt niemand mehr.« Beide haben sie schweigend weitergegessen. Bevor er das Thema von sich aus hat aufbringen können, ist sie ihm zuvorgekommen: »Für mich war das auf dem Bergfest eine einmalige Sache.«

Er hat daraufhin geschwiegen.

Astrid, in ihrer üblichen, praktischen Art, hat also gefragt: »Was kann ich tun, damit das zwischen uns wieder normaler wird?«

›Komm zu mir zurück‹, hat er gedacht, stattdessen jedoch zu einem größeren Reisbällchen gegriffen, das sich dann als zwei Reisbällchen entpuppt hat.

»Du sollst keinen Zucker essen, hat der Arzt gesagt«, hat Astrid ihn gemahnt und für einen kurzen Moment hat Sami wieder das Gefühl gehabt, verheiratet zu sein. ›Wenn mich was umbringt, dann du‹, hat er gedacht und herzhaft in das Reisbällchen gebissen.

Am nächsten Tag

58. Kapitel

SCHNITTKAMMERL 3C   INNEN/MITTAG

Vom Debakel des Vortages hat sich Jonas am Morgen des nächsten Tages einigermaßen erholt. Josepha hat ihn die halbe Nacht lang getröstet und ihm Mut zugesprochen.

Als Jonas an diesem Morgen zu seinem Schneideraum kommt, verlassen ihn gerade zwei Mitarbeiter der Personalabteilung. Sie blicken grimmig und grüßen ihn nur knapp. Jonas fällt das Herz in die Hose. Er ist in den letzten beiden Wochen wieder unvorsichtiger gewesen und hat seine Lieblingsüberwachungsvideos in alter

Manier auf seinem Desktop abgespeichert. Mit einem mulmigen Gefühl im Bauch setzt er sich vor seinen Rechner. Ihm fällt auf, dass er noch warm ist. Gerade als er sich dazu überwinden hat können, den Computer anzuschalten, bemerkt er Josepha im Türrahmen. Sie sprüht vor Freude: »Jonas! Nie wieder das obligatorische ›MasterTV-Österreich-Lächeln‹!« Ihr Initiativ-Artikel ist sehr gut aufgenommen worden. Gleich zwei Lifestyle-Journale hätten ihr angeboten, eine Liste mit Ideen für weitere Beiträge zu schicken. Erregten sie Interesse, würden sie ihre Artikel auch drucken! Josepha wartet auf seine Reaktion, das kann Jonas deutlich erkennen. Er weiß, dass er sich nun zusammenreißen und Freude bekunden sollte – aber er kann nicht. Ihre Freude steigert seine Angst vor der Zukunft, sie treibt ihn zur Verzweiflung, ja sie lässt sogar unwillkürlich Groll gegen sie aufflackern. Schlucken. Lächeln. Umarmen. Josepha erkennt sofort, dass seine Freude aufgesetzt ist wie ein Abend-Make-up. Nun versucht sie ihrerseits, ihre Enttäuschung mit Tatendrang zu überspielen und sagt: »Ich fang' gleich zu schreiben an! Wegen des Finales am Samstag muss ich ohnehin bis Mitternacht arbeiten.«

Sie macht Anstalten hinauszugehen.

›Sie ist toll!‹, denkt Jonas. Eine so verständnisvolle Frau ist ihm selten begegnet, eine Frau, die offenbar versteht, dass sie ihn mit ihrer Freude nur weiter deprimiert. Er steht auf und hält sie zurück. Er küsst sie zärtlich. Das Signal eines eingehenden E-Mails zerstört den Augenblick. Die Nachricht kommt direkt von der Personalabteilung. Noch ein Adrenalinschub! Jonas stürzt zum Rechner und liest: »Sehr geehrter Herr Jonas Gambacher …« Seine Lippen bewegen sich zum Text des E-Mails.

»Die gehackten Videos«, stammelt Jonas, »meine gehackten Überwachungsvideos sind sicher gefunden worden!« Er spürt Josephas Hand auf seiner Schulter. Durch ihr Mitgefühl kommt ihm die ganze Tragweite dieser Nachricht zu Bewusstsein. Ihm kullert eine Träne des Zorns über die Wange. Schnell wischt er sie weg.

»Das ist sicher wegen der Emma-Aktion! Die wollen dir nur eine Abreibung verpassen«, beruhigt ihn Josepha.

»Und deshalb soll ich im Personalbüro erscheinen?« Sie umarmt ihn. »Es wird schon alles gut gehen.«

›Klar‹, denkt Jonas bitter, ›du hast ja auch gerade ein Angebot für deinen Traumjob bekommen.‹ Ihre Umarmung lässt er sich in diesem Moment trotzdem gerne gefallen.

59. Kapitel

GROSSES STUDIO INNEN/MITTAG

Heute Früh hat Sami die Waage in die Mülltonne geschmissen, nachdem sie ihm den Morgen mit ihrer gnadenlosen Anzeige verdrossen hat. Astrid hatte dieses Instrument des Grauens seinerzeit noch für die gemeinsame Wohnung und zur Kontrolle seines Gewichts gekauft.

Nervosität – Finale. Sami fragt sich, warum sich diese beiden Wörter nicht aufeinander reimen. Gestern hat man ihm von den Neuerungen bei der Liveshow erzählt. Alle bereits ausgearbeiteten Aufgaben für die Finalisten sind nämlich nach Herrschlers Wunsch verworfen worden. Man hat hektisch völlig neue entworfen, die speziell auf Geschicklichkeit angelegt sind. Auch sind nur jene Kinder für das Finale eingeladen worden, die sich in den vergangenen fünf Folgen als die allerschlimmsten, allerwildesten und allerfrechsten herauskristallisiert haben. Eine Jury von fünf jungen, ausgesprochen attraktiven Kindergärtnerinnen ist in aller Hektik zusammengestellt worden. Die hübschen Pädagoginnen sollen jeweils nach der Performance der beiden Finalisten ihren Senf zu ihrer Leistung abgeben. Außerdem sollen sie »Laternen« vergeben. Jede von den sexy Kindergartentanten wird eine oder eben auch keine Laterne vergeben. Eine Laterne bedeutet dabei, dass der Kandidat die Aufgabe zur Zufriedenheit des Jurymitglieds fertiggebracht hat. Pro Aufgabe kann man also bis zu fünf Laternen gewinnen. Der Sieg im Finale soll zu fünfzig Prozent von den vergebenen Laternen und zu fünfzig Prozent von einem SMS-Publikumsvoting abhängen. Der Preis für eine SMS beträgt jedoch ein Euro fünfzig, ein Faktum, das die Zuschauerpartizipation voraussichtlich drastisch senken wird. Die Kinder selbst sollen entgegen dem ursprünglichen Konzept, sich durch Schreien an der Abstimmung zu beteiligen, im Finale nicht mehr mitstimmen dürfen. Die neue Idee mit der sexy Kindergartenjury hat dem Sender in letzter Minute wohl doch besser gefallen. Das kostet bestimmt extra, jedoch aufgrund des großen Erfolgs der Sendung gibt es ja nun genug Geld.

Weil die letzte Folge »Spiegel mit Ei« bereits abgedreht ist, ist Sami also nur mehr damit beschäftigt, das Ameisenfinale am kommenden Samstag zu planen. Dabei ist ihm, als würde er sein eigenes Begräbnis vorbereiten. Er ist sich schon jetzt so gut wie sicher, dass wohl Fabo gewinnen wird. Kampflos aufzugeben, kommt ihm jedoch nicht in den Sinn. Auf dem Weg ins Studio bekommt Sami einen Anruf von seinem Vater. Gregor hätte ihn gerade darüber informiert, dass Sami ins Finale gekommen sei. »Du wolltest mich wohl nicht dabei haben?«, beschwert sich Mahir.

»Nein, Papa, du kannst gerne kommen.«

»Was ist mit …?« Sami kommt seinem Vater mit der Antwort zuvor: »Ja, Papa, auch die Maxi und auch die Walli und auch der Jan und auch der Domschi und auch die Irmi und auch der Gregor und auch der Patrick und auch Patricks Freundin können kommen! Zufrieden?«

»Der Simon und der Leonhard wollen sicher auch kommen. Die haben letztens so laut gejubelt, als du gewonnen hast.«

»Nein, das geht nicht. Das überfordert mich.«

Er nähert sich dem Studio und die eifrige Regieassistentin schaut Sami mit einem genervten, fragenden Blick an.

»Der Simon und der Leonhard sind seit mehr als dreißig Jahren meine Stammgäste. Die kennen dich aus einer Zeit, als ich dir das Essen noch hab' vorschneiden müssen!«

Die Regieassistentin tippt genervt auf ihre Uhr.

»Ist gut, Papa, nimm sie mit. Ich muss jetzt auflegen.«

»Sehr fein Sami, du bist ein guter Junge.«

60. Kapitel
GANG/VORPLATZ INNEN/MITTAG

Mit schlotternden Knien verlässt Jonas die Personalabteilung. Gefeuert! Man hat ihn kaum angehört oder eines Blickes gewürdigt. Fristlos gekündigt. Emma. Wie soll er nun für sie aufkommen? Er ist müde. Es ist ihm, als hätte man an seinen Gliedern wie an einem zähen Kaugummi gekaut und sie dann, nachdem sie zu Brei geworden sind, wieder ausgespuckt. Verwirrt irrt er durch die Gänge. Er weiß nicht, wohin er zuerst gehen soll. Fristlos, fristlos gekündigt. Genau in diesem Moment ruft Tamara an. Ihr Ohr ist auf seine Tonhöhen sensibilisiert, denn sein Leben ist unweigerlich immer mit dem ihren verknüpft. Drei knappe, kühle Worte – »Was ist los?« – treten einen Redeschwall los, und ohne dass er das beabsichtigt hätte, teilt er ihr sein ganzes Unglück mit. Anstatt ihn zu trösten, tobt Tamara. Wenn Jonas keinen Job hätte, könne sie sich ihre eigenen Ausbildungspläne auch abschminken. Sie kündigt ihm an, dass er Emma die nächsten Monate nicht sehen werde. Sie werde sich eine Anwältin nehmen und sein Besuchsrecht einschränken, denn offenbar sei er unfähig, Verantwortung zu übernehmen, ja unfähig, auch nur für sich selbst zu sorgen! Dann legt sie auf. Jonas starrt auf das große, schwarz gewordene

Smartphone-Display und meint, darin seine Zukunft zu erkennen. Wie ferngesteuert erreicht er Josephas Büro. Aber Josepha ist gerade nicht da.

»Wo ist sie?«

»Wahrscheinlich im Studio.«

›Wer hat das jetzt gesagt? Ist das wichtig?‹ Wie durch eine Milchglasscheibe dringt alles nur gedämpft und unscharf zu ihm vor. Schleichend kommt er auf den Vorplatz. Erst als er völlig durchnässt ist, bemerkt er den starken Schneeregen. Langsam, ganz langsam nähert er sich den Parkplätzen. Er fragt sich, wann, wie und ob er überhaupt seine Sachen aus seinem alten Schnittkammerl holen soll.

Ein Sprinter steht mit spaltweit geöffneter Laderaumtür am Parkplatz. Offenbar hat jemand vergessen, ihn zuzusperren. Jonas öffnet die Sprintertür. Er steigt in den Laderaum. Es riecht nach Halbgegessenem, Halbfrischem und Halbverrottetem. Regen fällt auf die Fahrzeugtüren, Jonas schließt eine der beiden, die andere lässt sich von innen nicht schließen, möglicherweise gelingt es ihm auch nur nicht. Er kauert im Sprinter und schaut durch die offene Tür hinaus in den Regen.

»Jonas! Jonas!«

Es ist Josepha.

»Was hast du?«, fragt sie, als sie sein verheultes Gesicht bemerkt. Jonas stammelt undeutlich vor sich hin, aber sie versteht ihn.

»Nein, sie wird dir Emma nicht wegnehmen«, sagt Josepha und streichelt ihm über den Kopf.

»Doch, Tamara hat gesagt, sie schränkt mir das Sorgerecht ein, wenn sie nicht im Oktober studieren kann.« Mehr Tränen. Aber die sind ihm jetzt egal.

»Nein, nein, das wird schon.«

»Diese Schweine aus der Personalabteilung haben sogar gründlicher geschaut als die Polizei! Die haben bemerkt, dass ich gehackte Videos am Rechner habe und die Polizei nicht!«

»Die wissen aber auch, wie die Videofiles, die wir sonst verwenden, formatiert sind. Das können ja die Polizisten nicht wissen. Für die Polizei gleicht doch ein File dem anderen, nicht aber für uns. Demnach war es auch leichter für die Personaler zu erkennen, dass diese Videos nicht auf deinem Desktop sein sollten.«

»Nein, das wird nichts mehr. Ich verlier' das Sorgerecht. Für immer.«

»Doch! Sogar ich hab' das geteilte Sorgerecht bekommen.«

»Wieso hättest du's auch nicht bekommen sollen?«

Josephas Augen weiten sich. Es ist, als wolle sie mit einem Satz wieder aus dem Fahrzeug springen. Rasch nimmt er ihre Hand. »Wieso hättest du's nicht bekommen sollen?«

»Ja, weil ich doch auch nichts verdient habe«, stammelt sie. Für Jonas hört sich das nicht sehr überzeugend an. »Warum sagst du's nicht einfach? Es kann ja gar nicht so schlimm sein wie bei mir. Ich meine, ich bin vierundzwanzig, ich bin arbeitslos, ich kann mich nicht einmal selbst versorgen, ich weiß nicht, wie ich meine Miete ...«

»Ich bin zweimal drei Monate in Jugendhaft eingesessen.«

Jonas schweigt, ihm fällt auf, dass sie angespannt jede auch noch so kleine Geste von ihm analysiert. ›Atmet sie überhaupt noch? Atme ich überhaupt noch?‹

Sie sagt leise: »Ein halbes Jahr insgesamt.«

»Warum?« Etwas Klügeres fällt ihm im Moment nicht ein.

»Das erste Mal wegen Drogenhandels, das zweite Mal, weil ich mit meinen Freundinnen in einen Supermarkt eingebrochen bin.«

»Dafür hat man dir drei Monate gegeben?« Jonas kann es nicht fassen.

»Also der Wachmann hat uns erwischt und ich habe einen Pfefferspray gehabt und wollte uns einen Vorsprung verschaffen. Die anderen haben nur Sozialstunden bekommen, also meine Freundinnen damals.« So, wie sie es sagt, klingt es, als hätte sie bereits schon tausendmal darüber gesprochen.

Auf einmal lacht Jonas auf: »Deine Ausgangslage war tatsächlich schlimmer.«

Etwas verwirrt lächelt sie. Dann wirkt sie fast erleichtert.

»Das stört dich nicht?«

»Vielleicht hast du mir ja mal was vercheckt und ich erinnere mich einfach nicht daran.«

Jonas findet es tatsächlich nicht schlimm. Er kennt einige Leute aus der Medienbranche, die wegen diverser Drogendelikte eingesessen sind, wenn auch nicht gleich für drei ganze Monate. Jonas kann sich zusammenreimen, dass es sich wohl um mehr als nur Marihuana gehandelt hat. Wenn sie trotz dieser Vergangenheit das geteilte Sorgerecht erkämpfen hat können, dann würde es Tamara auch nicht schaffen, ihm Emma für länger vorzuenthalten. Auf einmal ist die Stimmung fast aufgekratzt. Fast zum Lachen. Fast wie auf Drogen.

»Noch etwas, das ich wissen sollte?«

In Josephas Blick ist etwas!

»Oh nein, es gibt tatsächlich noch etwas. Will ich es überhaupt wissen?«, fragt Jonas scherzhaft verunsichert. »Sag nicht, du hattest auch noch ein Verhältnis mit dem Herrschler?«

»Nein, nicht mit dem Herrschler.«

»Mit wem dann?«

»Mit Sami.«

Jonas fallen fast die Augen aus dem Kopf: »Was?!«

Josepha lenkt ein: »Aber das war schon aus, bevor das mit uns angefangen hat, ich schwör's!«

Jetzt ist ihm wieder zum Weinen zumute.

»Was? Der ist doch sicher dreißig Jahre älter als ich!«

»Ja, aber nur zwanzig Jahre älter als ich.«

»Schlimm genug!«

»Du bist zehn Jahre jünger als ich!«

»Ja, na und?«

»Eben.«

»Ich fass' es nicht.« Jonas holt Luft.

»Du findest es also schlimmer, dass ich ein Verhältnis mit Sami Gün gehabt habe, als dass ich für Drogenhandel eingesessen bin.«

»Das eine kann ich zumindest nachvollziehen!«

Die beiden starren einander an. Er weiß nicht, ob er enttäuscht sein soll. »Wieso hast du mir das nie gesagt?« Dabei kiekst seine Stimme, als wäre er im Stimmbruch.

»Ich hab' nicht gewusst wie. Es ist ja auch egal. Es war ja vor dir. Und es war weder ihm noch mir wichtig. Er will immer noch seine Exfrau zurück, diese Astrid Merlin.«

»Ja, die ist auch scharf.«

»Die ist übrigens auch dreißig Jahre älter als du«, kontert Josepha. Kurz ist es still.

»Also, auch wenn's noch was gibt, dann sag's mir bitte erst in ein paar Monaten«, sagt Jonas nach einer Weile. »Das war heute ohnehin schon ein bisschen viel für einen einzigen Tag.« Josepha lächelt: »Das heißt, wir machen weiter?«

Er sieht sie an.

»Ich könnte jetzt nein sagen, aber das bringt ja auch nichts.«

»Das war gerade sehr romantisch von dir, Jonas«, sagt sie sarkastisch und lehnt den Kopf an die Tür. Er weiß tatsächlich nicht, wie er reagieren soll.

»Scheiß drauf«, sagt Jonas und lehnt sich an sie.

»Ich dich auch«, sagt Josepha, während sie den Arm um ihn legt.

61. Kapitel

EISENSTADT/LOKAL »EVET« INNEN/NACHT

Wie jeden Tag steht Mahir auch heute in seinem Lokal und bedient seine Stamm- und die Laufkundschaft. Auf dem Flatscreen an der Wand läuft stumm der »Ameisenhaufen«. Ganz gegen seine Gewohnheit blickt Mahir immer wieder zum Bildschirm. Er fühlt eine, von ihm selbst als sinnlos abgestempelte, aber dennoch vorhandene Überlegenheit all jenen gegenüber, die im Unterschied zu ihm nicht wissen, welcher Kandidat es in die nächste Runde geschafft hat. Obwohl er serviert, kassiert und sich nach der Gesundheit der einen oder anderen Gattin seiner Stammgäste erkundigt, verfolgt er mit wachsender Spannung den Verlauf der Sendung. Ist dieser Rockertyp eine größere Konkurrenz für Sami, als es dieser Fabo war, der nur zwei von drei Aufgaben erfüllt hat?

Jetzt meistert er auch noch die letzte Aufgabe! Offenbar zur höchsten Zufriedenheit aller! Mahir hält es nicht mehr aus: Er greift zur Fernbedienung und schaltet lauter. Die anwesenden Gäste folgen dem Blick des Wirts in Richtung des Fernsehers. Es wird gerade ein Mädchen namens Emma interviewt: »Das ist kein Cutter. Das ist mein Papa!« Schlagzeugbecken! Dramatische Musik! Ein schockierter Blick der Moderatorin! Dann die Reaktionen der Eltern und Verwandten in den Zuschauerreihen. Der Satz des Mädchens wird zweimal hintereinander wiederholt:

»Das ist kein Cutter. Das ist mein Papa!«

»Das ist kein Cutter. Das ist mein Papa!«

Das tiefe Sprechorgan eines Stammkunden, der in seiner Freizeit Hobby-Basssänger ist, wird hörbar: »Der Typ da hat seine eigene Tochter reingeschmuggelt!«

»Der Typ hat geschummelt!«

Dafür erntet Mahir verwirrte Blicke von seinen Gästen. Er sagt also nichts weiter. Stattdessen achtet er auf die Moderatorin, die gerade die heutige Sendung für ungültig erklärt. Genug gehört. Dann schenkt sich Mahir selbst ein Glas Wasser ein. Seine Brust schwillt an vor Stolz. Sami hat den Einzug ins Finale geschafft! Sein Sohn! Ehrlich und stark, genauso, wie er ihn erzogen hat.

Tagtäglich

Das musste ja so kommen! »Ameisenhaufen« produziert seinen ersten Skandal: Ein Kandidat, der angeblich seine Tochter in die Sendung geschmuggelt hat, wurde ausgeschlossen. Anzunehmen, dass all das ein abgekartetes Spiel ist, um die Quote noch weiter in die Höhe zu treiben. Letztklassig, wie hier mit der Wahrheit und den Kindern umgegangen wird.
S. T.

Fräulein

Viele unserer Leserinnen fragen sich, weshalb sich ein junger Mann wie dieser Kandidat Jonas aus der Spieleshow »Ameisenhaufen« für so einen Schwachsinn hergibt. Wir von »Fräulein« sind überzeugt, dass er einfach dringend die Million gebraucht hätte – vor allem für seine entzückende kleine Tochter. Aber klar – gerade ein so einfühlsamer Mann wird ausgeschlossen. Wir kommentieren den Unsinn, den die Fernsehunterhaltung täglich produziert, schon lange nicht mehr, aber diesmal möchten wir festhalten: Einen so liebenswerten Kandidaten wie diesen Jonas hat die TV-Welt wohl kaum jemals schon zu Gesicht bekommen. Wie er mit den fünfzig Kindergartenkindern umgegangen ist, war großartig – und erst recht die Idee, sein Töchterl hineinzuschmuggeln. Schade, dass er von der Jury ausgeschlossen worden ist – kein Grund mehr, »Ameisenhaufen« einzuschalten.
Ein Kommentar von Maria Weber

Fünf Tage später

62. Kapitel

GELÄNDE »MasterTV-ÖSTERREICH« AUSSEN/VORMITTAG

Jonas steht unschlüssig neben den Parkgaragen auf dem Gelände von »MasterTV-Österreich«. Einige seiner alten Kollegen haben ihn bereits gesehen und gegrüßt. Unangenehm. Entweder wissen sie noch nichts von seiner Kündigung oder sie tun einfach so, als sei nichts geschehen. Am liebsten wäre er gar nicht hier. Er hat sich in seiner Verzweiflung jedoch fest vorgenommen, noch einmal mit der Personalabteilung zu sprechen. Er beobachtet einen Elektriker, der mit seinem Auto aus der Tiefgarage fährt. Auf seinem Firmenwagen ist das Logo einer Überwachungskamera zu sehen. Der belebte Vorplatz macht das Weiterfahren nicht gerade leicht. Der sympathische Elektriker hupt nicht wie die meisten anderen Fahrer, sondern nutzt die Gelegenheit, um auszusteigen und eine Zigarette zu rauchen.

›Vielleicht weiß der ja was über das Überwachungsvideo, das ich nicht hacken hab' können.‹ Der erste sinnvolle Gedanke seit seiner Kündigung. Jonas geht auf den Elektriker zu, der in der Sonne steht und genüsslich an seiner Zigarette zieht. Er setzt an, holt Luft, doch dann gähnt er, anstatt etwas zu sagen, denn er hat schon immer Schwierigkeiten gehabt, fremde Menschen anzusprechen.

»Kann ich Ihnen helfen?«, fragt der Elektriker freundlich.

Jonas kratzt sich am Kopf: »Ich hätte schon eine Frage, aber ...«, er überlegt, dann fährt er fort, »... aber, das wissen Sie wahrscheinlich selbst auch nicht.«

»Was denn?« Der Elektriker ist ganz offensichtlich neugierig geworden.

»Ich hab' mich hier nur einmal mit einem Security-Mann unterhalten und der hat gesagt, dass der Wachmann gar nicht alle Überwachungsvideos sehen kann. Aber wie das genau funktioniert, hat er mir auch nicht sagen können. Also, er hat mir nicht erklären können, weshalb er die Videos aus der Tiefgarage nicht sehen kann.«

»Ich installiere und warte die Kameras eigentlich nur. Das Programmieren auf den Computern macht eine ausgebildete Spezialistin. Aber das kann ich Ihnen schon erklären«, sagt der Elektriker, lässt die aufgerauchte Zigarette fallen und zerstampft sie. »Es gibt in dieser Firma eine bestimmte Anzahl an Kameras. Die einen, also die, die die Gänge und so weiter filmen, werden von einem Wachmann kontrolliert. Die anderen Kameras, also die, die in der Tiefgarage und im Kamera-Equipment-Raum angebracht sind, werden in der IT gespeichert. Auf alle Kameras gleichzeitig hat, soviel ich weiß, niemand Zugriff.«

»Verstehe, wahrscheinlich, damit potenzielle Hacker nicht so leicht herausfinden können, wie viele Fahrzeuge es gibt und welches technische Equipment überhaupt da ist«, nickt Jonas nachdenklich.

»Ja, vielleicht spielt das auch mit. Aber im Prinzip ist es ja auch nicht wirklich die IT-Abteilung, die darauf aufpasst. Das wird dort nur gespeichert. Erst wenn etwas vom Equipment oder an den Fahrzeugen kaputtgeht, wird nachgeschaut, wer es war. Also falls mal was passiert, schauen sie sich's an. Deshalb werden die Videos auch wesentlich länger gespeichert, sicher ein halbes Jahr lang.«

»Warum kontrolliert nicht einfach ein Wachmann alle Videos?«

»Wahrscheinlich hauptsächlich deshalb, weil's den Kompetenzbereich von einer Person überschreiten würde. Außerdem ist der Equipment-Raum ohnehin so stark mit Alarmanlagen gesichert, dass ich stark bezweifle, dass man da so einfach einbrechen kann wie offenbar in das Chefbüro hier.« Der Elektriker lacht.

Die Gedanken rasen in Jonas' Kopf. Vielleicht schafft er es mit den länger gesicherten Daten aus der IT doch noch, den Kofferdieb zu finden und so seinen Job zurückzubekommen. Die Frage stellt sich nur, weshalb die IT das nicht schon längst selbst gemacht hat. Wissen sie überhaupt, dass diese Videos bei ihnen gespeichert werden?

»Jetzt muss ich aber«, sagt der Elektriker freundlich und öffnet seine Autotür, »auch wenn's grad so schön sonnig ist.«

»Vielen Dank«, lächelt Jonas. Er will jetzt nicht mehr in die Personalabteilung, sondern in die IT.

63. Kapitel
GANG VOR BÜRO ASTRID INNEN/ABEND

Seit sie gesehen hat, dass Astrid weinend aus Samis Auto ausgestiegen ist, hat sie nicht mehr mit ihr gesprochen. Geweint! Astrid! Der Felsen! Jetzt weiß sie es. Dabei hat Josepha gedacht, dass Astrid es schon früher erfahren hat. Als Josepha versucht hat, Sami zu fragen, ob er Astrid von der Geschichte erzählt hätte, war er ihr ausgewichen. Das ist natürlich furchtbar unangenehm und peinlich, zumal Astrid ihr geholfen hat, ihren Job zu bekommen. Deshalb ist es Zeit für eine Aussprache, um klarzustellen, dass sie jetzt in einer fixen Beziehung ist und dass Sami in ihr nie mehr als eine Freundin mit gewissen Vorzügen gesehen hat.

Nervös erreicht Josepha das Büro der Herstellungsleitung und klopft an. Die sonst sehr adrette Astrid wirkt müde, als sie heraustritt, ganz so, als müsste sie sich am Türrahmen festhalten. »Josepha? Was führt dich in mein Büro?« ›Sie weiß es noch immer nicht‹, durchfährt es Josepha bei Astrids freundlicher Reaktion.

»Ich, also ich …«

»Alles in Ordnung bei dir?«

»Ja, ja.«

»Ich hab' von Jonas' Kündigung gehört. Das tut mir leid.«

»Du weißt, dass wir zusammen sind?«

»Aber das weiß doch jeder«, lächelt Astrid müde. »Also wenn er eine neue Stelle sucht, könnte ich mich mal umhören. Wird halt schwierig nach einer Kündigung.«

»Ja, also wenn du mal rumfragen könntest, wäre das wirklich toll. Er ist jetzt nämlich von der Idee besessen, dass er den Kofferdieb finden muss, um wieder eingestellt zu werden.«

Astrid schaut sie neugierig an und wirkt wieder ganz bei sich, einnehmend, selbstbewusst wie sonst auch: »Ach ja?«

»Ja, aber ich glaub', dass das unrealistisch ist. Er hat gesagt, er weiß etwas von einem zweiten System von Sicherheitskameras oder so ähnlich. Keine Ahnung.«

In dem Moment taucht Sami im Gang auf. Er steuert auf Astrids Büro zu. Josepha sieht ihn zuerst. ›Ich weiß nicht, ob das jetzt gut ist‹, denkt Josepha und hofft, Sami möge verschwinden. Als er die beiden Frauen bemerkt, macht er auf der Stelle kehrt. Doch bevor er sich in den Aufzug retten kann, sieht ihn auch Astrid.

»Sami?«

Er dreht sich wieder zu ihnen: »Ich?«

Astrid schaut zwischen Josepha und Sami hin und her. ›Schnell weg hier‹, durchfährt es Josepha und ihr Vorsatz, sich auszusprechen, verpufft ins Nichts.

Aber Astrids investigativer Spionagegeist ist erwacht.

»Was macht ihr beide hier?« Sami und Josepha: »Nichts.«

»Ich wollt einfach mal nach dir schauen. Fragen, wie's dir geht und so.«

Sami: »Ja, wie gesagt, ich wollte einfach spazieren gehen.«

Astrid: »Mein Geburtstag ist erst in einer Woche.«

Josepha: »Ja, eh. Klar.«

Sami: »Hat ja niemand von Geburtstag gesprochen.«

Josepha: »Also ich muss jetzt dann mal wieder weitermachen.«
Sami: »Ich fahr' dann auch nach Hause. Bin schon wieder viel zu lange in der Arbeit.«

Astrid kneift die Augen zusammen. »Sami Gün, was verbirgst du vor mir?«

»Nichts. Also bis morgen.«

Sami geht Richtung Aufzug.

Josepha will noch etwas Abschließendes sagen und flötet: »Lass uns doch mal zusammen mittagessen gehen.«

»Das ist eine großartige Idee. Ich meld' mich dann,« lächelt Astrid auf einer Art, die verrät, dass ein derartiges Mittagessen wohl noch sehr lange nicht zustande kommen wird. Künstliche Lächeln werden ausgetauscht, dann verschwindet Josepha Richtung Treppe.

TEIL 3

DAS WILDSCHWEIN

Fünf Tage später – Samstagabend

64. Kapitel

GELÄNDE »MasterTV ÖSTERREICH« AUSSEN/ABEND

Viel Trubel, viel Presse, viele hausgemachte Promis und einige verlorene Fans; Jonas steht hinter einem halb toten Baum vor der Eingangsschranke und beobachtet das Durcheinander auf dem Vorplatz. Er hat sich einen Timer gestellt. In vier Minuten wird es soweit sein. Da beginnt das große Finale! Sein Handy piept, er zittert ganz leicht. Seit er gekündigt worden ist, sind seine Nerven strapaziert. Es ist ein E-Mail eingegangen, die dritte Absage innerhalb einer Woche. Wieder ist es eine IT-Firma, die ihm erklärt, dass man ihn gerne für ein Praktikum nehmen würde, eine sofortige Fixanstellung ohne Arbeitserfahrung aber unmöglich sei. Verkehrte Welt. Dabei ist Jonas doch gerade dabei, den gewagtesten IT-Plan seines Lebens umzusetzen. Er wartet ab, bis die Show beginnt, spätestens dann sind alle abgelenkt und er kann loslegen.

65. Kapitel

GARDEROBEN INNEN/ABEND

Ein Plastikbehälter mit dem besten Baklava Österreichs wird in Samis Garderobe gebracht. Die Trägerin der Tupperware: Astrid. Einen Moment lang vergisst er auf seine Nervosität. Baklava und Astrid sind eine geradezu göttliche Kombination.

»Dein Vater schickt dir das«, sagt sie zur Begrüßung und stellt den Plastikbehälter ab.

»Er ist doch nicht hier im Backstage-Bereich?«

»Nein, nein, das konnte ich gerade noch abwenden. Aber eure Köchin hat mich mit einem Küchenmesser bedroht, als ich ihr gesagt habe, dass die Familie nicht bis zur Garderobe kommen darf.«

Sami lächelt und nimmt sich zwei Baklava.

»Danke für diese Notlüge, Astrid.« Er beißt hinein. Astrid nimmt sich auch eins und kostet.

»Immer gerne. Es sind wirklich alle da. Dein Vater, der mich offenbar noch immer nicht mag, eure Köchin, deine beiden Exfrauen mit ihren neuen Männern, die mich auch nicht mögen, deine Söhne, die mich sicher nicht mögen, und ein Mädel, ich nehme an, die Freundin von Patrick.«

»Die ist hübsch, gell? Ich krieg' sicher ein wunderschönes Enkelkind.«

»Ist sie schwanger? Ja, sie ist ganz hübsch. Sie sitzen schon alle im Publikum und haben Plakate für dich gemalt.«

»Wirklich?«, fragt Sami peinlich berührt und doch zugleich auch gerührt.

»Ja, und die Irmi scheint aus dem Lokal von deinem Vater für alle Zwiebel-Sandwiches mitgenommen zu haben. Die haben vorhin im Foyer gepicknickt.«

»Die haben dort sicher nicht gepicknickt.«

»Sie haben jedenfalls gegessen.«

Kurze Stille. Die Themen Familie und Restaurant würden eben für immer zwischen ihnen stehen. Es ist Astrid, die das Gespräch wieder aufnimmt:

»Übrigens, Fabo flirtet schon fleißig mit den fünf Kindergärtnerinnen.«

»Er will eben alle Laternen haben und die wird er auch bekommen.«

»Die Jury wird schon fair sein und dir auch ein paar Laternchen schenken. Vielleicht nicht so viele, aber das holst du dann bestimmt mit der Publikumsabstimmung rein.«

»Das wird mein Ende heute, Astrid. Es war schön, dich gekannt zu haben.«

»Das schaffst du schon«, sagt sie aufbauend, »und am Ende hast du eine Million Euro gewonnen.«

»Und du bist deine Schulden los«, sagt Sami und isst das nächste Baklava.

»Du musst es schaffen, Sami.«

Sami schaut Astrid kauend an. Er nickt und würde dabei gerne etwas heldenhafter aussehen. Er schluckt und sagt:

»Ich mach's für dich.«

Astrid scheint zufrieden, beugt sich zu ihm und gibt ihm einen Kuss auf die Wange. Er atmet ihren Geruch.

»Astrid«, sagt er und schaut ihr in die Augen, »bleib bitte heute die ganze Zeit über im Studio.«

»Okay, das ist kein Problem.«

Sie wendet sich ab und verlässt die Garderobe. Wieder dieser Stich …

66. Kapitel
GELÄNDE »MasterTV ÖSTERREICH« AUSSEN/ABEND

Soll er nicht besser nach Hause gehen und sich im Internet über neue Jobmöglichkeiten informieren? Jonas pflückt ein unscheinbares Gänseblümchen, das erstaunlicherweise schon jetzt, Ende Februar, aus dem Asphalt herauswächst. Er beginnt zu zupfen: Ja, der Plan wird klappen: alles wird gut gehen; nein, der Plan wird nicht klappen: sein letzter Plan hat ihm die Kündigung ja überhaupt erst eingebrockt; ja, der Plan wird klappen: er wird den Kofferdieb finden und seinen Job zurückbekommen; nein, der Plan wird nicht klappen: am Ende bekommt er wegen Hausfriedensbruchs noch eine Vorstrafe, die ihm zusammen mit seiner Kündigung die letzte Chance auf eine neue Arbeit raubt; ja, der Plan wird klappen: er will es für seine kleine Emma tun; nein, der Plan wird nicht klappen: Emma hat mehr davon, wenn sie keinen vorbestraften Vater hat. Das war das letzte Blütenblatt: also den Plan nicht umsetzen.

›Ich glaube, ich habe zwei Blätter gleichzeitig ausgerissen‹, denkt Jonas. Wieder vibriert sein Handy. Eine SMS von Tamara. Sie hätte bereits mit ihrer Anwältin gesprochen, er könne Emma auch am nächsten Wochenende nicht sehen. Ein Unglück kommt selten allein. Der Handy-Alarm! Der Timer ist abgelaufen, hektisch stellt ihn Jonas ab. Er lugt hinter dem Baum hervor. Der Vorplatz hat sich fast vollständig geleert. Der letzte Fan zieht sich gerade, glücklich über ein ergattertes Autogramm von Will Wilson, vom Vorplatz zurück. Jetzt ist alles ruhig.

Jonas schaut auf den Blumenstängel in seiner Hand. Er denkt an Emma. Entschlossen wirft er den Stängel weg und läuft los – Richtung IT-Abteilung.

67. Kapitel

GRAZER SPORT-BEISL INNEN/ABEND

In einem kleinen und dementsprechend vollgefüllten Sport-Beisl am Stadtrand von Graz wird das Finale von »Ameisenhaufen« auf einer riesigen Leinwand übertragen. Der Großteil der anwesenden Grazer hat auf Sami gesetzt, nur ein paar wenige der jüngeren Klientel auf Fabo. Handelte es sich um ein Pferderennen, würden sie auf die Englischen Vollblüter setzen.

Endlich beginnt das Finale, die Signation wird eingespielt, Stimmen schwirren, Biergläser klirren.

»Go Sami go! No Fabo no!«, schreit jemand von der Theke. Einige lachen, andere schreien etwas anderes. Schon lange wurde kein sportlicher Event mehr so sehnsüchtig erwartet wie das Finale von »Ameisenhaufen«. Vor allem die sexy Kindergärtnerinnen-Jury aus der Vorschau, die es in den Folgen zuvor noch nicht gegeben hat, hat zusätzliche Zuschauer vor den Fernseher gelockt. Die Aufgabe, die Fabo und Sami gleichzeitig nebeneinander erfüllen müssen, nennt sich »Rodeo«. Beide Kandidaten knien dazu auf eigens dafür aufgestellten Luftburgmanegen. Ein Kind nach dem anderen darf auf den Rücken des Kandidaten klettern und wird von diesem abgeworfen, so, als sei er ein wildes Pferd. Derjenige Kandidat, der in fünf Minuten mehr Kinder abwirft, ohne dabei Arme oder Beine zu verwenden, hat gewonnen. Das Spiel beginnt.

»Sami, mach weida!«

Ein Fan haut mit einem Humpen auf den Tisch.

»Schau, der Fabo! Der schaut sogar auf allen Vieren gut aus.«

Lachen, ein Bier wird umgekippt.

»Sami, hau noch ein Kind owe! Schmeiß es owe!«

Ein anderer springt vor Eifer von seinem Barhocker: »Fabo, sei ein Mann! Wirf noch ein Kind ab!«

68. Kapitel
GEBÄUDE ZWEI INNEN/ABEND

Gebäude zwei steht wegen der abendlichen Aufzeichnung noch offen. Schritt eins ist also geglückt. Doch als Jonas in das Untergeschoss zur IT-Abteilung kommt, findet er sie versperrt vor. »Verdammt!«

Eine Tür quietscht! Jonas fährt herum und springt hinter einen Kopierer. Von seinem Versteck aus kann er sehen, dass am Ende des Ganges ein Putzmann mit seinem Wagen steht. Darauf blitzt etwas, das wie ein Schlüssel aussieht. Der Generalschlüssel? Die Reinigungskraft lässt den Wagen inmitten des Ganges stehen, um, mit einem Staubsauger bewaffnet, in einem der offenen Büros sauber zu machen. Das Staubsauggeräusch übertönt seine Schritte am Gang. Tatsächlich. Auf einer grünen Schlüsselkette, die der Putzmann neben seinem Handy und seinem Portemonnaie auf dem Wagen liegen gelassen hat, prunkt ein großer, silberner Schlüssel, der verdächtig nach Generalschlüssel aussieht. Jonas ist für einen Moment unschlüssig. Dann nimmt er seinen ganzen Mut zusammen, schnappt sich den Schlüssel, verschwindet damit in Richtung IT-Abteilung und sperrt auf. Ein Stück weit läuft er geduckt zurück, holt aus und wirft die Schlüsselkette mit aller Kraft Richtung Putzwagen. Das Geräusch des Staubsaugers übertönt das des aufprallenden Schlüssels im Gang.

›Er glaubt dann sicher, er hat ihn verloren‹, denkt Jonas und verschwindet im IT-Büro.

69. Kapitel
REGIEKAMMERL INNEN/ABEND

Josepha sitzt als zuständige Redakteurin im Regieraum und schaut Sami zu. Weil die Sendung live gesendet wird, muss Josepha die Inserts simultan schreiben. Es ist der letzte Tag von Annmadleines Praktikum und das Kostüm-Department hat ihr aufgrund ihrer guten Leistung angeboten, auch während ihres Studiums aushilfsweise weiterarbeiten zu können. Zur Belohnung für ihre gute Arbeit darf Annmadleine außerdem beim Finale bei der Regie sitzen, statt im Kostüm zu arbeiten. Weil gerade die Rodeo-Aufgabe voll im Gange ist, hat Josepha eine kurze Verschnaufpause, um auf ihr Handy zu schauen. Sie hofft auf eine Nachricht von Jonas. Obwohl er die letzten fünf Nächte bei ihr verbracht hat, hat er wenig gesprochen und sich sehr in sich selbst zurückgezogen. Doch statt einer SMS von ihm hat sie ein E-Mail von einem der Life-Style-Journale erhalten, an die sie ihren Probeartikel geschickt hat. Man wünscht sich von ihr einen Artikel zum Finale von »Ameisenhaufen«. Schriebe sie auch diesen Artikel zu ihrer Zufriedenheit, könne sie damit rechnen, dass man ihr als Freelancerin regelmäßig Aufträge zukommen lassen werde. Erleichtert aufatmend, lehnt sie sich zurück. Annmadleine lächelt ihr zu: »Hat dir der Jonas einen Heiratsantrag gemacht?«

»Per E-Mail? Nein, leider nicht.«

»Das kommt noch, bestimmt.«

»Dann wahrscheinlich per SMS.«

Die beiden kichern. Eine gewisse Befürchtung besteht bei Josepha dennoch, dass diese neue Leichtigkeit nur vorübergehend sein könnte. Doch sie kann jetzt ihren Gedanken nicht nachhängen, sie muss die nächste Aufgabe im Insert betiteln: Tortenschlacht!

70. Kapitel
IT-ABTEILUNG INNEN/ABEND

Es fällt Jonas erstaunlich leicht, die Passwörter zu knacken, und so ist er relativ schnell in einem der vier vorhandenen Rechner. Jonas spürt einen Windhauch in seinem Nacken. Atem? Ganz langsam dreht er sich um. Es ist nur ein gekipptes Fenster, durch das der Wind hereinweht. Er sammelt sich wieder und sucht nach den Video-Überwachungsdaten vom Tag des Kofferdiebstahls. Zuerst wird er nicht fündig. Ein Geräusch! Jonas springt instinktiv hinter die Tür. Ein Wasserrohr? Zaghaft kommt er hinter der Tür hervor.

71. Kapitel
GRAZER SPORT-BEISL INNEN/ABEND

Eine Geschicklichkeitsaufgabe jagt die nächste: Hindernislauf, Klettern und Tanzen. Sami meistert alles, jedoch nicht sehr geschickt. So heimst Fabo, der schöne Praktikant, eine Laterne nach der anderen ein.

Die Stimmung in dem Beisl sinkt. Sami-Fans nippen schweigend an ihrem Bier. Die ersten Gäste brechen enttäuscht nach Hause auf, da sie ihren Wetteinsatz bereits verloren glauben. Ein paar Unbeirrbare hoffen noch darauf, dass Sami die Laternen durch das Zuschauervoting wieder aufholen kann. Die ersten Aufgaben sind bereits vorbei und die sexy Kindergärtnerinnen-Jury hat Fabo mit Komplimenten überhäuft. Vielleicht auch deshalb, weil der schöne Praktikant nach seiner Bewertung jeder der jungen Damen ein mindestens ebenso charmantes Kompliment zurückgegeben hat. Sami wird hingegen kaum gelobt. Nur eine einzige Kindergärtnerin erbarmt sich seiner: »Ich schenk' dir eine Laterne, weil du so knuddelig bist.«

Doch darauf hat Sami nur trocken geantwortet: »Geschenke nehme ich nicht an. Dann lieber keine Laterne.«

Sogar die Fabo-Anhänger haben sich auf diesen Kommentar hin dem zustimmenden Gejohle im Beisl angeschlossen. Alle Laternen sind so bisher an Fabo gegangen.

Jetzt wird mit dem Spiel »Piraten« begonnen.

Hierbei muss man über Netze klettern, auf Seilen schwingen und dabei möglichst viele Kinder fangen. Sami kommt schnell ins Schwitzen, kämpft aber tapfer weiter.

»Der Fabo hätt' gern, dass unser Sami aufgibt!«, schreit ein älterer Grazer überzeugt, »aber er wird gewinnen! Und wenn ich zwanzig SMS für ihn abschicke!«

Darauf stößt er mit seiner Tischrunde an, die nächste Bierrunde geht auf ihn. Tatsächlich fängt Sami bei dieser Aufgabe mehr Kinder als sein Kontrahent. Dafür bekommt er gleich drei Laternen und ein paar Fans mehr.

72. Kapitel
GEBÄUDE ZWEI INNEN/ABEND

Die Videos aus den Tiefgaragen vom Tatzeitpunkt zu finden, ist nicht einfach. Als er die Dateien in einem Ordner endlich entdeckt, bemerkt er, dass sie stark verschlüsselt und durch ein zusätzliches System gesichert sind. Er zwingt sich dazu, ruhig zu bleiben und sich an die speziellen Tricks, Codes und Techniken zu erinnern, die er in den Tagen zuvor im Internet recherchiert hat. Minute um Minute verstreicht, Jonas kann nicht mehr sagen, wie viel Zeit vergangen ist. Endlich kann er den Ordner knacken! Jonas klickt sich durch die Videos. Es ist schwierig, sich zurechtzufinden. Anders als bei den Überwachungsvideos, die er kennt, laufen bei diesen aus dem Equipment-Lager und der Tiefgarage keine Timecodes im Bild mit. Das Datum der Videos ist allein im File-Namen vermerkt. Es ist daher schwer zu sagen, zu welcher Tageszeit was aufgenommen wurde, zumal es in der Tiefgarage immer dunkel ist.

›Ein Überwachungsvideo ohne Timecode im Bild ist doch völlig unsinnig. Vielleicht ist die Polizei deshalb nicht weitergekommen.‹ Jonas überlegt und kombiniert weiter, dass der Täter vielleicht jemand aus der Sicherheitsfirma gewesen sein könnte. Jemand, der die Überwachungsvideos aus der Tiefgarage bewusst manipuliert hat. Da hört er Schritte und erstarrt. Das Geräusch entfernt sich wieder. Die Zeit tickt.

73. Kapitel
REGIEKAMMERL INNEN/ABEND

»Halbzeit« schreibt Josepha in ein Insert. Die Kindergruppen müssen aus Jugendschutz-Gründen nun ausgewechselt werden. Um die Sendung nicht zum Stillstand kommen zu lassen, betritt ein Ehrengast das Studio: Nigel Maschte, der Autor, der sich das Leben nehmen wollte. Noch trägt er einen Verband, er ist aber auf dem Wege der Besserung. Er wird kurz interviewt und darf sich dann auf einen Ehrenplatz setzen – im Fokus der Kameras. Hier sitzt er neben Will Wilson, der ebenfalls Studiogast ist und jede sich ihm bietende Möglichkeit dazu nützt, seinen Senf zur Sendung beizusteuern. Janina Talina ist sichtlich genervt von seinem unverblümten Versuch, ihr die Moderation zu entreißen und selbst durch die Sendung zu führen.

»Das ist wohl eine Arbeitskrankheit«, meint Annmadleine zu Josepha, die auf den Monitor schaut, auf dem Will Wilson ganz aus der Nähe zu sehen ist. Die beiden haben es sich mittlerweile im Regiekammerl mit einigen wachhaltenden und konzentrationssteigernden Getränken recht gemütlich gemacht. Über unterschiedliche Monitore verfolgen die beiden neben dem höchst angespannten Regisseur, der ständig »Kamera eins«, »Kamera zwei«, »Kamera drei«, »Kamera vier« oder »Kamera fünf« ruft, die Geschehnisse im Studio.

Janina Talina erklärt gerade, dass es sich Will Wilson als einziger der ausgeschiedenen Kandidaten nicht hat nehmen lassen zu kommen.

Für Will ist dieser Kommentar unter jeder Kritik: »Ich wurde eingeladen! Ich kann auch wieder gehen!«

Die Kamera zeigt nun ein junges Mädchen im Publikum, die Nachfolgerin von Annmadleine. Schnell kopiert Josepha den bereits vorgeschriebenen Namen in das Insert hinein und drückt auf Enter: »Ingda Lüzli, 19, Freundin von Will Wilson.« Als Annmadleine Josepha dabei zusieht, runzelt sie die Stirn.

»Bist du traurig?«, fragt Josepha.

Annmadleine wirkt nachdenklich: »Nein, eigentlich gar nicht. Du hast ja vor einiger Zeit mitgehört in der Garderobe, dass Will heimlich eine Frau und Kinder in der Schweiz hat. Ich hab' sogar schon ein paar Mal mit seiner Tochter telefoniert. Das sind eigentlich wirklich nette Leute und ich glaub', die sind ganz glücklich. Der Will ist halt ein bisschen ein Spinner.«

Sie schaut wieder auf den Bildschirm, der Wilson zeigt: Ständig will er die Moderatorin unterbrechen, um selbst ans Wort zu kommen.

»Weißt du was«, sagt Annmadleine nachdenklich, »offiziell war er mein erster Freund. Ich war vorher noch nie mit wem zusammen – und mit ihm ja auch nicht wirklich.«

»Gott sei Dank!«, rutscht es Josepha heraus.

»Das sagt meine Mutter auch«, antwortet die Praktikantin. Annmadleine schaut wieder auf den Bildschirm, der Will zeigt. Josepha scheint es fast so, als sei die junge Frau doch ein bisschen verliebt, wenn schon nicht in den Moderator Will Wilson, dann in diese verrückte Fernsehwelt.

74. Kapitel
IT-ABTEILUNG AUSSEN/ABEND

›Ich muss meine eigenen Spuren verwischen!‹, kommt es Jonas in den Sinn. Fieberhaft sucht er die Dateien nach jenen Überwachungsaufnahmen ab, auf denen er selbst zu sehen ist. Als er sie nicht finden kann, erinnert er sich, dass die Gang-Kameras wiederum auf dem anderen System gespeichert werden. Er nimmt sich vor, nach dieser Aktion in seinen früheren Schnittraum einzubrechen, sich in das andere System einzuhacken und die Videos zu löschen. Er klickt sich weiter durch die Videos der Tiefgarage. Wie nach einer Ewigkeit, so scheint es ihm, findet Jonas die Überwachungsaufnahmen der Parkgarage von der verhängnisvollen Kofferdieb-Nacht. Er öffnet sie, spult sie im Schnellvorlauf durch und kann nichts Auffälliges erkennen. Ist er also völlig umsonst gekommen? Er will es nicht wahrhaben. Vielleicht ist dieses Video gar nicht von der Tatnacht? Vielleicht ist es ein anderes? Vielleicht hat der Kofferdieb das Video ja gelöscht oder manipuliert? Vielleicht läuft kein Timecode im Bild mit, um die Polizei zu täuschen. Aber das würde bedeuten, dass es tatsächlich jemand aus der IT gewesen sein muss, oder doch jemand von der Sicherheitsfirma? Gibt es irgendwo ein Sicherheits-Backup? Jonas durchsucht alle Ordner und kann doch nichts finden. Er stellt bereits gelöschte Dateien wieder her. Viele gelöschte Dateien, jede einzelne, die er finden kann. Dokumente, Dokumente, Dokumente und schließlich – ein Video! Das File datiert einen Tag vor dem Geldkofferdiebstahl. Jonas ärgert sich. War auch das umsonst? Doch da es das einzig gelöschte Video zu sein scheint, will es Jonas in einem Anflug von Verzweiflung doch versuchen. Er hat ohnehin kein Gefühl mehr dafür, wie viel Zeit bereits verstrichen ist, und seine Nervosität ist abgeebbt. Er stellt auch dieses Video wieder her. Das Laden dauert eine halbe Ewigkeit. Als es endlich, unvollständig aber brauchbar, wiederhergestellt ist, bemerkt Jonas darauf ein Auto, das er auf den anderen Videos nicht bemerkt hat. Ganz deutlich kann er erkennen, wie der Dieb in ein Auto steigt, das Jonas noch nie zuvor gesehen hat. Die Auflösung ist sehr schlecht, es ist schwer, die Person zu identifizieren. In der Parkgarage nimmt der Dieb für einen Augenblick seine Sonnenbrillen ab. Scheinbar kann er wegen der herrschenden Dunkelheit den Rückwärtsgang nicht finden. Jonas muss zweimal hinsehen: Es ist Herrschler – nur nicht in Herrschlers Auto, sondern in einem anderen Wagen. Herrschler ist der Kofferdieb!

75. Kapitel
GRAZER SPORT-BEISL INNEN/ABEND

Nach der allerletzten Aufgabe im »Ameisenhaufen« sind drei von zehn Laternen an Sami gegangen, die restlichen sieben an Fabo. Der schöne Praktikant ist sich seines Sieges sicher und lächelt gespielt bescheiden in die Kamera. Eine ältere Dame in dem Grazer Beisl wirft mit Erdnüssen gegen die Leinwand.

»Mei Leinwand kann nix für die Scheiß Latern«, beschwert sich der Wirt.

Samis Fans wirken alle fast so niedergeschlagen wie seine große Familie, die in den Zuschauerreihen gezeigt wird. Nun wird die Nummer für das SMS-Voting eingeblendet und erstaunlich viele Gäste im Wettbeisl zücken ihre Handys.

76. Kapitel
GEBÄUDE ZWEI INNEN/ABEND

Schnell lässt Jonas einen USB-Stick aus der Tasche gleiten, um die Datei draufzuspielen. Schon bald ist das Video fast vollständig auf den USB-Stick geladen. Es fehlen nur noch wenige Prozent. Schritte! Mit einem Satz ist Jonas unter der Tischplatte. Zu spät: Eine starke Hand fasst ihn mit eisernem Griff und zieht ihn unter dem Tisch hervor.

»Jetzt bring' ich dich mal zum Chef, der wird schon wissen, was er mit dir macht«, bellt der Wachmann und drückt noch stärker zu. Jonas begreift, dass es keinen Sinn hat, sich zu wehren. Der Wachmann ist sichtlich stolz über seinen erfolgreichen Einsatz. Während Jonas also unsanft vom Untergeschoß in den dritten Stock gezerrt wird, quält ihn vor allem ein Gedanke: Das Video, das beweist, dass Herrschler der Dieb ist, ist auf dem USB-Stick im PC in der IT-Abteilung anstatt in seiner Hosentasche. Es wäre ein Handgriff gewesen, ihn abzuziehen! Mit einem leichten Stoß in die Rippen wird er in Herrschlers Büro befördert.

77. Kapitel
REGIEKAMMERL INNEN/ABEND

Während auf die Votings der SMS-Publikumswahl gewartet wird, werden Sami und Fabo getrennt voneinander interviewt. Josepha schreibt im Regiekammerl eifrig Inserts. Annmadleine ist in der Zwischenzeit eingenickt. Sami sagt, er würde sich über den Gewinn freuen, weil er bald Großvater werde, sein Sohn aber noch studiere und Unterstützung bräuchte. Fabo sagt, es sei immer schon mal sein Traum gewesen, in Kanada Helicopter-Skiing auszuprobieren, und diesen »Kindheitstraum« würde er sich jetzt gern erfüllen. Josepha reagiert schnell: Sie schreibt in einem Insert noch einmal fett, dass Fabo zwar erst achtzehn Jahre alt ist, sich aber dennoch schon einen »Kindheitstraum« erfüllen wolle.

78. Kapitel
BÜRO HERRSCHLER INNEN/ABEND

Der Wachmann präsentiert dem Chef stolz seinen Fang. Herrschler bedankt sich, ohne ihn anzusehen, und gibt ihm mit einer Geste zu verstehen, dass er nun gehen könne. Sein Blick ist weiter auf den Fernseher gerichtet, auf dem »Ameisenhaufen« übertragen wird.

Der Wachmann ist verwirrt: »Aber Herr Ingenieur, wollen Sie wirklich allein sein mit dem?! Er war in der IT drin!«

»Ich glaube, ich komme gut zurecht. Vielen Dank.«

Der Wachmann verlässt enttäuscht das Büro und schließt die Tür hinter sich. Zuerst hat Jonas das Gefühl, dass der CEO ihn anstarrt, dann fällt ihm auf, dass er sich auf etwas ganz anderes konzentriert. Jetzt erst bemerkt Jonas, dass auf zwei riesigen Flatscreens hinter ihm gerade die letzte Werbepause von »Ameisenhaufen« beginnt. Danach wird das Ergebnis bekannt gegeben werden. Jonas wird sich von Sekunde zu Sekunde mehr der Ausweglosigkeit seiner Lage bewusst. Er hat mit seiner Aktion wieder einmal alles noch schlimmer gemacht.

›Jetzt nicht weinen, bloß nicht weinen‹, denkt Jonas panisch und schaut Richtung Decke, damit sich seine Tränen in ihren Kanal zurückziehen.

Als der Werbeblock beginnt, wendet sich Herrschler Jonas zu. Er lächelt kalt: »Aber Herr Gambacher«, sagt er in süffisant väterlichem Tonfall, »das ist doch kein Grund, um gleich zu weinen. Du bist doch schon volljährig.«

Herrschler fährt fort: »Obwohl, wenn ich es mir recht überlege: Du hättest eigentlich allen Grund dazu, mein Junge. Ich werde dich nämlich wegen Hausfriedensbruch anzeigen.«

Jetzt gleitet tatsächlich eine Träne über Jonas' errötete Wangen. Er möchte Herrschler für sein amüsiertes Lächeln am liebsten an die Gurgel springen.

»Wenn ich dann noch den gestohlenen Geldkoffer dazu addiere«, rechnet ihm Hans Erschler vor, »dann kann dir sogar eine Verhaftung blühen. Was wird denn dann aus der lieben, kleinen Emma?«

›Dieser Schweinehund hat nicht das Recht, den Namen meiner Tochter auch nur in den Mund zu nehmen!‹, denkt Jonas und sagt unbeherrscht: »Sie haben den Geldkoffer gestohlen!«

Zwei weitere Tränen tropfen von seinem Kinn.

»Ach so?«, fragt Herrschler gespielt erstaunt.

»Ja, und ich habe Beweise!«

»Da bin ich aber gespannt.«

»Ich hab' das Überwachungsvideo aus der Tiefgarage. Darauf sieht man ganz deutlich Ihr Gesicht! Auch wenn das Video gelöscht war und ein falsches Datum drauf war!«

»Da kann ich dir nur gratulieren. Die Personalabteilung hat recht gehabt: Du bist offenbar ein ganz talentierter Hacker. Ein Jammer, dass du vergessen hast, die gehackten Videos auf deinem eigenen Rechner zu löschen. Aber ja, du hast recht, ich hätte mich besser darüber informieren sollen, wie man Videos so löscht, dass auch der beste Fachmann sie nicht wiederherstellen kann. Das Datum zu ändern hat wohl nicht gereicht. Chapeau, mein Junge.«

»Ich bin nicht Ihr Junge und Sie können mich mal!«, schreit Jonas Herrschler ins Gesicht.

»Das wäre jetzt eigentlich das Stichwort für eine fristlose Kündigung«, grinst der CEO, »schade nur, dass du schon gefeuert bist.«

»Was glauben Sie …« Jonas will protestieren, jedoch Herrschler gebietet ihm mit einer Geste, still zu sein.

»Leise jetzt! Es geht weiter.« Der CEO stellt den Fernseher lauter. Die Werbeunterbrechung ist vorbei und der glückliche Gewinner der Million wird gleich bekannt gegeben werden. Das Finale ist im Moment das Letzte, das Jonas Sorgen bereitet.

79. Kapitel
GRAZER SPORT-BEISL INNEN/ABEND

Die Moderatorin verliert kurz die Fassung, als sie das Voting-Ergebnis sieht: 89,2 Prozent der SMS-Stimmen haben für Sami gevotet und nur 10,8 Prozent für Fabo. Sami hat gewonnen. Man sieht seine Familie jubeln – die verbliebenen Fans im Beisl jubeln wohl auch. Einige von ihnen haben bereits verloren geglaubte Wetteinsätze verdoppeln können.

»Meine Exfrau Astrid hat jetzt keine Schulden mehr«, ruft Sami aus dem Fernseher, während er mit Champagnerkorken knallt, »und ich kann mich auf meinen Enkelsohn freuen!«

Euphorisch schreit der Wirt: »Es gibt doch noch so etwas wie Gerechtigkeit!«

»Gibt's jetzt Freibier?«, fragt ein Gast.

»Niemals!«

80. Kapitel
BÜRO HERRSCHLER INNEN/ABEND

»Ameisenhaufen« ist vorbei. Der CEO seufzt: »Also diesen Ausgang hat das Publikum wohl nicht erwartet.«

In der Zwischenzeit hat Jonas eingesehen, dass für ihn alles verloren ist. Er will jetzt zumindest verstehen, was genau geschehen ist.

»Sie haben die Dateinamen der Tiefgaragen-Videos manipuliert?«

»Exakt. Das Video aus der Tiefgarage vom Vortag habe ich kopiert. So hatte ich zweimal das Video vom Vortag, an dem nichts geschehen ist: eines, das ich mit dem Datum der Tatnacht benennen konnte und eben eines für den Vortag. Die echte Überwachungsaufname der Tatnacht habe ich gelöscht. Aber du hast es leider wiederherstellen können. Die Polizei hat es nicht bemerkt, als sie die Videos gesichtet hat. Sie hat mich nur dafür gerügt, dass es unsinnig ist, Überwachungsvideos zu haben, in denen kein Timecode mitläuft. Aber das habe ich auf eine Fahrlässigkeit der Sicherheitsfirma geschoben. Dass auf den Tiefgaragen-Videos kein Timecode mitläuft, habe ich aber absichtlich schon Monate vor dem Einbruch umstellen lassen.«

»Wieso hat die IT die Manipulation nicht bemerkt?«

»Ja, das weißt du«, lächelt Herrschler. »Für die IT sind das nur verschlüsselte Überwachungsvideos, die sie vielleicht einsehen können, aber nicht dürfen. Du musstest dafür doch bestimmt ein extra Passwort knacken?« Jonas nickt. »Na, siehst du. Die IT hat einfach die stärksten Server, deshalb werden diese Videos dort gespeichert. Falls jemand mein Equipment oder eines der Firmenfahrzeuge beschädigt, kommen diese Aufzeichnungen direkt zur Versicherung. Was soll die IT auch damit zu schaffen haben?«

»Aber wieso …«, Jonas atmet heftig, »wieso haben Sie dann das Überwachungsvideo, auf dem Sie selbst zu sehen sind, an alle Mitarbeiter geschickt? Ich mein' das, auf dem man Sie zwar nicht erkennt, Sie aber Ihr eigenes Büro aufbrechen!?«

Jonas erntet dafür ein Kopfschütteln: »Wie kann ein so talentierter Hacker einen so wenig ausgeprägten Sinn für Logik haben?« Und Herrschler fährt fort: »Ich wollte mehr über meine Angestellten erfahren. In den Büros selbst hab' ich ja keine Kameras.

Das hätte ich nie rechtfertigen können. Es war die beste Möglichkeit, Spreu vom Weizen zu trennen, die Fleißigen von den Faulen. Jeder hat Feinde, jeder und jede hat jeden verpetzt.«

»Ich verstehe diese Taktik nicht ganz. So hätten Sie vielleicht die Loyalität Ihrer Angestellten herausfinden können, aber doch nicht, was sie tun, oder?«

»Natürlich!«, erklärt Herrschler. »Den Täter im Unbekannten zu lassen und Anschuldigungen abzuwarten, war die beste Methode, um herauszufinden, was so mancher Mitarbeiter eigentlich macht. Jeder hat sich einen Vorteil davon versprochen, den Geldkofferdieb zu schnappen. Außerdem will doch jeder irgendwen loswerden. Wie etwa diesen Cutter, der jetzt leider gekündigt worden ist, weil er statt zu cutten, Pornos angeschaut hat. Das hat mir zum Beispiel dein Kollege Timon erzählt, der den Porno-Kollegen weghaben wollte, weil er seine Sendungen schneiden will.«

Auf diesen teuflischen Plan von Herrschler wäre Jonas von sich aus tatsächlich nie gekommen. Gerade, als er protestieren möchte, öffnet sich die Bürotür. Die beiden Männer schauen auf.

»Oh, meine Zeugin«, lächelt Herrschler und fletscht dabei die Zähne.

81. Kapitel
STUDIO INNEN/ABEND

Mit einem Ächzen wird Sami von zwei Praktikanten, der Inspizientin und Linda hochgestemmt. Das Stöhnen hört niemand, denn dafür wird im Studio viel zu laut gejubelt und gegrölt. Zum ersten Mal seit seiner Kindheit wird er wieder getragen – über den Köpfen der anderen! Als er wieder Boden unter den Füßen spürt, schüttelt er dem deprimierten Fabo kräftig die Hand. Dann zieht er ihn an sich und umarmt ihn. Fabo lässt es über sich ergehen, seine Niedergeschlagenheit ist ihm aber ins Gesicht geschrieben. Das schlechte Gewissen, das Sami angesichts seines eigenen Sieges und der damit einhergehenden Demütigung des Praktikanten empfunden hat, verflüchtigt sich augenblicklich, als er sieht, dass Fabo von einer sexy Kindergärtnerin getröstet wird.

Samis Familie will sich von ihm verabschieden und ihn erst am nächsten Tag groß in dem Lokal in Eisenstadt feiern. Mahirs Stolz ist nicht zu übersehen, als er Sami zur Verabschiedung umarmt und ihm ins Ohr flüstert: »Du bist ein Held im Kleinen und das macht dich zu jemandem Großen.«

Sami sieht seiner Familie nach, die – eine beachtlich große Gruppe – das Studio verlässt. In seinem Bauch macht sich ein merkwürdiges Gefühl der Zufriedenheit breit, das Sami für einige Augenblicke seinen sonst andauernden Hunger stillt. Aber wo ist Astrid?

82. Kapitel
BÜRO HERRSCHLER INNEN/NACHT

Herrschlers Zeugin ist niemand anderer als Astrid. Sie hält einen USB-Stick in die Höhe. Seinen, Jonas' USB-Stick, den er vorhin im Rechner in der IT-Abteilung steckengelassen hat:

»Sie wollen doch bestimmt, dass das alles unter uns bleibt«, sagt sie zur Begrüßung.

Jonas' Gesicht glüht vor Aufregung: »Astrid, du hast mitgeholfen?«

»Na komm, Astridlein, erzähl doch, was passiert ist«, witzelt Herrschler, »der brave Junge hier hat so fleißig spioniert, dass er fast ein Recht darauf hat, jetzt alle Details zu erfahren.«

»Ich werde gar nichts mehr tun. Sie tun jetzt etwas für mich«, kontert Astrid.

»Na, na, na«, rügt sie Herrschler scherzhaft. Astrids Wut gefällt ihm offenbar.

Astrid winkt mit dem USB-Stick und faucht: »Jetzt hab' ich endlich einen Beweis und Sie müssen es zugeben!«

Herrschler grinst und sagt zu Jonas in dieser niedlichen Sprache, die man sonst für Kinder übrig hat: »Unsere liebe Astrid wurde nur ungewollt Zeugin von dem Ganzen, weil sie so fleißig ist und um Mitternacht noch im Büro war. Und als unsere kleine Heldin hier verdächtige Geräusche gehört hat, war sie ganz mutig und ist auf den Gang gekommen. Da hat sie mich gesehen. Ich hab' schon gedacht, dass mein Plan nun doch nicht aufgehen würde. Aber Astridlein wollte ihren Job ja behalten und da hat sie auch der Polizei netterweise nichts verraten.«

Die von Herrschler verwendete Verniedlichung bringt Astrid in Rage und sie platzt heraus:

»Ich habe Schulden!«

»Ja, das war zugegebenermaßen ganz praktisch für mich«, sagt Herrschler.

»Aber jetzt«, sagt Astrid triumphierend, »kann ich getrost allen Leuten sagen, dass Sie der Kofferdieb sind. Jetzt, wo ich einen Beweis in Händen halte und jetzt, wo ich die Hälfte von der Million bekomme, die mein Exmann gerade für mich gewonnen hat. Ich kann nun so gut wie alle meine Schulden bezahlen und diesen Job brauch' ich auch nicht mehr. Ergo, lieber Ingenieur Erschler«, sie betont seinen Namen überdeutlich, »können Sie mir nicht mehr schaden, wenn Sie mich feuern. Also: Ich will, dass Sie Sami Gün zum Producer einer Sendung machen.«

»Wieso ist aus deiner Produktionsfirma eigentlich nichts geworden? Du verhandelst ja gar nicht schlecht, Astridlein.«

Jonas blickt verwirrt zwischen den beiden hin und her.

»Machen Sie Sami Gün zum Producer und ich sag' niemandem etwas!« fügt Astrid hinzu.

»Du hast also ein schlechtes Gewissen, weil du den armen Herrn Gün so leiden lässt«, konstatiert der CEO trocken und setzt hinzu: »Es ist nämlich so, müsst ihr wissen: Es gibt zwanzig Überwachungskameras in der Firma. Zehn sind für den Wachmann sichtbar, aber alle zwanzig hab' nur ich im Blick. Deshalb weiß ich ja, wie traurig dir der arme Herr Gün immer hinterherschaut, Astridlein.«

Astrid geht nicht auf diesen Kommentar ein: »Machen Sie Sami Gün zum Producer und ich lösch' dieses Video hier genau jetzt direkt vor Ihnen. Das, was Sie mit der Polizei getan haben, ist nämlich Betrug.«

»Vortäuschung einer Straftat, wenn du es genau wissen willst«, korrigiert sie Herrschler, »darauf steht eine kurze Gefängnisstrafe beziehungsweise eine hohe Geldstrafe. Ich glaub', ich könnte die Geldstrafe herausschlagen«, sagt er und zwinkert ihr schelmisch zu.

Astrid starrt Herrschler an, auf Jonas scheinen sie völlig vergessen zu haben. Doch der muss nun endlich die Frage stellen, die auf seinen Lippen brennt:

»Warum haben Sie das Geld gestohlen? Sie können sich doch ohnehin alles leisten.«

Herrschler schaut Jonas an, als würde er einem kleinen, begriffsstutzigen, aber dennoch schnuckeligen Erstklässler gegenübersitzen.

»Das Geld, das ich gestohlen habe, ist genau das Geld, das Sami Gün gerade in Händen hält«, er blickt auf Astrid, »und wohl auch bald los sein wird.«

Die heillose Verwirrung in Jonas' Kopf lässt sich wohl an seinem Gesicht ablesen, denn Herrschler fährt fort:

»Schau, es ging nur um die mediale Aufmerksamkeit. Die Personen, die eine Show entwickelt haben, um andere Leute vorzuführen, werden selber vorgeführt. Dabei ein vermummter Dieb, der das erste Preisgeld stiehlt! Dieses Konzept ist genial!«

»Es ging nur um den Erfolg?«, Jonas kann es nicht fassen.

»Aber nein, ich wollte schon immer einmal ein perfektes Verbrechen planen, ein Leihauto mieten, einen Dietrich kaufen, mich vermummen und dann in meine eigene Firma einbrechen.«

»Das meint er nicht ernst«, übersetzt Astrid, »es ging ihm nur um die mediale Aufmerksamkeit.«

»Wir wären sonst nicht halb so stark beachtet worden«, erklärt Herrschler, der auf einmal wieder ernst geworden ist, »die klassische Fernsehshow ist doch out! Es geht um die Geschichten und die Schicksale der Menschen, die man sehen kann. Es geht um den armen Sami, der doch nur seinen Sohn unterstützen will, um den unglücklichen Autor, der eher den Tod als einen Auftritt in einer von ihm mitentwickelten Show in Kauf nimmt!«

Jonas versteht es noch immer nicht: »Aber wieso haben Sie das Geld dann nicht einfach mit nach Hause genommen? Sie hätten doch nicht einbrechen müssen, Sie hätten Ihr Büro schlicht und ergreifend aufsperren können.«

»Das habe ich dir schon erklärt. Deshalb, weil es dieses Video mit dem Dieb gab, haben die Mitarbeiter angefangen, sich gegenseitig zu beschuldigen, und auf einmal sind mir alle Geheimnisse nur so zugeflogen. Es war viel glaubwürdiger! Wie gesagt, es war höchst praktisch, um etwas mehr über meine Mitarbeiter zu erfahren. So waren es gleich zwei Fliegen auf einen Schlag.«

»Und die Polizei hat nicht bemerkt, dass das Überwachungsvideo manipuliert war?«

»Nein. Wieso auch? Sie dachte ja, ich sei an der Aufklärung des Falls interessiert. In Wirklichkeit ist dadurch keiner zu Schaden gekommen.«

Jonas kann es nicht fassen: »Der Autor wollte sich deswegen umbringen!« Herrschler verdreht die Augen: »Glaubst du etwa, dass der Selbstmordversuch echt war? Hat denn keiner von euch darüber nachgedacht, dass der Mann überhaupt erst einen Monat vorher eingestellt worden ist, dass er vielleicht Schauspieler sein könnte? Keiner von euch hat den Krankenwagen gesehen. Ihr habt ihn alle nur gehört! Die Polizei ist nicht wegen des Selbstmordversuchs gekommen. Das ist aber auch niemandem aufgefallen, weil die Polizei wegen dem Geldkofferdiebstahl ohnehin so oft zugegen war. Für diesen Deal hab' ich mit dem Schauspieler, der ein Monat lang für mich den Autor gespielt hat, einen wasserdichten Vertrag abgeschlossen. Hat mich viel gekostet, aber es hat sich ja ausgezahlt, quod erat Quote demonstrandum.«

»Das war grad falsches Latein«, provoziert Astrid.

Herrschler lässt irritiert seine Stirnfalten spielen. So einen Ton ist er nicht gewöhnt: »Wie ist es denn richtig, Frau Lehrerin?«, höhnt er.

»Was weiß ich«, antwortet sie, »aber ich mach' mich damit ja auch nicht wichtig.«

»Nicht frech werden«, mahnt Herrschler gespielt oberlehrerhaft.

»Das ist doch gar nicht möglich, einen Selbstmord vorzutäuschen!«, hakt Jonas nach.

»Natürlich, mein Junge«, grinst Herrschler, »es waren zwar eine Menge Journalisten da, aber keine Polizei. Normalerweise kommt natürlich die Polizei, wenn sich jemand umbringt oder es versucht. Normalerweise wird sie von der Ambulanz gerufen oder von der Person, die das Opfer findet. Aber da es weder das eine noch das andere gab, hat niemand die Polizei gerufen. Es gab keinen Verletzten, es gab keinen Selbstmordversuch ergo auch keine Polizei und nichts als eine Sirene, die der Autor-Schauspieler selbst betätigt hat. Die Sirene, die wir für die Ärztesendung letztes Jahr noch im Fundus hatten!«

»Aber die Polizei hat doch vom Selbstmordversuch in der Zeitung gelesen!«

»Ja, aber deshalb wurde sie trotzdem nicht gerufen, weder vom

Rettungswagen noch von sonst wem, und sie dachte wohl, dass schon jemand da gewesen ist.«

»Sie sind ungeheuerlich«, urteilt Astrid und fordert erneut: »Machen Sie Sami Gün jetzt zum Producer Ihrer ach so genialen Show oder nicht? Noch einmal: Ich geh' sonst an die Öffentlichkeit!«

»Und geben Sie mir wieder einen Job?«, platzt Jonas heraus.

»Kinder, Kinder, also so geht das nicht. Also wirklich!«

Damit wendet er sich wieder an Jonas: »Jungchen, du hast schon mal gar nichts in der Hand. Ich hab' vorher in einer Werbepause gesehen, wie du dem armen Herrn Brandl den Generalschlüssel von seinem Putzwagen gestohlen hast. Wie gesagt, ich kann alles sehen und was ich nicht sehen kann, sagt mir die Personalabteilung«, er lehnt sich zufrieden zurück. Endgültig geschlagen, sinkt Jonas in sich zusammen. Astrid ergreift wieder das Wort: »Aber ich hab' was gegen Sie in der Hand. Und glauben Sie mir, ich werde es auch ausspielen, wenn Sami Gün nicht Producer wird.«

Herrschler schaut in die Luft. So, als wäre er mit den Gedanken ganz woanders, dann sagt er irgendwann ganz langsam:

»Ich hätte heute Abend Lust auf eine Ente. Ob um diese Uhrzeit noch ein Gasthaus offen hat?«

»Entschuldigung, bitte?«

»Ach so, du wolltest ja noch was von mir, Astrid, hätte ich fast vergessen. Ich soll Sami Gün zum Producer machen. Schau Astridlein, dieser junge Mann hier hat ein Kind und will was von mir und du hast ein schlechtes Gewissen und willst auch was von mir. Also wirklich, ich bin ja nicht der Dschinni aus der Lampe. Entscheide dich, Astridlein: Entweder unser junger, begabter Freund hier bekommt einen gut bezahlten Job in der IT-Abteilung und kann endlich für seine Tochter sorgen oder du wirst dein schlechtes Gewissen los. Damit machst du Sami Gün zu etwas, was er vielleicht gar nicht wirklich sein will.«

Astrid blickt zu Boden.

»Und wenn ihr euch nicht entscheiden könnt«, fährt er geschäftig fort, »dann geht eben an die Öffentlichkeit. Wie gesagt: Die Geldstrafe halte ich aus. Wenn du damit unbedingt in die Medien willst, dann ist es nur umso besser für die Vorberichterstattung zur nächsten Staffel von »Ameisenhaufen«, die übrigens gestern vom Sender fixiert worden ist.« Ein Strahlen in Herrschlers Augen. Eine menschliche Regung! Weil von Astrid und Jonas keine lobende Reaktion zu vernehmen ist, spricht er etwas gereizt weiter: »Also, es ist spät Kinder. Ich will heute noch zu meiner Ente. Was wollt ihr jetzt? Den Herrn Gün als Producer sehen oder einen guten Job für diesen netten jungen Cutter hier?«

Jetzt nimmt Herrschler einen bronzenen Brieföffner, der auf seinem Tisch liegt, und trommelt damit auf seine Tischplatte. Jonas schaut Astrid flehend an. Sie wirkt unschlüssig. Mit einem Seufzer sagt sie: »Jonas soll den Job haben.«

Tausend Kilo Gewicht, die mit einem Mal von seiner Brust abfallen.

»Ich denke, dass Sami Gün ganz glücklich ist als Aufnahmeleiter, du dagegen ziemlich unglücklich als Arbeitsloser.«

Obwohl sich Jonas dagegen sträubt, muss er Herrschler in diesem Punkt recht geben, und obwohl er Herrschler für ein Monster hält, kann er sich einer gewissen Bewunderung für den CEO nicht erwehren.

83. Kapitel
FLUR INNEN/NACHT

Die Sendung ist vorbei! Hochgefühl! Freude! Vorbei auch ihr heutiger Dienst! Sie wird die Erste sein, die einen Bericht über das »Ameisenhaufen«-Finale schreibt. Die Einzige, die – und davon ist sie überzeugt – alle Hintergrund- und Insiderinformationen hat. Im Laufschritt bewegt sie sich in Richtung ihres Büros, doch auf dem Gang stolpert sie über Sami. Er trägt einen gepunkteten Partyhut und wirkt bereits ein wenig beschwipst.

»Sami, ich gratuliere dir!« Euphorisch fällt ihm Josepha um den Hals. Doch Sami wirkt nicht wie ein glücklicher Gewinner.

»Astrid war noch gar nicht da, um mir zu gratulieren«, sagt er mit alkoholisierter Offenherzigkeit.

»Das tut mir leid«, sagt Josepha und umarmt Sami gleich ein zweites Mal. Er verharrt in ihrer Umarmung, ganz so, als müsse er sich an jemandem festhalten.

84. Kapitel
VORPLATZ AUSSEN/NACHT

›Ich lebe noch‹, bemerkt Jonas freudig erstaunt, als er neben Astrid ins Freie tritt. Sie scheint es eilig zu haben, ihm rasch alles zu erklären. Während sie spricht, schreitet sie eilig weiter aus in Richtung des großen Studios:

»Josepha hat mir erzählt, dass du dem Kofferdieb auf der Spur bist. Als ich dann gesehen habe, wie du ziemlich auffällig ins Gebäude zwei reinspaziert bist, bin ich dir gefolgt. Als du dann von dem Wachmann abgeführt worden bist, bin ich in die IT-Abteilung, hab' das Video gesehen und den USB-Stick abgezogen. Ich hab' mir gedacht, dass Herrschler ganz konzentriert »Ameisenhaufen« schauen wird, und mich nur dann bewegt, wenn gerade keine Werbeunterbrechung war.«

»Das heißt, eigentlich hat Josepha die Situation gerettet?«

»Ja, das hat sie wohl. Du kannst wirklich froh sein, dass du sie hast.«

»Schön, dass ihr euch trotz allem so gut versteht.«

Astrid bleibt abrupt stehen und schaut Jonas prüfend an: »Wieso sollten wir uns nicht verstehen?«

»Ich …« Fast wäre ihm die Geschichte mit Josepha und Sami rausgerutscht.

»Warte kurz«, sagt Astrid, »hatten Josepha und Sami etwas miteinander?«

»Äh, nein.«

Astrids Röntgenblick durchschaut seine Lüge sofort. »Das heißt, sie hatten …? Oh là là! Der Sami ist dann doch immer wieder für Überraschungen gut.«

»Nein. Tut mir leid. Ich mein'… Sorry, dass ich mich nicht bedankt habe. Ich dank' dir jetzt. Vielen, vielen Dank.«

Jonas umarmt Astrid stürmisch, um nicht weiter über das Thema sprechen zu müssen. »Das, was du getan hast …«

»Ach so ist das«, sagt Sami, der aus dem Dunklen zu ihnen tritt. Der gepunktete Partyhut auf seinem Kopf ist verrutscht und sitzt nun schräg auf seiner Stirn. Er nimmt einen kräftigen Schluck aus der halbleeren Champagnerflasche, die er bei sich trägt. Und noch einmal ruft er: »So ist das also!«

»Ich geh' jetzt Josepha suchen«, entschuldigt sich Jonas, als die Luft immer dicker wird.

»Du bist ein mieser Hund und kannst nur froh sein, dass ich's der Josepha nicht sagen werde!«, geht ihn Sami scharf an. Im Laufschritt verschwindet Jonas in Richtung des großen Studios, in dem er Josepha vermutet.

85. Kapitel
VORPLATZ AUSSEN/NACHT

Ist das der Dank für alles? Fast bedrohlich nähert sich Sami Astrid. Sie weicht nicht zurück, sondern sieht ihn fest an.

»Sami, ich kann dir das erklären. Jonas und ich waren bei Herrschler oben und ich kann dir jetzt auch endlich sagen, wer der Kofferdieb ist!«

»Was redest du eigentlich, Astrid? Glaubst du, es interessiert mich noch irgendwas, was du sagst? Ich hab' gewonnen, weißt du! Ich hab' für dich gewonnen und du warst nicht einmal da! Du bist stattdessen mit diesem Halbwüchsigen unterwegs!«

Astrid senkt den Kopf. »Du wolltest mir das wohl nachmachen, weil ich mit seiner Freundin geschlafen habe!«

»Da ist nichts mit Jonas. Ich sag' dir ja, wir waren zusammen beim Herrschler.«

»Das heißt, du weißt das mit mir und Josepha?«

»Ja«, sagt Astrid und verrät keine Regung des Ärgers. Sami betrachtet sie genau. Es ist wahr: Es ist ihr offenbar tatsächlich egal, was er mit wem tut. Das schmerzt. Schnell sagt er: »So oder so. Ein einziges Mal wollt' ich dich dabei haben und du warst nicht da. Noch vor ein paar Stunden hast du mir versprochen, dass du da sein wirst!«

»Ich hab' gar nichts versprochen.«

»Das stimmt«, sagt Sami und zieht die Luft ein, »du hast es nur gesagt. So viel ist dein Wort also wert.«

»Sami, jetzt hör mal zu ...«, will sich Astrid verteidigen, doch er unterbricht sie:

»Nimm die Hälfte vom Geld und verschwinde! Ich überweis' es dir, weil ich im Gegensatz zu dir mein Wort halte.«

»Sami, wir kennen uns doch schon fast das ganze Leben ...«

»Hau ab«, ruft er, »hau ab!«

Aber anstatt darauf zu warten, dass sie den Vorplatz verlässt, räumt er das Feld. Sie geht ihm nicht nach. Er eilt zu einem Taxi, er will zu seiner Familie fahren, zu seinem Vater, seinen Kindern, seiner schwangeren Schwiegertochter, der Köchin Irmi, seinen Exfrauen und ihren neuen Partnern. Er will am liebsten direkt nach Eisenstadt fahren. Astrid bleibt alleine auf dem Vorplatz zurück.

86. Kapitel
BÜRO JOSEPHA INNEN/NACHT

Jonas betritt Josephas Büro, im großen Studio ist sie nicht zu finden gewesen. Auf ihrem kleinen Tablet schreibt sie gerade fieberhaft an ihrem »Ameisenhaufen«-Finale-Artikel. Sie ist so konzentriert, dass sie ihn nicht hereinkommen hört. Wie er sie so sitzen sieht, ist es ihm, als hätte er sie eine Woche, vielleicht ein Monat lang nicht gesehen. Er ist müde, hungrig und glücklich, in ihrer Nähe zu sein. Wenn Josepha von dem Deal mit Herrschler wüsste, würde ihr diese Geschichte bestimmt für einen neuen Artikel unter den Nägeln brennen. Wenn Jonas ihr aber nichts davon erzählen würde, käme das fast einer Lüge gleich. Jetzt hebt sie den Kopf und bemerkt ihn.

»Jonas, was machst denn du hier?«

›Ich hab' grad die Wahrheit über die gestohlene Million herausgefunden‹, denkt er und sagt: »Ich war bei einer geheimen Unterredung mit Herrschler.«

»Nicht wahr?«

»Doch! Er hat mich extra von jemandem abholen lassen.«

»Was, aber warum?«

»Er will sich meine Hackerei zunutze machen. Ich darf wieder hier arbeiten und zwar in der IT!«

Sie umarmt ihn!

»Das gibt's nicht, gerade beim Finale! Das ist ja komisch«, sagt Josepha.

»Als Ablenkung. Weil niemand wissen darf, dass ich hier die anderen hacken soll. Also sag's keinem.«

»Versprochen.«

Sie gibt ihm einen Kuss. Dann sagt sie nachdenklich: »Der ist so extrem, der Herrschler. Der gebraucht echt alles und jeden für seine Zwecke.«

Jonas nickt, nimmt ihre Hand und denkt an die fünfundzwanzig Pizzen, die er damals in der Schule für seine Klasse bestellt hat. Man hat den Täter nie gefunden.

»Gleich morgen fahr' ich zu Tamara und besprech' alles mit ihr. Dann sag' ich ihr, dass sie ihre Ausbildung doch machen kann. Emma kommt jetzt endlich zu mir.«

Er sieht die Unsicherheit in Josephas Augen.

»Fahr doch mit«, sagt er zu ihr, »dann lernst du meine Mutter kennen.« Josepha wirkt noch immer unsicher. »Nein, das ist keine Drohung. Und außerdem können wir auf der Fahrt die Details für den Umzug besprechen.«

»Umzug?«

»Ich kann doch nicht mit Emma in meiner Wohnung bleiben, die ist doch eine Bruchbude. Und wenn ich schon auf Emma aufpassen muss, kann ich auch auf Noemi aufpassen, wenn du mal länger arbeiten musst – und ohne mich kannst du ohnehin nicht einschlafen. Also«, er grinst sie an, »zieh' ich zu dir.«

Überrumpelt sucht Josepha nach Worten, bis sie schließlich sagt: »Theoretisch sollte das eine gemeinsame Entscheidung sein.«

»Und praktisch sollten wir uns jetzt auch umarmen und uns sagen, dass wir für immer beieinanderbleiben wollen.«

Er schaut sie auffordernd an.

»Ich will mich nicht hinknien, Josepha,« sagt er, »aber du weißt, wie ich's mein'.«

»Wenn du das Bad putzt, wirst du aber knien müssen.«

Er lacht, jetzt ist er unsicher. Sie lacht gekünstelt. Erwartungsvolle Anspannung. Leichte Nervosität. Gespielte Lässigkeit. Ein langer Blick, ein banaler Kommentar, ein Gefühl von Zufriedenheit – ›Ist das jetzt Partnerschaft?‹, denkt Jonas.

Zusammen verlassen sie das Gelände von »MasterTV-Österreich«, um endlich nach Hause zu fahren.

EPILOG

Seit Marias Rückkehr zu »MasterTV-Österreich«, konkret seit sie Marcello an eine Griechin verloren hat, die fünf Jahre älter war als sie selbst, ist Marias Galle noch giftiger geworden. Die große Enttäuschung hört man aus jedem ihrer Worte, erkennt man an ihrer nun leicht gebeugten Haltung. Ohne Marcellos Protektion hat sie bei dem Frauenjournal »Fräulein« sehr schnell Terrain verloren. So ist sie also wieder hier, in den endlosen Gängen von »MasterTV-Österreich«. Josephas Nachfolgerin ist jedoch eine resolute Ostdeutsche, die das Netz des Weberknechts eher zertrampelt, als sich darin zu verheddern. Zu allem Überfluss ist sie nun auch wieder Redakteurin anstatt Redaktionsleiterin, da Kevin nun diesen Posten innehat. Dieser ist seit der ersten Staffel von »Ameisenhaufen« in einer glücklichen Beziehung mit einer alleinerziehenden Mutter, durch die er es endlich geschafft hat, trocken zu werden. Während Kevin also in seinem neuen Glück schwelgt, beschränken sich Marias Aggressionen auf frische Beute, auf ständig wechselnde Redaktionspraktikanten, die ihr aber nie länger als einige Monate erhalten bleiben.

Wenn Jonas Josepha abends von diesen neuen Entwicklungen berichtet, frönen sie gemeinsam der Schadenfreude. Seit die beiden zusammenwohnen, läuft ihr Leben in derart geregelten Bahnen, dass es Josephas Exmann nun nur noch als »sehr chaotisch« und nicht mehr als »katastrophal« einstuft. Sie können sich gemeinsam Kosten und Babysitter-Zeiten für ihre beiden Töchter teilen. So ist auch Noemi wieder gerne bei ihrer Mutter, einerseits weil sie Jonas »voll cool«, andererseits weil sie seine kleine Emma »echt süß«

findet. Das Interesse der Fünfjährigen an ihrer Stiefschwester und ihrer Spielkonsole ist ebenfalls groß. So sitzen die beiden Mädchen stundenlang zu zweit bei Computerspielen – wenn Jonas da ist, zuweilen auch zu dritt. Josepha hat aufgehört, sich gegen die Macht der Videogames zu wehren. Jetzt, wo ihr Leben ein klein wenig »normaler« ist, kann sie nachts wieder schlafen und mit ihrem Exmann sprechen, ohne mit ihm zu streiten.

Um aber das wohlbekannte Drama in ihrem Leben beizubehalten, fühlt sich Josepha in ihrem neuen Job zumindest so unwohl wie in ihrem alten. Schon nach ihrem zweiten Tag als Freelancerin für zwei Zeitungen wollte sie zurück zum Fernsehen.

Jonas hatte anfangs einige Schwierigkeiten bei seiner neuen Tätigkeit in der IT-Abteilung, doch sie waren mehr technischer Natur. Seine neuen Kollegen brachten ihm aber bald alles Nötige bei, und so hat Jonas nun endlich wieder das Gefühl, sich weiterentwickeln zu können. Jeden Morgen, wenn er zur IT-Abteilung geht, erinnert er sich an jenen denkwürdigen Samstagabend des »Ameisenhaufen«-Finales und an seine Unterredung mit Hans Erschler. Beeindruckt hat ihn dieser Mann, der doch mehr einer hochmodernen Maschine gleicht als einem lebendigen Wesen mit Luft in den Lungen und Blut in den Adern. Aber auch diese Maschine funktioniert offenbar nicht einwandfrei, denn einen Emmy hat Erschler noch immer nicht bekommen, und statt der gewünschten zehn Romys hat er bislang nur eine einzige erhalten. In seiner Dankesrede hatte er sich in einem Nebensatz bei seinen Mitarbeitern bedankt.

So hat »MasterTV-Österreich« trotz der Personalrochade letztendlich doch nur Josepha und Astrid verloren. Denn die immer tatkräftige Astrid hat knapp nach dem Finale tatsächlich gekündigt und ist weitergezogen – nach Deutschland, um es dort erneut mit einer Produktionsfirma zu versuchen. Zu einer Aussprache zwischen ihr und Sami ist es nach einigen Monaten doch noch gekommen. So hat sie die Möglichkeit erhalten, ihm alles über den folgenschweren Abend zu erzählen. Wieder nüchtern hat Sami natürlich Verständnis gezeigt. Insgeheim hat er ihr die Geschichte mit Erschler aber trotzdem nicht ganz geglaubt. Zumindest ist der Streit zwischen ihnen vorerst zu Ende. Obwohl Sami gegen dieses Gefühl ankämpft, wünscht er Astrid nicht, dass sie mit ihrem neuen Unternehmen Erfolg hat. Er vermisst sie noch immer jeden Tag, doch er kann nun besser damit leben. Er ist dabei insgesamt sogar ein etwas glücklicherer Mensch. Vielleicht, weil er jetzt auch Opa eines kerngesunden Bubens ist – in seinen Augen, des hübschesten Neugeborenen in ganz Wien und Eisenstadt. Und vielleicht auch deshalb, weil er weiterhin Set-AL ist und endlich dazu stehen kann. Und vielleicht auch, weil er nun seine Familie häufiger sieht. Er trifft jeden Sonntag seinen Vater, seine beiden Söhne, seine Schwiegertochter samt Kind und seine beiden Exfrauen Walli und Maxi Gün mit ihren neuen Partnern Jan und Domschi im »Evet«. Eine gewachsene Familie, die zusammen ausgiebig isst, lacht, diskutiert und zur Krönung des Tages dann meistens eine von Samis Set-Geschichten zu hören bekommt, Geschichten, die alle unendlich komisch finden, die für Sami aber schlicht Alltag bedeuten.

Solange Astrid nicht da ist, kann er atmen. Doch er fürchtet den Tag, an dem sie mit neuen Schulden wieder vor seiner Schwelle stehen wird. Noch mehr fürchtet er aber, dass dieser Tag niemals kommen wird. Bis dahin wird er am Set stehen und auf sie warten.

Der Televisor

Nach der fünften Staffel von »Ameisenhaufen« will niemand mehr schreiende und sich prügelnde Kinder sehen. Wegen rapiden Quotenverfalls wird die Sendung eingestellt.

S. R.

Tagtäglich

Endlich! »Ameisenhaufen« wird eingestellt. Die Entscheidung ist definitiv. Nach der fünften Staffel will niemand mehr unerzogene und rüpelhafte Kinder sehen. Wegen starkem Quotenverlust wurde der Vertrag mit »MasterTV-Österreich« nicht verlängert. Es war höchste Zeit.

S. P.

DAS AUGE

Schade um den »Ameisenhaufen«. Wegen Rückgang der Quoten wurde die Sendung nach fünf Staffeln abgesetzt. Die Moderatorin, so wird kolportiert, bekommt eine neue Show und auch »MasterTV-Österreich« bleibt dem Sender als Partner erhalten. Immerhin, die Rechte für die Sendung wurden auch nach Deutschland und in die Schweiz verkauft. Unbestritten bleibt: Die Sendung war über drei Staffeln ein Sensationserfolg und sorgte für gewaltigen Gesprächsstoff in Österreich – wem gelingt das heute noch im Fernsehen?

P. H.

Ende

Birgit Mosser

Der Sturz des Doppeladlers

Roman

ISBN 978-3-99050-052-1
eISBN 978-3-903083-35-6

Die große Familiensaga zum Ende der Donaumonarchie

Österreich-Ungarn, 1916. Die Donaumonarchie befindet sich im dritten Jahr eines Krieges, der ohne Erbarmen geführt wird. Seine Auswirkungen treffen Menschen aller sozialen Schichten: Das junge Kindermädchen Berta kämpft um das Überleben ihres ledigen Kindes. Kaiserjäger Julius Holzer erlebt die Sprengung des Col di Lana am Isonzo. Architekt August Belohlavek gerät in russische Kriegsgefangenschaft. Sektionschef Ferdinand von Webern muss die Demütigung von St. Germain ertragen.

In den letzten Jahren des Habsburgerreiches meistern vier Familien ihr Schicksal – und eine große Liebe gibt Hoffnung für künftige Generationen. Ob in Wien, Prag oder Südtirol, in Kärnten oder dem heutigen Burgenland – am Ende eines furchtbaren Krieges ist nichts mehr, wie es einmal war.

»Der Sturz des Doppeladlers« ist ein fesselnder Familienroman und ein faszinierendes Zeitbild des größten Umbruches der österreichischen Geschichte. Ein historischer Roman, der unter die Haut geht.